U0500369

望不见北斗的日子

一 舒泥 著

知识产权出版社
全国百佳图书出版单位

图书在版编目（CIP）数据

望不见北斗的日子/舒泥著. —北京：知识产权出版社，2016.8

ISBN 978-7-5130-4406-6

Ⅰ.①望▉ Ⅱ.①舒▉ Ⅲ.①游记—作品集—中国—当代 Ⅳ.①I267.4

中国版本图书馆CIP数据核字（2016）第201579号

内容提要

本书是游记作家舒泥撰写的一部关于澳大利亚纪行的文集，告诉读者在澳大利亚，这样一个环境遭到破坏、还有外来物种和文化入侵的国家，经过痛苦的反思，如今对生物和环境如何热爱、与大自然如何相处；以及一个多民族移民国家对本地区固有文化由残害、无视走向保护的过程。

责任编辑：龙　文　　　　　**责任出版：**刘译文

责任校对：谷　洋　　　　　**装帧设计：**品　序

望不见北斗的日子
Wangbujian Beidou de Rizi

舒　泥　著

出版发行：知识产权出版社有限责任公司　　**网　　址：**http://www.ipph.cn

社　　址：北京市海淀区西外太平庄55号　　**邮　　编：**100081

责编电话：010-82000860转8123　　　　　**责编邮箱：**longwen@cnipr.com

发行电话：010-82000860转8101/8102　　**发行传真：**010-82000893/82005070/82000270

印　　刷：北京科信印刷有限公司　　　　　**经　　销：**各大网上书店、新华书店及相关专业书店

开　　本：787mm×1092mm　1/32　　　　**印　　张：**12

版　　次：2016年8月第1版　　　　　　　**印　　次：**2016年8月第1次印刷

字　　数：300千字　　　　　　　　　　　**定　　价：**36.00元

ISBN 978-7-5130-4406-6

序

　　早晨起床后读到了舒泥的《望不见北斗的日子》西澳大利亚鸟儿的家园一节。八点多了，天还是灰蒙蒙的，室内必须开灯。将近中午，盼望已久的风刮起来，可是不得不把刚刚打开的窗户又关起来了。天由黑变蓝，风把雾霾吹走了，却带来了沙尘。二月的最后一天就这样过去了。北京的环境与书中的反差太大了。澳大利亚有无雾霾我不知道，600多万平方公里的干旱半干旱区有发生沙尘暴的可能性。

　　五千多万年前与南极洲分离，这块孤立的大陆漂移北上，到达炎热地区。由于长期与其他大陆脱离，孕育了独特的动植物区系和人类历史文化。有人讲澳洲大陆的生态系统是不完美的，缺乏占统治地位的大型食肉哺乳动物，人类社会停留在狩猎阶段，因此十分脆弱，经不起外来物种和不同文化的侵扰。这个地球上的独特大陆，充满了神秘的色彩。

　　翻过书中一页，这里的每种树木，每块岩石，在辽阔平坦的大地上，推向地平线，被放大，显得格外突出，就像这里的原住民细长的双腿和宽阔的双肩使他们身材更显魁梧一样。这本书用轻松愉快的语调带着你游览澳大利亚独特的风光大饱你的眼福；古老又现代的文化同时又激起你的思考。世界不同的物种，不同文化的碰撞、交融，在这块原本宁静的大陆上有怎样的演绎。

它们从袋鼠背上下来，骑在羊背上，如今又坐上飞机轮船，几百万年的历程在这里都有神秘展现。这本书让你从直观上感受澳大利亚与我们的遥远距离和差异。可是对于草原上的人们，澳大利亚并不陌生。几十年来，我们都在花大力气让牧民从马背上下来、跨上澳大利亚美利奴羊，结果跌了下来。书中还告诉我们极力推广的澳大利亚划区轮牧和围栏是什么样子，是在什么环境和条件下建起来的以及骑在羊背上的感觉，还有当地原住民怎样对待森林火灾。这本书告诉我们一个环境遭受破坏，还有外来物种和文化入侵的国家，经过痛苦的反思，如今对生物和环境如何热爱，与大自然如何相处；一个多民族移民国家对本地区固有文化由残害、无视走向保护的过程以及目前的尴尬。回想到我们的国家，山川和生物多么丰富多彩，民族文化多么丰厚，而我们的宣传、保护力度，珍惜的程度，又多么需要进一步提高。本书还让我们体会到什么是生态旅游。

刘书润

自序

5月至6月，受澳旅局邀请，有幸游历澳洲各地。

澳大利亚是发达国家，很好玩，也很漂亮，确有很多令人羡慕的东西，不过我找不到北不是因为这个。澳大利亚位于南半球，南半球的太阳也是东升西落，但是升起来之后，就挂到北边，而晚上的星星一个都不认识。我在北半球各地旅行，从来以极强的认路能力而沾沾自喜，但是到了南半球，是太阳要么就是房屋和景物，总是不在我想象的地方，我始终找不到北。加上四十天的时间里，总是坐在某种交通工具上——飞机、汽车、船，眩晕感一直跟我走到最后一站墨尔本才被摆脱。我就这样晕晕地记录下许多文字。

四十天游历一个国家其实很短，虽然看到很多，但不足以深入了解，不过这四十天倒是一个认识和了解自己的绝好机会。

舒泥

目　录

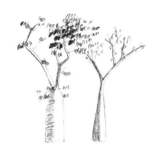

第一章
西澳：阳光和飞鸟

这次去澳大利亚，我们的第一站是西澳的珀斯，那里几乎是澳大利亚西边的尽头，离悉尼很远，就像伊犁和北京的距离。

关于澳大利亚很多地方我都有个大略的概念：悉尼歌剧院是澳大利亚的招牌，它就在各种各样的画片和图册上；墨尔本在早期华工的故事里；昆士兰是旅游媒体的宠儿；北岭地和南澳的袋鼠岛总是被美国《国家地理》频道和Discovery特别关照，但整个西澳在我脑子里却是一片空白。

珀斯以前给我最深的印象是它的名字。那是在《新概念英语》的一篇课文里，一个人得到了一份工作，可以在澳大利亚四处旅行，"从悉尼去墨尔本，从达尔文去珀斯"，配图是一个人坐在袋鼠的育儿袋里，那袋鼠正在飞速奔跑，原文写得很激动人心，但关于珀斯，却只有一个名字，多一句都没有。可能由于那篇文章，我对珀斯有种印象，好像它是个荒漠中的小镇，但我也知道这个印象不是很有道理。

飞机从香港机场起飞时一个同行的记者说："我们要下乡了！"看着舷窗外阑珊的灯火，这话就像是和文明世界告别。我对他的说法有点同意又有点怀疑，我也不知道我们的飞机将降落在文明世界的一角，还是一片蛮荒大地上。

飞机上开始的旅途

说起来坐飞机很多次了，可是每一次飞机提速，从地面拉起的一瞬，我的心都会跟着提起来。大地倾斜着向下退去，平时熟悉的景物忽然有了另外的样子，很难想象平时看着杂乱的农田，竟然是切得四方整整齐齐的拼图，大面积菜地覆着塑料膜的大棚，在夕阳下排成整齐的白色光带。

第一章
西澳：阳光和飞鸟

飞机压低左侧的机翼盘旋，从狭小的左舷窗外，忽然你会觉得大地很高。地平线高高地扬起到头顶上方，下面是崇山峻岭。正是夕阳西下，阳光勾勒出山的脉络，比任何地图都更加精致，任何照片都没有那么神奇。一条蜿蜒的亮线，时断时续地指示着群山中最险峻的山峰，那是长城。金色的阳光正在城墙一侧，呈现出一种辉煌。整幅画面一直延伸到高处的地平线上。

这个开端还不错。和那些疲于奔命的商务人士不一样，我一向不喜欢在交通工具上睡觉，拉上舷窗的挡板这一切就都错过了。

语言上开始有点小问题。乘务员倾向于先使用粤语这种比英语还难懂的语言，然后是蹩脚的普通话；离家的感觉就在这一点儿微妙的变化中变得强烈起来。

飞机一路向南，太阳在右舷窗外西沉。云海与天空交接的地方变成一道厚厚的金黄。港龙的飞机顽皮地翘着小红机翼，从地平线上方掠过，将金色渐渐擦去，涂抹上一道红，然后又迅速地把红色擦掉了，只剩下发蓝的紫红色，那是太阳的鲜艳，抹不去的鲜艳。

到香港机场的时候，天已经黑了，传说中的维多利亚湾夜景我并没看到，香港悄然隐秘在点点灯火之外。

澳航的飞机接近午夜起飞，第二天七点多到达珀斯，没有时差。这里服务员可不都是空中小姐，一多半都是男乘务员，而且帅哥出现率很高，公平地说美女出现率也很高，不过岁数稍微偏大一点儿。飞机上的乘客不是很多，我们像在国内坐火车一样，蜷在一张没人的长座上睡觉。澳航飞机的条件也像火车一样，甚至有点脏兮兮的，在以后的旅途中我慢慢明白澳洲这个地广人稀的国家飞机不过就是公共汽车。

凌晨，我起身走到舷窗边，向外看，狭窄的舷窗实在不适合观景，但美景却毫不客气地上映。陆地和海岸在浓重的夜幕中渐渐清晰，分出暗色的大陆和颜色稍浅的大洋，那是印度洋。向下眺望，几乎能感觉到地面的弯曲，三万英尺，一个很浪漫的高度。我眼看着飞机把大洋抛在身后，进入陆地上空。下面是一片群山的高原，河流在上面雕刻出血管枝桠样的图案。天色渐亮，甚至能看清最宽阔的主河流中心有一点儿可怜的水。太阳还没出来。下面的云多起来，云海与天空相接的地方一抹殷红越来越重。天空蓝得发艳，下面是灰色的云，天边是红色的亮线，反着点儿黄色的光。我正在欣赏窗外的景色，其实是没有看够昨晚的日落，突然发现一块云的缝隙烧着了，像燃着暗火的木炭突然见了风，那明亮的红光是从内心深处透出来的。那是日出。

本来我等着太阳像海上日出一样从云海中跳出来，

云层突然厚了，天与云的交界线提到太阳的上方，太阳像呱呱坠地的婴儿，耍赖似地依偎在云层的臂弯里。下层的云层开始变红了，上层的云却还是灰色的，高山一样堆着，下层却流动着，就像正在喷发的火山，表层冷却了，变黑了，下层的岩浆却还涌动着，向上喷薄。火红的范围越来越大，一直烧到飞机的下方，上层的云忽然破了一个很大的洞，好像这个火山就要从这里喷发出来，我们就从火山口上方飞过。那景色太壮丽了，想必此时从地面仰望一定是霞光万丈。

大自然的美丽总是和你的想象不同，很多美景都是稍纵即逝的，如果不是日出的时候，云层正好分了上下两层，如果下层的云位置不是合适到刚好被染成火红的朝霞，如果上面没有一层云遮盖，或者上面的云太厚，你都不会看到我所看到的景色。但这不必失望，说不定到你飞行的时候，大自然会为给你呈现另外的惊人美景。

第一章
西澳：阳光和飞鸟

鸟儿的家园

珀斯国际机场，大丛的桉树静立在跑道两旁。树冠在舷窗中长大，飞机盘大圈，压向树丛中的跑道。透过舷窗，我看到不远处一只大鸟展着宽大的翅膀盘旋了一小个圈，从容不迫地落在一棵大树上。这个景象让我有点儿轻微的不安——机场上空出现鸟，而且还做了窝，这在国内是不能理解的，这鸟会因危害航空安全而被驱走。实际上，在国内很难见到有那样大的羽翼那样从容的鸟。这就是我对澳大利亚的第一印象，这个印象有点儿预言意义，在以后的旅行中，我发现，这里是一个鸟儿可以自由飞翔的国度。

初到珀斯，我一下子还适应不了鸟的自由。在宾馆的窗前，我看到楼下一湾湖水边几只一米多高的大鸟，长着有口袋的巨嘴，是鹈鹕。几只在梳理黑色带斑点的翅膀，还有一只在水里抓鱼。那湖水其实是宾馆的水景区，我习惯性地觉得应该有一个铁丝编的笼子用树叶挡住顶棚藏在湖的一角，因为国内的公园或企业、私人家的花园里如果有大型一点儿的水鸟一般都是有人养的。

和许多新大陆的移民城市一样，珀斯也是建在一条美丽大河的河口附近，那条河叫作"天鹅河"，而珀斯的市鸟就是生活在这里的高傲的土著贵族——浑身漆黑的天鹅。珀斯大部分景观都分布在天鹅河周围，或者说只要在天鹅河周围，每个角度都是景观。英皇公园就在天鹅河的转弯处，开阔柔软的草坪散发着强烈的欧洲文化气息。

在英皇公园柔软的草坪上，我们无意中看到一只小鸟，比燕子大比喜鹊小，身材苗条，长着又尖又长的嘴，细长的脖子总是用力挺着。我不知道它是什么鸟，注意到它是因为它跟在一个游人的身边蹦来跳去。起初我还以为它是只宠物鸟，因为在国内这类行动敏捷的小鸟总是离人远远地就跑了，但是如果它是宠物鸟，主人这样带着它，它都不逃，那要训练得多好啊？

那位游人走开了，小鸟还留在原地。我小心翼翼地走近，怕它逃跑，但它并没跑的意思，我拿一个色彩鲜艳的娃娃逗它，它居然朝着我跳过来，我以为它喜欢我手上的娃娃，或者因为常常有人喂食而喜欢人的手，但都不是。它跳到离我很近的地方就转向了，绕到我的身后。我转身去找它，它又绕过去，细长的腿敏捷而迅速跳动，虽然没有展开翅膀，却像踩着风火轮一样"倏"地飘过，总是不停在我希望的位置上。我很快发现，我完全在自作多情。原来草坪上的阳光太强烈了，它感兴趣的是我在草地上投下的阴影，它刚才跟着那位散步的游人也只是想停在他的影子里。

第一章
西澳：阳光和飞鸟

喷水池边上，一群外形独特的鸭子又让我兴奋了一下，它们的毛色、个头都像珍珠鸡，但是比较瘦，形体像凤头鸭，但是没有凤头。我又想找饲养它们的鸭舍，但是没有，周围的老外都不像是看鸭子的人。两个靓丽的澳大利亚女孩子坐在草地上，鸭子就在她们周围溜达，我开始以为她们在喂那群鸭子，其实没有，谁也没理谁。不知道为什么，我一过去鸭子们都转过脸，朝另

土著贵族黑天鹅

一个方向走去。许多动物都有第六感觉，也许这些鸭子也能感觉出人的紧张和放松来。

乘车离开英皇公园路过天鹅河的时候，我们再次见到鹈鹕，竟然是十来只的一小群。它们在碧蓝的河水中拍打翅膀，激起闪亮的水花和一圈圈涟漪。岸上是飞驰而过的汽车，河对岸是高耸的楼房，在繁华的，高度现代化的都市里，我终于确认这些鹈鹕是野生的。

一位同行的人突然说："这就是一大堆游动的肉啊！一只鹈鹕够一桌子吃的！"我的第一个反应想捂住她的嘴，立刻发现不用，老外司机不懂中国话，中国人大都不觉得这句话有毛病。

这让我想起一个很倒胃口的笑话，是一位国内的环保人士讲的。那是个关于中蒙边境黄羊的故事。黄羊是国家二级保护动物。20世纪50年代，锡林郭勒草原上还能看到上万只黄羊奔跑迁徙的情景。锡林郭勒草原曾经作为黄羊自然保护区加入过联合国的"人与生物圈计划"，当时加入那个项目有点像今天的自然文化遗产申报一样热烈。黄羊在全国就出名了，接着在黄羊的保护区附近，卖黄羊肉的餐馆数量与日俱增，二连浩特还出现了"黄羊一条街"，招待跑边贸的客商和旅游者，很多人因此发了财。今天的锡盟草原上已经很难看到黄羊了。有一次那位环保人士和他的同事一起发现了难得一见的黄羊群，他们立即驱车追踪。黄羊跑得很快，一路都只看到黄羊的小屁股挤在一起一晃一晃地，不停下来，不吃草，也不回一下头，一直追到国境线。没想到过了界桩不远黄羊群就停下了，全都停下来了，回过头调侃地看着他们。

第一章
西澳：阳光和飞鸟

在黑龙江，有一个跨境的湖，俄罗斯那边鱼总是比中国这边多，渔民打鱼，眼看着鱼群游过来，游到边境线上，就停下来，悬浮在水中，先后来到的鱼很快变成整整齐齐的一排，啪地一转身就都回去了。这种景象现在是不是还这样已经不清楚了，因为听说那里经常发生中国渔民越境打鱼的事件。

中国人的胃口好，又都忙着发财，所以进化成了各种野生动物的天敌。尽管媒体上时常出现一些中国周边国家环境保护方面的负面新闻，也常常看到中国环保方面进步发展的好消息，但中国边疆的很多地方，野生动物还是认识了中国的国境线。

来澳大利亚之前，我弟弟得知了这次旅行，第一句话就是说："给我带好吃的回来！"我当时鼻子都气歪了，如果我们总是认为"长翅膀的除了飞机都可以摆到餐桌上，四条腿的除了桌椅板凳都是好吃的"，也只好坐上十几个小时飞机来澳洲亲近自然了。

珀斯建市的二百年纪念建筑是天鹅钟塔。我们去参观，却碰到四只大鹦鹉在天鹅钟塔下的棕榈树上吵架，那是漂亮的蓝头、绿身、红色胸脯的彩虹吸蜜鹦鹉，我当时以为是金刚鹦鹉，因为从来没想到靠吃花蜜的小鸟能长那么大，大约有三只虎皮鹦鹉的个头。要是在国内的宠物市场上，它们一定价格不菲，但是在这里却很逍遥。据说吸蜜鹦鹉和吃水果的鹦鹉最大的不同就是，吸蜜鹦鹉有很多娱乐时间，因为它们的食物很有营养，用不着把时间都花在吃上，难怪精力如此旺盛。现在突然成了明星，好几台摄影机和摄像机围着它们拍，它们一点都不在乎，就那样大言不惭地大声嚷嚷着，像在野外丛林的家中一样。

珀斯是个移民城市，各种鸟类才是土著居民。这几棵棕榈树可能就是鹦鹉世世代代的家。在珀斯只要仔细看有很多这样的地方，机场草坪上的桉树比机场古老，公路边的树丛并不是修完路后绿化的，而是人们在丛林中清出一条地方修了路。是人类占了野生动物的家，所以鹦鹉们才这样嚣张地聒噪着，一副"这是我家，我怕谁？"的样子。

乡村的魅力

在飞机上，我给自己提的问题，似乎已经有答案了，珀斯并不是乡下，是个现代化的大城市。仰仗清新的空气、灿烂的阳光、丰富的水源和良好的植被，整座城市呈现出一种异乎寻常的惊人的美丽。但是那名同行的记者说的话也并没有错，我们也真的是"下乡了"，我们所去的乡下是较之城市更加考究的地方。

第一章
西澳：阳光和飞鸟

珀斯附近有一处山谷名叫"马格丽特河谷"，是一个著名的酿酒园区。我们去那里的那天刚下过雨，整个山谷都被浸润在湿润的雨气中。河谷里有一间叫作Cape Lodge的小旅店。这间旅店是世界上最贵的一百间小旅店之一。这个旅店很小，客房、餐厅算在一起一共只有五六栋别墅式建筑。坐在房间里，树木迎着阳光长在明亮的玻璃窗外面，一湾湖水映着对岸的森林和天空的云朵，风景美得像一幅画。房间的装修风格明亮简洁，几张幽暗的油画装饰在墙上，颇有品位又点到为止。房间虽然少，这个旅店的占地面积却很大，包括一片葡萄园、酿酒厂、天然森林和一个人工湖，离开庄园的核心区到大门口竟然需要开车。门口附近的山坡上种植着大片的葡萄，午后的阳光照在金红的葡萄叶上，背景是郁郁葱葱的原始桉树林，风景从中心区的秀丽转为壮观。

离开小旅店，去一处酒馆用餐，酒馆依山而建，从我们停车的地方可以直接走上餐厅的二层。餐厅前面的谷地被铺成了草坪，草坪前的旗杆上有一面尺寸不够标准的中国国旗迎风飘扬。被人用国旗欢迎有一点意外，忽然明白自己责任重大。无论想不想负这个责，在这个遥远的西澳乡村，我们这几个人就是代表中国的。

　　房子是木制的，无论是支撑房屋的栋梁，还是供客人使用的桌椅，都保持着木材本身的粗朴样子，有些长凳的凳面就是用整根的木头劈成两半做成的。沿幽深的门廊转过弯是开阔的露台和明亮的风景。室外明亮，室内却光线幽暗，灯光下，吧台后面的酒瓶闪着醉人的光彩。房间上下两层受山体影响大小形状不同。酒店的整体结构简练，而许多的门、楼梯、入口隐秘的通道却让细部复杂。我们坐在桌边吃饭，透过明亮的大玻璃窗，可以看到在山谷的低处生长着需要仰视才能看见树梢的桉树林，那就是西澳的野生丛林。小鸟在近处的小树上吸花蜜，不时扑棱扑棱翅膀。

　　我喜欢这家酒店胜过负有盛名的Cape Lodge。Cape Lodge是一种极端，那样昂贵、考究的环境在中国也能做，中国青岛也有一家小旅店在那个一百家名录里，极致的东西只要有足够多的钱就可以创造。但是这家我连名字都没有记住的酒店，是玛格丽特河谷中众多接待游客的酿酒园和庄园中的一个。它利用了天然地形，没花费大量人工，却足以令人叹服，因而也更多体现真实的西澳大利亚。

　　西餐就是那样，品酒和说话的时间比用餐要长很多，一顿饭吃下来已时近黄昏。饭后，我们去往一个薰衣草庄园（Cape Lavender）。暮色中，踏着青草渍湿的小路，忽然下起了雨，一路跑进店里发现进入一个优雅的蓝紫色的世界。店里面摆放着各种薰衣草的制品，化妆品、装饰品、洗涤剂、玩具、糖果、果酱，当然最重要的是酒，薰衣草的酒。四周弥散着难以言述的幽香。壁炉里烧着火，两位彩塑的菩萨双掌合十立在两边，不知道这些"异教徒"这样对待菩萨是不是合适，不过幸好佛教是比较宽容的。

站在温暖的炉火边回头看，落地的玻璃门外是一湾水，水的那一边种着大丛大丛的薰衣草，后面是隐没在夜色中的桉树，侧面隆起的坡地上是葡萄园。雨落着，天色将晚，店面里的灯亮起来，精致的紫色商品闪着光，主人开启美酒请我们品尝。同行的人有人感叹说："不像话！到处都是钓鱼台！"

第一章
西澳：阳光和飞鸟

刚到西澳的这几天，大家几乎是在被扑面而来的美景不断刺激下度过的。摄影师忙着按快门以至于顾不上架三脚架，电视台的人拍完一条走不出50米就架机器拍下一条。出国之前听到很多关于澳大利亚很土的议论，现在看起来都毫无价值。其实国外传回来的很多消息是真实的，不过被国人引申得就不那么对劲了。在澳大利亚使用Internet远没有在国内方便，可是已然属于发达国家的澳大利亚对改变生活习惯和工作方式没有那么强烈的兴趣。我有个朋友从欧洲回来，大家都嘲笑他使用的那款诺基亚手机很土，但是欧洲本来是个崇尚工业化的地方，精于装饰原本就是亚洲文化的特点，如果有朋友从韩国、日本回来就不可能是那样的。去过加拿大的人，抱怨那里很少高楼大厦，尽是小房子，像农村一样，可那个地广人稀的国家，不需要像寸土寸金的北京、上海那样经营土地。

中国这些年确实发展很快，生活改善后的人们，夜郎自大的精神开始上涨。凭片面的信息、膨胀的自信、再加一点儿阿Q精神，关于澳大利亚很土，欧洲很陈旧的议论成为这几年选择在国内发展的人愿意谈论的话题。可是发达国家毕竟是发达国家，出来看一看就知道中国要走的路还是很长。

到了国外，原本最夜郎自大的人也最快崇洋媚外，这两种精神原来有个共同的基础——不了解别人，也不了解自己。其实一天之内我们看到的澳大利亚不过是千顷田地中一个饱满的谷穗，玛格丽特河谷原本就是个出了名的有诗情画意的地方。

望不见
北斗的日子

出海去找海豚玩

　　看海豚的地点在珀斯以南的邦伯瑞，那里有一个海豚研究中心。可惜天公不作美，风很大，有点冷。说是去找海豚玩，海豚中心的服务人员却一直强调要等海豚来找我们玩。我们的领队是个年轻的生物学家，他给我们讲了很多注意事项，说来说去其实就是一句："海豚是野生的"，因为是野生的，所以不是招之即来，挥之即去，他反复强调，要求游人不能主动追逐和触摸。赶上天公不作美，我们都不抱太大希望。不过那个精神的澳洲小伙告诉我们海湾里有四十到五十只海豚的时候，大家还是惊喜了一下。

第一章
西澳：阳光和飞鸟

　　出海不远就见到海豚，一对海豚整齐地在浪中跳跃，一副训练有素的样子。但是海浪太大，我们不能在那里下水。踏着起伏的巨浪，我们驶入一处有防波堤保护的平静海湾，一条巨大的海豚骤然出现在船头，嗖嗖地在水浪中穿行。一船的人都兴奋地大叫着，挤到船头，一个大浪忽然从船头涌进来，一船的人又都惊叫着散开。一惊一乍的工夫，海豚就不见了。

　　然后我们的船在海湾里转了一圈又一圈，海湾里风平浪静，阳光灿烂，大鹈鹕悠闲地浮在水面上，长颈的、鸬鹚的亲戚站在码头的木桩上，船靠近时，便张开翅膀扑棱棱飞走。我们离岸很近，岸上开阔的沙地上两只袋鼠正在吃早餐，很不乐意地抬起头瞟了我们一眼。

再没见到海豚。我们只好掉转船头往回走。船出防波堤，巨大的浪头迎头打来，我们的船被抛上浪尖，又一头栽入谷底。紧接着海豚出现了，骑着浪脊双双跃出水面。大家兴奋地挤在船的一侧，又把许多海水压进来。我们的船说是船，其实更像一个铁制的大筏子，没有船舷，没有船舱。在巨浪中多少水灌进来也没有关系。船在大海里冲浪，比任何激流勇进都好玩，好玩得我晕船了，胃疼想吐，浑身上下飘飘悠悠的。

就在我的状态值迅速下跌的时候，海豚再次出现，七八头排成一排，忽地从浪头里抬起头来，又钻回水里了。周围还有几只两两成对游离在集体之外。它们都长着那样流线型的身体，在海水中呈现灰白色，跃出水面就变成了深色，头顶上圆圆的鼻窝眼像个肚脐眼。我想海豚刚从陆地进入海洋，肯定是游仰泳的，要不然鼻子怎么能长到后背上？不过仔细想想也不是那么回事。

我很小的时候，曾经受到一位长辈的恩惠在一间体育馆里看过一次海豚表演。那是香港的一头名叫"丁丁"的海豚明星。当时我被丁丁优美的泳姿和精彩的跳跃吸引了，以为驯兽师很了不起，后来听说那头海豚死了我还挺伤心。现在才发现海豚原来天生就如此优雅。它们的动作很有乐感，行云流水一般，和海浪配合得天衣无缝。

这个世界上很多城市都有海洋馆，我也喜欢过海洋馆，但是后来我才知道生活在海洋馆的海豚其实都很可怜，它们都是很小的时候从大海里捉来，很年轻的时候就在海洋馆死去，一辈子也不会结婚。海豚其实很聪明，有头脑，有感情，还有丰富的社会交往，重视家庭关系和社会关系。人们把小海豚关进海洋馆里，那些失去孩子的父母有多伤心可想而知。

见到这一大群海豚进了海湾，我们的船连忙调转船头，重新驶入防波堤之内。可海豚又不见了。我们找了个风浪小的地方下锚，下水前，年轻的生物学家再次强调，要"等海豚来找我们玩"。大家一一跳进水中，这下可完了，我头一次穿这种厚厚的潜水服，这衣服浮力太大，一下水立即被浪拽着，随波逐流。虽然这里的海浪没有防波堤外那么大，但我还是完全没办法控制住自己的身体，一会儿向后仰，一会儿向前趴，好不容易拽直了，又在水里打滚，一个来自泰国的服务员，黑黑的长发女孩，朝我笑着，不停地问我："Are you OK？"真是丢人丢大了。看我技术这么差，想必海豚也懒得理我，我明明听到它们发出嗒嗒的响声，却只看到一个稍纵即逝的灰影。"不许追逐"这个规定似乎很没道理，除非我们的脚后跟上有螺旋桨，不然怎么能追得上海豚呢？

第一章
西澳：阳光和飞鸟

我们下锚的地方是海豚的一个重要社交场所，平时海豚们就是在这个地方一起玩耍，交流感情。不追逐和不触摸原来是近距离接触野生动物又不破坏栖息地的重要方法，对海豚来说，人类如果只是另一种在附近嬉戏的色彩鲜艳的鱼，他们会很自然地从你身边游过，只要有足够多的海豚，和海豚一起游泳就能够实现。如果海豚觉得没危险，又很好奇，就会主动离游客近一点，这就是"海豚来找我们玩"。但是，如果人们一惊一乍地惊扰海豚，只要有几次，海豚就会放弃这个社交场所，去别的地方，这就相当于破坏了海豚的栖息地。栖息地减少是全球野生动物面临比非法捕猎和交易更严重的问题。

风平浪静的日子里，海豚也可能优雅地静立在水中不动。可是今天的风浪太大了，海豚是一群疯孩子，它们才不怕风浪，这会儿都跑出去冲浪了，没心情搭理我们这些菜鸟。不过我觉得其实海豚还是来了，它们"嗒嗒嗒"的声音就在我们附近，但海水被风搅浑了看不到。

船驶进风浪，我们就又看到海豚，在远处，大浪滔天的大洋深处，一个个高高跳起，据说这种跳跃也是一种社交活动，向远方的伙伴报告鱼群或者其他信息，没准它们发现了一大群鱼，这会儿而正忙着打围呢！哎，到底海豚是野生动物，人家今天不想理我们，不理就不理吧。

我很感激领队没有拿着碎鱼肉把海豚引到我们周围。海豚自在地高跳、冲浪，出双入对或搭帮结伙，这样自然的行为和真诚的欢乐是人工环境里永远得不到的，你永远无法知道海豚打算做什么，这正是和野生海豚接触最有乐趣的地方。

阳光下的电子游戏

　　澳大利亚也是这样，最负有盛名的旅游点看着也不见得怎么样。尖峰石阵是一个很出名的景观，在西澳，和旅游有关的地方就有它的广告。它的形成原因和喀斯特地貌不同。在远古时代印度洋还很遥远，风从西方吹来，沙石和矿物质掩埋了茂密的森林。粗大的树木于是钙化石化了。又过了很多年，风和雨水又把他们带来的沙石带走了，就形成了今天的尖峰石阵。在澳洲金色的夕阳下，尖峰石阵可以被拍成很美的照片，成为西澳旅游的明信片。但是和中国南方丰富的喀斯特地形相比，这里怎么看也是小打小闹。

第一章
西澳：阳光和飞鸟

　　就像旅游卫视一位导演说的，每次出来拍片，接待方推荐的地方总是不那么让人满意，却往往能在那旁边发现最有意思的东西。今天一出门就发现，我们换了一辆汽车，据说是为了冲沙，但依然是一辆三十座的大型汽车，仔细看过，原来和我们塔里木油田用的那种沙漠载重卡车是亲戚，只是后面的车厢改装成了客车。驱车三个小时之后，我们到达了一片海滩，车子在海滩的浪迹上行走，海浪就打在轮子上。随后我们开到海滩后面雪白的沙丘上。司机居然就开着这辆三十座的大车，从几十米高的六七十度的陡坡上冲下去，吓得大家都惊叫起来。

　　我们在一处沙山上停下车，浩瀚的天空，白云垂着，一层层滚向远方，白花花的阳光下，耀眼的沙滩一直蔓延到天边。沙地外面是树丛，再过去是海。一辆黄色的四个巨大轮子的沙地越野车也在这里冲沙，我在沙地上行走时，它突然转过方向朝我这边开过来，吓得我撒腿就跑，不过我要是正好站在两个轮子中间，不用弯腰它也能开过去。但我绝对不敢干这件事——那轮子实在太大、太宽、太厚实了，在它面前，我好像一只站在钢铁巨兽前的蚂蚁。看着这个大脚怪，有点看科幻小说的感觉。

沙地的中心，几个人正在玩沙地摩托，加足了马力冲上小丘然后一跃而起。他们的游戏如此富有激情，设备又那么专业，我很希望他们说自己是专业运动员，但我怎么问他们也还是业余的。那三个小伙子属于一个俱乐部，其中一个小伙子白白的，有点胖，说话很腼腆，他玩这个才三个月，所以落地的时候经常摔倒。而那个肤色黝黑，有文身的人已经玩这个十年了。这么奢侈的运动，对他们来说只是游戏，完全没有半点职业目的。

远处一个摩托方队缓缓地从沙地上驶过，那是另一个沙地摩托俱乐部。他们的摩托都是四轮的，远看每辆都是方方正正，许多辆排成一个方阵，匀速运动在白色的沙丘上。那场面和"红警"中的机器爬虫运动的场面一模一样。事实上整个下午，我都像在玩电子游戏——大脚怪，沙地摩托，机器爬虫。我们玩电脑游戏的时候，经常惊叹西方人丰富的想象力，看过了才知道，原来他们真实的生活中就充满想象的元素。

我们的艺术作品也好，实用设计也好，原都不必模仿西方人，没有他们的生活基础，模仿的外皮没有灵气，看着永远不如别人的东西。而那些基于我们的生活环境做出来的东西，老外看了也会觉得很有想象力。我在张家界沿着金鞭溪前行，总觉得自己是到了《西游记》的某个场景里，周围险峻的山峰光线迷离，正是妖魔出没之地。而在湘西的一座苗疆古城，感觉就是进了《仙剑》的迷宫。

返回的路上，我们把车停在路边，开阔的土地上未经人工的树木长在公路两侧，公路蜿蜒起伏伸向远方，缓缓陷入大地，又在更远处扬起到天空，地平线开阔而清晰，云从地平线卷向天空高处，透明的空气让画面的每一处透视关系都尽收眼底。由于西澳陆地西临大洋，这里气候和天空很像欧洲，加上开阔的视野、良好的植被，简直就是一幅荷兰风景画。西方的油画中那些美丽的自然风光，原来是他们随处可见的风景。而在中国，有一次我路过下雨的滇池，西山在雨气里失去了前后关系，变成了一堵直立的，有暗纹的壁，山顶云雾迷蒙，一草一木都在水气中浸透了，那时我就想，这样南国的风景天生就是宣纸上浸着的水墨。

第一章
西澳：阳光和飞鸟

021

最后的殖民地

珀斯以南的福利门特有一座监狱，因为圆形的石头房子临近大海，得名圆屋，这也算是西澳洲的一座古迹了。最早的澳大利亚人移民是流放这里的罪犯，据说早期的监狱都阴森可怖。我进去看了看，发现最多只能关押八人。监狱的每间牢房都很小，中间的空地上有刑具和绞架。虽然只关押那么少的犯人，整座监狱的规模却不小，在海边建起高高的平台，两翼展开，像一小段城墙，下面有一个通向大海的门洞，顶上才是圆屋，圆屋的环形墙壁很厚，里面还有梯形的斜墙支撑，面向大海的地方有一个炮台。这个建筑很令人费解，它更像一座堡垒或要塞，不知道为什么要将八个人的监狱修得如此坚固，如此讲究，我想只有一个解释，那就是澳大利亚确实有监狱文化。

福利门特小镇很漂亮，靠近圆屋对面的街道是这个城市的一条主要街道了。街上很清静，街道两旁的建筑古朴典雅，都是维多利亚时代的风格，洁白的石柱支撑着红色、米色的砖墙和拱形的门廊。建筑在街角弯成典雅的弧形。偶尔有些建筑有阳台，铁艺的阳台金属雕饰繁琐而精致。阳光从透明的天空流淌下来，海鸥沿着街道飞翔。

再向前走店铺就多起来，几个路口之后，街道忽然繁华起来，街道的中心摆着些桌椅，人们坐在这里喝咖

望不见
北斗的日子

啡。两个青年在跳街舞，男的穿着一身黑，女的穿着淡紫色的吊带背心和黑色长裤。他们的舞蹈热情奔放，像阳光下的海滩一样健康自信。

　　天空出现一架飞机，拉着一条长长的横幅，是一个小伙子在向女孩子求婚。街道尽头的大树下有一对新婚夫妇正在举行婚礼，老式的汽车被喷成山楂酱一样的红色，前面系着两条淡粉色的丝带，伴娘看上去比新娘要漂亮，回眸一笑之间迷得大家惊叫了一下。她身着红色礼服，皮肤微黑，长着马来人那样浓重的眉眼。

　　回看圆屋，当年在这个荒凉的海滩上，如果它真的曾作为流放的中转站使用，八个来自遥远国度的犯人被关在石头圈里，看不到外面的世界，而外面只有荒草、桉树林、难以穿越的灌木、因未开垦而没有物产的土地，恐怖、绝望的想象充满万里迢迢登上海岸的犯人们的头脑，他们的心情决不像今天我们看到美丽的福利门特这么好。

第一章
西澳：阳光和飞鸟

　　都知道澳大利亚人是犯人的后代，他们自己也这样想。有一天晚上，在酒店里，我们碰到很多人穿着囚犯的衣服到大堂开Party，以纪念他们的祖先。其实这个说法很大程度上是以偏概全。在西澳，我们去过的三个城市珀斯、邦伯瑞、福利门特都可以看到纪念早期探险家和移民的青铜塑像，他们中有军人，有博物学家，有航海家，也有贵族。而且，早期的英国移民虽然多一点，后来西澳和整个澳大利亚都在接受世界各国的移民。

　　那天在邦伯瑞看海豚回来，在一家餐馆吃海鲜。虽然还是西餐，但这一餐却感觉有点儿不同，不是味道是风格或者说气质的不同。这家店的老板是希腊人，在这一带相当有名气。餐厅的一侧面向大海，没有墙，阳光灿烂，海风吹进来，海鸥在栏杆上休息，鲜红的海鲜排列在盘子里，无论色彩、味道都和地中海的阳光一样干净而明朗。

紧邻着海鲜店是一家糖果店，一个瘦瘦的美国人戴着鸭舌帽，穿着大围裙走出来欢迎我们。他是这一带有名的糖果大叔，仍然按照美国19世纪的传统工艺制作糖果。糖稀在一台老式机器上像做牛肉拉面那样被拉得很长，让空气和糖混合。包糖的那台机器就更加古老，来自一个世纪前的中美洲，辗转了半个地球到达了澳大利亚。两台机器和工业时代早期的许多设备一样有很多铸铁部件，皮带传动，包好的糖从一个簸箕型的地方漏下来，糖纸是那种有腊的白色糖纸。我把那些糖叫怀旧的糖果。

后来我们去一家旅店喝下午茶，店主是英国人，喝下午茶又是一个典型的英国习俗。多年前，店主买下一处早期庄园主的房子，并且精心地把它改建成旅店，古典、雕饰繁琐的家具，厚重的帘幔，暗红的地毯，宽大的床上是层层叠叠的床具，整个房间雍容华贵。为了保持古典风格，主人不仅购置了古老的家具、窗帘、还在柜子里摆上古典瓷器，连门把手、电灯开关、水龙头、马桶这样的细节都没放过。

在我们的印象里，欧洲人或者说白人都差不多，但今天，一个下午我们认识的三家店主，是完全不一样的三种人，希腊店铺阳光而闲散、美国大叔很亲切、英国店主拘谨谦恭有一点刻板。这是个移民的世界，来自各国的移民带着各地的文化传统，生活在一起是那么相似，走到几步之外，又那么不同。

西澳海滨城市

西澳很美，宁静而优雅，宁静得有点乏味，优雅得令人感觉拘束。但就是这种静与美之中，有我们这些来自亚洲的人非常神往的东西，这东西即使在悉尼或者墨尔本也不会有。这东西是什么我想了很久，得出的答案竟然是：殖民主义，这话听起来伤自尊，但别着急，这是真的。

西澳是个殖民主义色彩非常重的地方，那些立在公园里的塑像和纪念早期开发者的铭文随处可见。今天西澳的很多庄园依然可以看到披荆斩棘的痕迹，庄园就在锄头刨过最后一个印记处停下来，再过去就是原始森林。不仅如此，西澳的气质里有19世纪后半叶殖民主义黄金时期的种种特点，而且不是大工业时代的特点，也少有现代资本主义的金融街和写字楼，而且没有正在全世界传染的美国式的牛仔精神。

西澳的街道上，装饰华丽的老爷车较之新款豪华轿车明显比其他地方多。街道两边是维多利亚时代精美、典雅的小楼。和澳洲其他地方保存下来的百年老屋相比，这些小楼丝毫没有被时间抹上古旧感，仍然有鲜活的生命。宽阔的草坪上，生长着粗大的树木，让人联想起打板球的绅士，和穿着长裙的年轻夫人和小姐。在郊外的庄园和牧场上，壮丽的风光就像那个时代荷兰、法国的风景画，甚至人也像从一百年前的画卷中走出来的。我们认识的糖果大叔一看就是美国人，但是，是《小妇人》里面描写的那样善良、质朴、平易的人，而不是今天这种快节奏、个性张扬的美国人。请我们喝下午茶的英国店主做事动作缓慢，一板一眼。而今天双手插在裤兜里，满脸灿烂笑容的布莱尔首相和这样的英国后裔已经大不一样。

在澳大利亚其他地方，虽然当地居民主要也都是移民，但是和西澳不同，那里呈现的是移民国的景象，就是说，那里已经明显的是澳大利亚。而在西澳的几天里，我只远远地见到过一次野生袋鼠和几只鸸鹋，除了前往北领地那天，在机场第一次见到原住民，其他的日子里，我总觉得自己在欧洲的什么地方。澳大利亚其他地方推崇地缘关系较近的亚洲，或尊重更熟悉这片土地的土著文化，这些理念在西澳几乎看不到。

殖民地在刚刚开发的那段时间是非常艰苦的。到了19世纪后半叶，殖民者已经有了前辈的积累，"第二次世界大战"后的独立运动和激烈的商业竞争尚未开始，生活品质相当高。保留着早期资产阶级的新贵族文化，同时优越的经济生活和社会地位也带给人高贵的气质，这些生活安逸的殖民者的特点依然留存在今天的西澳。今天，这里的人们虽然不再穿传统服装，却依然从容和优雅。

第一章
西澳：阳光和飞鸟

殖民主义的鼎盛时期也是西方文明优势最大的时期。后来在悉尼、墨尔本繁忙的公路、高耸的楼群中，我发现我们对今天平民化的西方世界感觉不过如此，但对于殖民时代西方文明的艳羡却仍然留在我们的记忆里。今天在这片遥远的土地上，殖民者的后代已经不再侵犯其他民族的利益，他们的生活中保存着的那种优美是西澳最难得的风景。

小可爱们的精神世界

在澳大利亚以外，考拉的知名度和澳大利亚一样高。但是在西澳的动物园里，一下子见到这么多憨态可掬的小家伙聚在一起，还是有点出乎意料。

考拉，小眼睛溜溜地看着外面的世界，好像有很多心事。每个见过考拉的人都会感叹造物主的神奇，怎么就能做出这么可爱的动物。但是考拉在动物园里的样子，好像被收养在孤儿院里少疼失爱的小孩，撅着嘴，怯生生地望着热情有余的游客，怎么逗，它都不理你。

旅游卫视的主持人小美女娜莉很喜欢考拉，在树边和一只正在打瞌睡的考拉玩，甚至和它鼻子贴鼻子，发现它的鼻子湿乎乎的。大家笑话娜莉魅力不够，引不起小考拉的兴趣。其实考拉不一定觉得娜莉这么做是表示喜欢它们，它们没准觉得娜莉挺烦的。而且考拉太喜欢睡觉了，它们的食物桉树叶，含糖量很低，虽然一只考拉一天可以吃掉二十公斤桉树叶，还是能量不够，所以总是没精打采的。

动物园的草地上，有些散养的袋鼠。娜莉给它们喂食它们就吃，没吃的了就一跳一跳地跑开，一点儿也不懂得配合镜头。有袋类动物比胎盘类动物傻，所以不能指望它们像小狗那样跟你又摇尾巴，又做各种亲热动作。

娜莉没敢抱考拉，怕它尖利的爪子抓破衣服，她抱

考拉

了另外一种动物袋熊，考拉又叫树袋熊，是爬在树上的，而袋熊是一种生活在地上的，长得像小猪一样的有袋类动物。娜莉把它抱在怀里，它瞪着大大的眼睛并不和娜莉亲热，只是显得比考拉乖一些。它坐在娜莉怀里就开始拉屎，娜莉笑着说："真不给我面子！"她抱着小熊，对动物园的工作人员进行采访。忽然发现袋熊浑身发抖，就问小熊是不是冷了，还给它搓搓小手。可我总觉得，那小东西肯定是被娜莉吓坏了，莫名其妙地被一个陌生的大动物逮住了，不紧张才怪！就算它是真冷，搓它那个指甲比手指还长的小手能管用吗？

　　小动物不管乖与不乖，都有自己的精神世界，人类自以为对他们友善的做法其实是瞎掰。

传统之心

西澳的每一城市都有漂亮的房屋和典雅的街道，无论是置身其中，还是用照相机的镜头摄下来，都会非常漂亮。可是在西澳旅行的日子里，我总有一种担心，如果我们就这样把西澳介绍给国内的人，国内的房地产开发商或者旅游开发商看了，会不会又找一片山清水秀的地方照着这个样子，建起一片不伦不类的房屋来。

都说移民国家没文化，但在西澳的这几天，我们看到来自世界各地的澳大利亚人都依然带着自己民族的传统，而且这种传统不是只有表面形式，是活在心灵深处的。

珀斯的天鹅钟塔造型自然洒脱，风格和建筑材料都很现代，碧绿的玻璃幕墙组成的印象派的天鹅正仰头而鸣，侧面有两扇几层楼高的金属墙是它的翅膀，整座建筑简练又写意。它是为纪念珀斯建市二百年建造的，是一座新建筑，典型的现代建筑。在这个钟塔里面，十八口巨大的钟安置在复杂的机关上，其中有一些已有三百年历史，曾经被敲响在欧洲各地的教堂里，而敲响这些巨大而复杂的钟的，依然是《巴黎圣母院》时代伽西莫多所使用的方法。

这几天，我们走进每一家旅店、每一家餐厅，它的内设、装饰和房间的格局都来自一种古老的习惯，石砌的壁炉里生着火，长条的餐桌上摆着晶莹的玻璃高脚杯，细腻

鹈鹕

的白瓷盘，并且按古老的传统将刀叉分放在两侧。传统使建筑和内部的氛围像一个成年人，有稳定的性格和成熟的思维体系。

欧洲人从古希腊时期就住在石制的楼房里，有卧室、客厅甚至紧邻卧室的浴室和私人卫生间。这种结构和今天欧美的居住结构是一脉相承的，而我们今天也住在这种结构里。中国人从仰韶文化时期就住在斜屋顶的房子里，长幼有序，有城墙和壕沟保护村落，这和后来民间的四合院、棋盘式规划的大小城池以及伟大的紫禁城是一脉相承的，这种承传了比五千年更加久远的文化，正在我们这一代手中断送。

而在国内，古老的房屋保存下来的首先已经很少，即使留下来的，建筑虽然还保留着，但是内部的装潢陈设已经改为了现代。上到故宫博物院，下至民间古宅。这就像是掏空了古典文化的内脏，留下躯壳，挑在竹竿顶上招揽生意。我们虽然有五千年的文明，这样的做法看上去也是对古典文化的保存，至少那些建筑没有被拆掉，但却都变成木乃伊。

故宫大殿虽在，内部却掏空了，改为大玻璃陈列柜。我当然知道文物集中保管会比较方便，但参观珍宝馆的时候，我真希望看到那些珍宝原来放置的地方——深色的檀木架子上一个黄金的盆，后面是太师椅和方桌，还是挂着幔帐的床？方桌上是否有精美的瓷瓶？幔帐上是否绣着花？但我看到的只是橱窗中一大堆摆在一起的、大同小异的粗重黄金脸盆。

在丽江的四合院，庭院和房屋外观虽未改变，门里面却变成两张铺着白色床单和棕色毯子的席梦思床。那样铺床的方式显然是西方旅店的统一模式。而我从来就不明白为什么要把毯子和床单死死地压在床垫下面，以至于每天晚上必须费力地把它踢出来。甚至在中国的有些地方，床上被褥的配置合乎国际标准，却并不适合当地的气温和四季变化。如果我们使用中国人原本使用的床，每天把被子叠在床头，只是为了像一间旅馆而采用统一的色彩、图案不是会更舒适一点儿吗？

西澳洲只有两百年历史，两百年对中国人来说太短了，但是今天在多少中国人身上还能找到两百年的传统？我们的房间里是否还装饰着精美的刺绣和木雕？是否悬挂着装裱的字画？是否还按照古老的礼仪待客？西澳洲很美，但是我们真的不必在中国仿建一些这样那样的建筑角落作为高档场所，我们没有欧洲人的心，我们有自己的心，一颗我们自己已经很少关怀的心。

第一章
西澳：阳光和飞鸟

阳光的故事

——与邵兵同游西澳

　　第一次面对面见到邵兵是在时尚行的发布会上，邵兵戴着墨镜和帽子，头发挡在耳朵两侧，面部露出来的那点可怜的地方还胡子拉碴的，像个伪装不良的特务，实在没法给我留下太深的印象。

　　此次澳大利亚时尚行活动，是由澳大利亚旅游局邀请，新浪网、旅游卫视的《畅游天下》和时尚杂志联合行动，全程四十多天，邀请了一位男明星和一位女明星分别出现在第一站和最后一站。男明星就是邵兵。

　　在飞机场这身伪装还真起作用，集合的时候我一一找到了每个合作单位的人，就是没看见邵兵，其实那会儿他就站在我旁边。哎，帅不帅的和我没关系，只要飞机不是他开的就行了。

　　我对邵兵印象最深的一个片子其实是《紧急迫降》，邵兵饰演出现险情的飞机的机长。由于剧情需要，在整部片子里他一直坐着，目视前方，从头到尾连个姿势都不带换的，所有的戏都靠那双眼睛，而眼神也很难办，不能哭，不能笑，不能轻松，不能紧张，不能自信，不能绝望。那片子说是惊险片，其实故弄玄虚了，并不好看，但是看过之后我对邵兵是佩服得五体投地。邵兵不仅把所有的不能都做到了，而且那双眼睛里还既没有恐惧，也没有勇敢，但是却丰富而感人，平静的目光中能看到对生命的怜悯和对死亡的沉着。

初到西澳，邵兵一脸倦容，歪在车上就睡着了。虽然这两年邵兵很少和观众见面，修养身心调整一下生活和工作，但最近已经忙碌起来。他的新专辑刚刚录制完成，还在准备拍MV。这次在西澳五天，24号回去，25号要拍一个广告，随后就去四川拍一部电视剧，日程安排得相当紧。这次应澳大利亚旅游局邀请，来西澳除了协助宣传西澳的旅游资源，自己还有两个重要的任务，一个是给新专辑拍封面，为MV拍点素材。

下车的时候，我特地回头看看他，摘了帽子和墨镜还是挺好看的。他倦倦地抬了一下眼皮，依然是那双熟悉的愁云不散眼。

初到珀斯，在英皇公园灿烂的阳光下，邵兵一下就靓了。他站在碧蓝的天鹅河边，身后是一尘不染的城市。英皇公园有大面积的，随地势起伏的美丽草坪，邵兵脱去上衣躺在草地上晒太阳。由于对阳光的喜爱，邵兵的皮肤有一点微黑，始终是这样的，他拍戏、拍照从来不打底色。这几年男演员中黑肤色很流行，似乎这样就可以显得阳刚，但是阳刚并不是在皮肤上，要是天生是个奶油小生，最好不要去做晒皮肤那样的傻事。邵兵不一样，他身材高大，运动型的骨架正适合西澳的阳光。

在西澳，邵兵最喜欢的是出海游泳、潜水看海豚的那一天。他曾经是一个皮划艇运动员，得过亚洲第二的好名次，对水有特殊的好感。在邵兵还是个运动员的时候，有一天，他看到一位曾经的运动健将在收发室发报纸，消磨退役以后的生命，当初叱咤风云的气势已荡然无存。这个景象震动了他，他放弃了运动生涯，报考电影学院，然后有了今天魅力四射的他。这次西澳之行对邵兵来说日程安排得太满，运动量不足，邵兵路上一直着急说没有时间健身。

那天海上风浪很大，海豚忙着冲浪，我们忙着晕船，但是邵兵从容不迫地站在船头摆Pose。摆Pose是个玩笑话，虽然很配合，但邵兵并没有在摄影师面前摆Pose，他其实什么都没干，只是坦然地漠视镜头的存在。

在西澳，摄影师们都感叹工作太容易，风景太美，随便怎么拍都是好片子。给邵兵拍照也一样，他把脸摆在那让大家随便拍，反正拍到什么都好看。但也和西澳的风景一样，下雨还是出太阳，是摄影师管不了的。邵兵的表情只能靠抓，你要特地让他做个什么表情他才不理你呢。我们的摄影师甚至觉得他完全听不懂"转一下头"或者"笑一下"之类的话。邵兵坚守着自己的情绪，忧郁、快乐、疲惫或兴奋，我们拍到的每一个镜头都是真实的邵兵。

邵兵在生活中和在戏里一样不爱笑，但他并不像我以为的那样难处，他其实挺随和的。这几天和我们坐同一辆车，吃同一桌饭，他从来没有单独提过什么要求，甚至我们都在抱怨西餐的时候，他也吃得津津有味，还一再地说，应该到什么地方吃什么东西，要吃中餐就不在澳大利亚吃。他的经纪人告诉我，这两年好一点，从前她还经常要提醒邵兵明星要有明星的样子，坐车不要坐在副驾的位置上，出门不要自己拎包。

和明星相处并不是件容易的事，我最担心的是两件事，一件是我们天天在一起，我不能把他当电影，整天盯着看个没完。更有难度的是我太熟悉他的形象了，所以我总觉得我已经认识他很久，是个老朋友了，我必须不断提醒自己是我认识他，不是他认识我。结果，我常常在邵兵面前欲言又止，不敢和他一起玩。反而邵兵常常和我说点这事那事，才让我放松下来。

到第三天大家就基本上混熟了。休息好了之后，邵兵的精神也转好了，他的脸上终于有了笑容。我要是说邵兵在三天之内年轻了五岁的话，保证是说少了，事实上他从一个老男人变成了一个孩子。

在Cape Lodge风景如画的草坪上，邵兵看着天空出神。两位摄影师着急忙慌地按动快门捕捉这个瞬间。演员这种工作其实挺没劲的，每个人都把他的脸当风景看，只要有好表情，大家都追着拍，可他心里想什么，为什么皱眉，为什么出神，为什么发笑，是没人在意的，若真有人在意多半是为了猎获些小道新闻，做茶余饭后的谈资，还不如不在意呢！

第一章
西澳：阳光和飞鸟

晚上，大家在一家狭窄的中餐馆里挤在一起吃饭，这几天优雅的西餐搞得大家都肠胃不合，闻到中餐的气味，大家的神经系统就活跃起来，气氛忽然热烈了，开始大声喧哗，抢吃抢喝。吃晚饭上车，大家意犹未尽，偏偏旅游卫视的同事放起了中文歌，于是开始起哄唱歌。

我们都知道邵兵要出专辑了，但开始并没好意思哄他，可他坐在前排自己拿起麦克风就先唱上了。影星唱歌历来是一件很有争议的事情，邵兵也遇到一些质疑。但他自己的定位首先并不高，只是爱好，就去做了，但是既然做，又尽最大可能做好。他的音乐制作人是为张学友制作音乐的。据说制作人认为邵兵的音乐感觉很好，比较有天赋，对音乐的处理显得得心应手。邵兵不好喝酒，但据他的经纪人说，在进棚录歌之前他喜欢喝点红酒，他觉得那样唱歌的感觉很好。

关于这些评价我不是专业人士也没听过他的专辑，不好说。但在车上这两句听着技术很好，声音也很好，而且很开心。邵兵唱歌的样子很可爱，眉毛扬起来，眼睛忽闪忽闪的，脸上有一点恬淡的微笑，像个孩子一样真心，我喜欢他这个样子，在银幕上见不到的样子。我想如果他站在舞台上唱歌也是这样子，会有很多人喜欢。

邵兵来西澳，还准备为他即将投拍的MV拍摄一些素材。说到拍MV，邵兵还有些独到的想法，他希望把电影的拍摄手法和他对镜头的悟性体现到MV中。我不知道那会是什么样子，但是我想看。

从前听过很多人抱怨邵兵好摆酷，我倒真没觉得，可能见第一面的时候确实有一点，可能太多见过邵兵的人和他只有一面之缘。他真的开心的时候不多，不大跟生人说话，不会对着摄影机竖起两个手指说："Hi！大家好！"但这正是他的真诚所在，那种做出来的亲和力才是典型的职业化的表演。

我们的媒体对艺人常常过于苛刻，而且苛刻得肤浅，轻易地就把当前的流行当成是非标准，流行酷的时候说酷，流行别的了，又说摆酷。事实上每个演员都有自己的风格，抛弃了风格便没有了魅力。无论真酷还是摆酷，都是别人的看法，邵兵其实什么都没干。

邵兵外形上虽然很大男人，但是在生活中，他并不是个国王，不会站在高处受万众朝拜；也不是大臣，不兢兢业业，苦心经营；甚至不是武士，不号令三军，也不冲锋陷阵；更不是弄臣，决不哗众取宠，博得掌声和赏赐——他是个王子，被国民喜欢着，被老臣期待着，被随从照顾着，被姑娘们议论着。

贵族时代，漠视政治的王子们，都是天生的演员，大部分时间过着别人安排的生活，按照大家的需要，站在繁华的侧面，任由政坛冷风在身边旋转，心里想着父王、母后和远方的心上人，尽职尽责地扮演自己王子的角色。偶尔，有人看到他独自站在华丽的窗前眺望远方，眺望他自己内心深处的自由和梦想。

虽然相处的时间很短，但是我觉得邵兵应该是那种热爱自由和欢乐的人，但是即使在西澳，他的大部分时间仍然是坐着、站着、走着，让摄影师拍着，喜欢还是不喜欢，他一直耐心地配合着，快乐还是不快乐，看照片就知道了。无论多么率真，生活中，邵兵仍然是个演员，至少在西澳是这样，和三个随时采访他的媒体在一起，他谨慎地和大家保持着距离，扮演着电影明星这一角色。

第一章
西澳：阳光和飞鸟

在薰衣草岬，邵兵送给每个女孩子一件礼物。我因为还要在澳洲待三十多天，不敢让行李太重，因此什么也没打算买。邵兵问我要什么礼物的时候，已经快上车了，我着急地在店里东看西看了一阵之后，顺手抄起一瓶果酱。朋友们埋怨我说为什么不要一件放得住的东西，以后也可以说是邵兵送的，我也挺后悔的。不过我保证吃完果酱之后不会把瓶子扔了，并不是因为邵兵是个电影明星，而是因为这几天虽然短暂，但大家相处得很开心。

24日早晨，邵兵回国了，想起以后再见面就要看电影了，感觉还是酸酸的。

这几天虽说算是一起工作，一起玩，却并没有太多精彩的故事。这几天没有戴帽子和墨镜的生活，对邵兵来说或许像西澳的阳光一样平静，像穿过街道的海鸥那样从容，如意不如意都算是很难得了。

望不见
北斗的日子

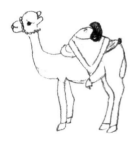

第二章

北领地:热爱荒凉

澳大利亚领土面积虽然广阔，但80%以上的土地是干旱半干旱的荒漠。飞机从珀斯起飞，沿海地区明丽的绿色像一条火红色幔布上的镶边，迅速飘逝在视野之外，澳大利亚的野性与蛮荒就此拉开序幕。

北领地是澳大利亚中部地区、北边一半的土地，这里不是澳大利亚的一个州，而只是一块托管的领地。我们所到达的地方是澳大利亚最出名的"大石头"所在地，虽然属于北领地，但其实是在远离北方海岸的大陆中心腹地上。

褚红色的沙漠上，神奇的巨石拔地而起，上升到一个似乎正要创造无数奇迹的高度戛然而止。广袤浩瀚的土地上，挑着灰绿色细碎树叶的沙漠像树随风摇舞。夕阳下，沙漠好像反射着烈火的光芒，到处是被火烧过的黑色的植物灰烬。

古老的神灵依然在余晖中出没在荒原之上，守护着荒原上的万物和居住在这里的信奉神灵的古老居民。

离开珀斯一小时以后，从舷窗向下眺望，我们有一个惊人的发现：机翼掠过的地方竟然是从未经过人工的土地，没有市镇、没有村庄、没有房屋、没有农场、甚至连公路都没有。

快接近目的地的时候，下面忽然出现很多巨石。先是突兀地出现在远方，转眼成了托在飞机下方的巨大手掌，而飞机只是悬浮在他手掌中的一粒小小昆虫。这并不是举世闻名的"乌卢鲁"，这是当地原住民称为"卡塔酋卡"的一处有大小不等三十六块石头的巨石阵。

飞机稍作盘旋，晃动的浮云下，乌卢鲁远远浮现

望不见
北斗的日子

042

在天边，在平坦得像风平浪静的大海一样的荒漠里，犹如一朵云从水下拱起，正在升腾，红色的海，红色的云，铁的颜色。我有一种感觉，觉得它好像会随时迸裂出来，像原子弹爆炸一样变成一朵巨大的蘑菇云。但我知道那是一种毫无根据的幻觉，所有这样低矮、巨大、顶部呈圆形，底部深埋于土层之中的地质结构都是非常古老而稳定的。就像这里的原著居民，看上去奇异、独特，而实际上他们已经在此地生活了数千年，对他们来说，荒原上的生活一贯如此。

第二章
北领地:热爱荒凉

北领地原住民的工艺品

大雨中的北领地

澳大利亚没有全国统一时间，按照时区调表，不仅调整点，还调半点。从珀斯出发到乌卢鲁我们的时间少了一个半小时。在机场上抬起头，就看到那块巨大岩石，震撼和梦幻的感觉同时迎头袭来。踏上赤红色的荒原，鼻孔有一点儿干，气候和环境的变化感觉好像从青岛到了酒泉。

周围有很多苍蝇，很细小的，只有北京最常见的苍蝇的三分之一大，但是体形非常标准，算不上什么奇异的生物。由于干旱，人烟稀少，周围极少人工垃圾和阴沟污水，这些苍蝇其实一点儿都不脏，也不太吵，但是太多了，在眼睛、嘴巴附近飞，很讨厌。同行的人开玩笑说，难怪澳大利亚人说英语这么难懂，原来是苍蝇太多，说话时不敢张嘴。砖红色的沙子上无数暗红色蚂蚁在疯狂地爬行，我们只得狠心从上面踩过去。

汽车沿公路向乌卢鲁国家公园驶去，巨石晃动在车窗里，让人怀疑画面的真实性，究竟为什么造物主要制造如此奇异的结构，吸引世界各地的旅行者，万里迢迢只为来此一看？小鸟掠过窗外，飞在灰白色的植物上空，四野无人，巨石静静地横卧着，好像睡得很沉，很安静。

要是在更北部的达尔文或卡卡杜国家公园，大雨并不稀罕，但是在澳大利亚的中部干旱的沙漠地带，有时候三年五年都不下雨，河流干涸，湖泊变成盐碱地，然后下一场大雨，连续几天，又变得大河奔流，湖水清澈。连在湖底休眠的虾卵、鱼卵都孵化出来，急急忙忙地长大，抢着在水干之前产卵，然后那些卵又再次休眠，等待下一个雨季。我们到达北领地的乌卢鲁之前，这里已经干旱三年了。

曾经听说澳大利亚的沙漠里有很多蚂蚁，所以我们下飞机时看到满地蚂蚁，并没有意识到它们是因为要下雨正在搬家，而且那样干旱的环境、晴朗的天空，并没有丝毫下雨的征兆。在这片蛮荒大地上，我们这群"菜鸟"不仅不及在这里生活了千万年的原住民，也不及本地的蝼蚁。

第二章
北领地：热爱荒凉

雨是半夜下起来的，到第二天早上，我们出门的时候，四周黑着，只看见雨点噼噼啪啪地打在汽车的风挡上。拍摄乌卢鲁日出原本是我们今天的任务，来干旱的北领地拍摄，摄影师们都没有做好防水的准备。我低着头开始祈祷，不知道为什么，我忽然跟车上的人说："不会的，不至于，我们不会冒雨拍的。"

我一直相信，所有荒凉原始、人烟稀少的土地上，都有神灵居住，人声嘈杂、灯火通明的都市里是没有的。那些神灵能听到我们的思想，只要虔诚就能和他们对话。和神灵对话，不需要用具体的语言，踏上这片土地时，就能感觉到他们的态度——欢迎、冷淡或是厌恶。如果你有强烈的愿望，他们也知道，而你也能感觉到他是愿意支持、不愿理睬还是表示反对。尊重神灵其实也是在尊重自然规律，听上去有点神是吧？那就多去这种地方走一走。

我们在观看点停下车，打开车门的一刻，雨居然

045

停了，苍蝇和蚂蚁都不见了，一只都没有了。沙漠浸了水，踩上去像我们南方红土高原上的红泥。云层很厚，从黑暗中浮现的乌卢鲁是灰色的，笼着薄雾。天边渐渐变红，地平线附近，云竟然开了个缝，露出一点儿蓝色。云从大石头背后升起，云浪翻过巨石从顶部，从迎着我们的这一面流下来，像是在结构清晰的油画上，平添了一笔水墨。

观景区的地面上安置了一些桌椅，造型采用了原住民的文化符号，中间的桌子是枣核形的，两边的座椅并没有围成圈，而是向相反的方向拉开两个半弧，像一只眼睛。摄影师让我站在中心的桌子上照个纪念照，我没同意，我觉得那样不尊重神灵。"哦，呵呵，那就算了？！"他说。

时间推移，灰色的乌卢鲁上有了一抹淡淡的粉红，太阳应该已经出来了，从乌卢鲁的背后上升，靠近地平线的云被从底部染成鲜红，接着霞光上来了。云层和我一样着急，不断变薄，不断开裂，想抢在太阳升高之前为它拉开大幕。

太阳终于没有露脸，阳光由红渐渐变白，被火烧过的黑色的草木灰烬和色彩浅淡的沙漠植物相互交错，雨中万物的颜色不再鲜艳，由浓烈转为淡雅。广袤的荒原一望无际，上面是壮丽的天空。云张开双翼，努力上升，看上去像从巨石背后升起向四处喷薄。没有太阳的日出，乌卢鲁却显示出它主宰万物的力量，无比神圣。

今天的日出已经结束了，我回头看到国家公园的管理员紧张地看着我们，他们和我有同感，我们这行人中间有人一直在冒犯神灵，不能再贪心了，于是我说："好了吧？我们走吧！"话音刚落，雨水从散射的云翼上再次散落下来。

　　在北领地的那段时间，我对原始神灵的崇敬一直被同行的人反驳或者嘲笑。但是那一天，我们拍完了片子上车的时候，翻译问："拍到了吗？"一贯对原住民文化不屑一顾，为反对公园管理规定曾经暴跳如雷的一位摄影师指着我说："拍到了，我们有这么虔诚的人在，还能拍不到吗？"

第二章
北领地：热爱荒凉

原住民马克

乌卢鲁国家公园的土著文化馆看上去是用泥和草修建的，但它实际上是国家公园的一处办公机构，用于接待游客、洽谈参观事项，除了办公室，内部有一个小型的原住民文化展览馆，还有一处餐厅和一处商店，并没有原住民在此居住。

餐厅里提供的早餐仍然是传统的西式早餐，面包、香肠、烤肉、果酱、蜂蜜、冰凉的牛奶。听起来还不错，但我突然意识到，到澳大利亚一周以来，早餐天天如此，而在今后的漫长旅途中我可能一直都要吃这种早餐。我们一行人一直都对正餐的反应更强烈，但那天就在那个原住民文化村里，我第一次吃早餐时也反胃了。饮食是一种文化，吃饭的时候我最知道我适应不了西洋文化，不知道原住民是否也对西洋文化反胃呢？

本地的原住民据说居住在丛林深处的一个村庄里，公园管理处禁止媒体采访他们，更不允许游客打搅。起初我们怀疑公园管理处故弄玄虚，可能这一带已经没有原住民了。但同行的一位摄影师说他曾经有个朋友在这一带居住了四个月，和那个原住民村子里的人很熟。而且那个村子的长老告诉他，本地的原住民因为世世代代在荒原上追击袋鼠，所以长着特别细而长的腿。翻译很不屑地打断他说："他们现在才不追袋鼠呢！也都到超市里买东西，出门坐汽车、飞机。"

我们在飞机上确实见过几位原住民，他们上身胖胖，额头不高，两腮很大，深褐色的头发短而卷曲，皮肤漆黑，比头发的颜色还要深。但是到达乌卢鲁以后反而再没有见到。

在人们嘈杂的议论纷纷中，我忽然理解了公园管理处的规定。乌卢鲁每年接待十几万游客，而当地的原住民只有两千多人。我们在乌卢鲁的那段时间，当地各个酒店、旅社的游客的数量总和就有几千人，比原住民还多。如果允许游客参观，原住民就会变得像动物园的动物那样被人看来看去，那么他们的正常生活很快就会被破坏，而且在这个过程中人格也极易被扭曲。既不许参观也就不允许媒体宣传，以免游客以为来这里可以参观原住民村落，引发不必要的纠纷。

雨渐渐小了，在村子入口处一个像影壁墙一样的建筑前，我们终于见到了一位原住民，他穿着蓝色的绒布外套，大概是公园的制服，戴着小帽子，他的眼睛很清澈，目光闪烁不定，并没有澳大利亚各地壁画上常常出现的那位投标枪的土著人那种刚毅、深邃的目光。他的英文名字叫马克，就是今天为我们表演做胶水的人。

一位白人管理员在帮我们做翻译，但实际上是他在做解说，马克并没说多少话。管理员把工具交给我们，告诉我们哪些是男人的工具，哪些是女人的工具，然后让我们跟随马克沿土著人的厘汝小路去做胶水的地方。而这个过程中马克并没有向我们强调要遵守什么，应该怎么做。

马克和一位土著女士一起，领我们前进，那位女士也穿着和马克一样的蓝衣服，摄影师注意到她虽然上身胖胖的，腿果然长得又细又长，像个善跑的运动员。

望不见
北斗的日子

　　马克在路边采集引火的材料和做胶水的材料，这时候我感觉还是挺神奇的，因为那些植物看上去就是随随便便长在路边的。白人管理员突然说："看，他们就是采用本地的材料。"这话是在推销公园的管理理念——原住民使用本地材料，制造传统工具，与本地的自然环境和谐相处。但他这么一提醒这事情倒没意思了。

　　在一个茅草的亭子里，马克把采来的叶子倒碎，放在火上烤，然后用一个鼓槌形的棒子在上面敲，原来那个鼓槌的槌头就是胶。因为下雨，马克采到的材料不多，他敲了两下就说："好了，我们就是用这种方法做胶的，这些胶越积越大，用的时候在火上烤一烤就可以了。"我们有点迷惑，这是一个很俗套的旅游项目，而且这么两下子我们实在看不出这个表演有什么意义。

　　比较有趣的是那位白人管理员的态度，他总是比马

050

克更多强调什么是土著文化，他不是马克的老板，也不是翻译，或讲解员。甚至马克表演传统的"磨草取火"技法时，由于干草受潮了，打不着火，他起初不愿意帮忙，但马克好像有点慌，连着看了他好几次，他一边请我们原谅一边用打火机帮助马克点着了火。马克表演时，他一直在旁边看着，时常提醒，又不太干涉，我发现他原来是在鼓励马克为大家表演和解说。

澳大利亚，原住民领地的国家公园都有这种工作人员，他们的职责是训练土著管理员，一边提醒他们珍惜自己的传统文化，一边又教会他们接待游人。训练员不是原住民，他那样谨慎地陪着马克，却又尽可能不教他，他是在启发马克发现他自己，发现自己的文化。但他还是改变了马克，毕竟马克原来做胶不是为了给别人看的，如果真的制作生产工具，马克不可能那么敷衍了事，也不会一直把胶积攒成胶棒顶端一个亮晶晶的圆球，那个圆球显然从来没有被使用过。

马克其实很腼腆，在游人面前有点儿胆怯，闪烁的目光和难以做到位的举止显示着他的不自信。表演完做胶之后，马克表演了一下扔标枪，我才不相信他还能狩猎袋鼠，他的标枪扔得还没有我们的一个小编辑扔得远。

从那根尖尖的藤质标枪可以看出原住民过去的生活一定相当艰苦，这种标枪要不了袋鼠的命，它只能让袋鼠受伤，然后猎人跟着袋鼠一路奔跑，直到袋鼠因为流血而筋疲力尽，再用棒子猛击袋鼠的脑袋。虽然如此，那个时代的土著人一定身强力壮，个个都是勇士，也不会有马克那样闪烁不定的目光。

旅游卫视的主持人娜莉问了马克几个问题，问他愿不愿意游客来到这里。马克说愿意，因为游客来了可以让他们知道自己的传统是有用的。竟然和国内许多古城古镇的居民一样，旅游业让他们意识到自己传统的价值，也是旅游业让他们的传统渐渐符号化、商业化，丧失了文化根脉。

马克的孩子在上学，在学英语，他希望孩子多学点东西，认识外面的世界，不再过自己这样的生活。对于保护和承传自己的文化，马克显然不像白人管理员那样热心，在马克面前白人管理员有点儿站着说话不腰疼。原住民的生活条件和游客相比相去甚远，他们当然有权力希望改变。

看着马克闪避的目光，我开始理解，尊重原住民禁忌的另外一个意义。白人管理员们如此费力地开导原住民重视自己的传统文化，那么他们就必须尽一切可能保护他们的宗教信仰，如果连他们的信仰都不尊重，怎么说服他们尊重自己的传统呢？没有了信仰，原住民的精神世界就垮了，他们就再也不会在乎传统文化，将传统中的落后与先进一并抛弃，变得一无所有。马克的眼睛里已经看不到坚强的性格和坚定、深邃的目光了，也不会有自信、勇敢、有智谋之类欧洲人到达之前的品格了。

就在文化村的商店里，我们看到很多土著工艺品：变形的"飞来去"，很多彩色的麻点组成的画，等等。我们的宾馆里有一个白人在现场表演制作这种画的技法。原住民画这种画是有宗教含义的，我们那天"上课"的时候，公园的白人管理员曾经给我们讲解过一张代表国家公园的这种画，圆形代表土地、中心的红色代表乌卢鲁、四周的半弧形代表公园管理员，深色的代表土著管理员，浅色的代表白人，个数和公园管理员的人数是相等的。画中藏着的其他的数字也各有具体的含义，外圈还有代表蜥蜴、袋鼠之类动物的图案。

我看着商店里那些画，不知道哪些是瞎画的，哪些是有意义的，画面里有没有暗藏着祝福或诅咒。我忽然想起西澳的时候那个薰衣草庄园里摆在壁炉两侧的两尊彩塑菩萨。我对这种画的迷惘，是否在土著人眼中，也像我们看到西方人对菩萨那样不敬一样不舒服呢？

整个国家公园都生活在一种永远解决不了的矛盾里——努力保持传统，却又无法挣脱地改变。

第二章
北领地:热爱荒凉

国家公园

乌卢鲁是世界上最大的独块岩石，高348米，长3 000米，基围周长约8.5公里，东高宽而西低狭，它出名不仅因为大，而且在不同的光线下呈现不同的颜色，实际上乌卢鲁在不同的角度还呈现不同的样子。

乌卢鲁在地图上有另外一个名字，叫作"艾尔斯岩"。1873年一位名叫高斯的测量员横跨这片荒漠，当他又饥又渴之际发现眼前这块与天等高的石山，还以为是一种幻觉。高斯来自南澳洲，故以当时南澳州总理亨利·艾尔斯的名字命名这座石山。但这个名字在当地极少被使用，原住民叫它"乌卢鲁"已经数千年了，一个偶然看到它的测量员有什么权力就这样给它另取一个名字呢？

大岩石的周围现在是一个国家公园，这个概念大致相当于中国的自然保护区。不同的是，国家公园大都面积巨大，是完整的生态系统而不是生态孤岛。建立国家公园的目的也不是为了开发旅游业，而是为了保护荒野永不被开发。澳洲人对荒野的保护是很多国人难以理解的。和我们这些年熟悉了的对外开放理念不一样，国家公园的绝大部分地区是不开放的，不仅对游客、对媒体，甚至对科研人员都洞门深锁。有些进入国家公园研究植物的科学家被蒙上双眼，乘坐直升飞机到达公园深处，以免他的研究成果引来太多的参观者或图谋经济利益的采集者而导致破坏环境。一些国家公园的管理人员研读早期欧洲探险家的笔记，他们的目标是和当地原住民一起把生态和人文环境恢复到欧洲人到达之前的样子。

我们一到乌卢鲁，就被带到国家公园的土著文化村去受教育，两位白人管理员为我们讲解国家公园的理念，讲解这里拍摄、采访、报道中的各种禁忌，在白板上画上俯视图，用大片的阴影表示禁止拍摄的区域，似乎我们每走一步都会惊扰这里的神灵。

按照国家公园尊重原住民禁忌的要求，乌卢鲁的很多照片都是不能发表的，按照当地土著的信仰，巨石上的有些区域被奉为神圣区域，有些是男人的圣地，有些是女人的圣地，不可以给异性看到。他们的新闻审查人员，要看我们的数码照片，并且要求删掉那些不应该拍摄的。乌卢鲁除去能看到被奉为男女圣地的两个山洞的方向和岩石体背后的阴影地区，三百六十度里面能拍摄的角度没剩下几度。难怪印刷在各种宣传资料上的乌卢鲁几乎都是从同一个角度拍摄的。

而距离乌卢鲁不远的巨石阵卡塔酋卡，只让从一个角度拍三个山峰连续的画面，除了一个山谷对外开放，其他地方一律不准进入。

国家公园的工作人员很努力地向每一个人解释保护原住民文化的重要性。但是他们所能找到的最有力的例证似乎只有一个——当地原住民烧荒的传统。按照原住民的古老习俗，他们每年人为烧掉公园的十分之一，十年全部烧过，这里有两个意义：一是这里的一种植物要见到烈烟才打籽，完成自我更新；另外就是，这个传统因为欧洲移民的阻止，曾经中断过一段时间，结果一个干旱的年份里爆发了无法控制的严重火灾。

他们反复引用这个例子，但却找不到任何现实的理由解释那些男人的圣地或女人的圣地是怎么回事。

同行的人中，有人好奇，有人不耐烦，有人甚至愤怒，大声抗议说："如果有这么多禁忌为什么还邀请我们来这里采访？"同行的国人大多数既没有宗教习惯，也没有学过尊重他人甚至自己的传统文化，对于自己心中代表先进的"白人"如此尊重看似愚昧落后的"土人"，感到无法理解。

在国内，我们常常感叹，旅游区开发一个毁一个。可为什么会那样呢？很多人都没想过，也没时间想。

从前，看过一个纪录片，反映敖鲁古雅鄂温克猎民的"生态移民"。年轻的鄂温克小伙子在定居点门前坐着，看着广阔的草原，看着天，说："我们那儿出了门就是大森林，树啊……什么全看见了，这里有什么呀？"

一个当地的汉族小伙子和他搭话说："你听你卢哥的，你卢哥能蒙你吗？就你这样的年轻人现在哪去找？山歌唱得那么好，现在谁还会呀？你整个旅游点，加上你那几头鹿，整点民族特色旅游业，你能来多少钱？"

小伙子恼火地说："我们在山上养鹿，那是祖先传下来的！你能拿你祖宗开玩笑吗？"

一位家中长辈，看过这一段，指着电视对我说："你瞧他们多愚昧！"一种愤怒涌上我的心头，我回嘴说："你才愚昧呢！"我后悔我那样很无理，但是我当时很愤怒。明明自己不懂得别人懂得的道理、坚持的信仰和生活方式，反倒说别人愚昧，不知道是谁愚昧？

事实上我很钦佩这个鄂温克小伙子。这个小伙子如果真的开了旅游点，赚钱的人是不是他单说，那些歌颂祖先、传递纯洁的爱情、答谢养育他们的大森林的歌曲，拿来给旅游点上的游客寻欢作乐，他心里会好受吗？在大森林里，那些与松涛和清泉的和声、传达歌者真心实意的歌曲会打动他的下一代，然后歌声就会流传。但是如果他的孩子看到的只是父亲唱着奇奇怪怪的歌，在无知又无理的客人面前卖钱，还会学吗？

我们发现旅游资源总是着急忙慌地把古街、古巷都挂上红灯笼，临街的房子开饭馆和酒吧，后面的院子开上旅店，到了晚上大声放着卡拉OK。很少人想过，当地的居民日常的生活节奏和生活方式在这个过程中被破坏了。有些居民就地转化为商人。祖先传下的生活技能、娱乐方式，甚或祖先们看得比自己的性命还重要的宗教传统被他们随意打扮，拿去变卖。也可能那些店的主人根本就不是本地居民，他们猎奇地拿来些别人文化中色彩鲜艳，或者会反光的碎片，当成民族特色四处招摇。而那些发光的东西可能只是现代文明进入以后的玻璃制品或金属亮片，真正有价值的珊瑚、松石、蜜蜡都是不发光的。本地居民在这时已经悄然离去，但游客并不知道。

第二章
北领地:热爱荒凉

后来草皮被踩得斑斑点点，森林日渐稀疏萎靡，千年积雪一点点融化，天空也不再透明，古老的神灵最终抛弃这片土地远去，依然留在这里的居民连扬起风马旗为他们送行的心都没有了。到那个时候，游客们只是觉得这个地方变味了，而当地人失去的是世代生存的家园。

在后来的旅行中，我才慢慢知道，欧洲移民是走过多么曲折的道路，蒙受过多少损失，制造过多少灾难才学会尊重澳洲的原住民的。在这方面，至今还遗留着很多问题，以后还有很长的路要走。传统文化中的禁忌和规则有时听起来没有任何科学依据，但科学又能解决多少问题？由于缺少科学研究，土著居民这些把经验固化为宗教，形成各种难以解释的禁忌，其实这些经验很有可能是用无数代人的苦难甚至生命换来的。而科学在这方面的表现却总是马后炮，要等遭了报应，才出研究成果，那时一切为时已晚。但由于讲不出科学道理，工业时代以后的外来人很难理解，也就不予理睬。欧洲移民的后代明白这个道理，澳洲腹地的荒漠曾经夺取了太多探险家和拓荒者的生命，而他们当中的很多人，如果当初接受了当地原住民看似愚昧的忠告，本可以保下一条命来。

离开文化村，我们正好赶上日落。夕阳下乌卢鲁滴血一样的鲜红，在无边的荒原上散发着灵气。也不知道是古老的神灵守护着这里的原住民，还是古老的原住民守护着他们的神灵，但可以想象，如果没有那些在有些人看来是无理的甚至迷信的保护措施，纷至沓来的旅游者会很快毁掉这地方，到时候只能剩下一块破损的，死去的石头。

以后的几天里我发现，在这个地方无论我们走到哪，驱车多远，无论我们做什么，抬起头，总能看到乌卢鲁。它像上帝一样注视着这里的风云变幻，万物生息，注视着我们这些匆忙路过、匆忙登场和谢幕的渺小的人。

请不要留下脚印

国内旅游业兴起这些年，人们的环保意识越来越强，在张家界，我看到过一句宣传口号："除了照片什么都不带走，除了脚印什么都不留下。"在国内了解和尊重这种思想的人已经挺多了。但是跟乌卢鲁相比这就不够了，在乌卢鲁，对我们的要求是"连照片都不能带走，连脚印都不能留下"。

乌卢鲁和卡塔丘卡的宗教禁忌复杂，对外开放区域非常有限，而且这些禁忌好像专门是跟摄影师过不去的，所以这几天的时间，我一直是在摄影师的抱怨中度过的。

当地公关部的两位女士陪着我们在一处靠近宾馆的丘陵上拍摄傍晚的乌卢鲁。陪着摄影师们干活就是那样，他们架上机器，就好长时间没有什么动静。

大家一边等着光线，一边热烈地讨论起男人的圣地和女人的圣地的问题。我说，也许很简单，可能当初这个山洞经常塌方，所以有巫师或者首领，总之是比较聪明的人，告诫人们不要去。不过也有人说，说不定那里当初就是藏了一个美女，为了不让别人去了发现，所以编出来的。大家听了哈哈一笑。

原住民的禁忌最初可能是古代首领或巫师无法向每一个人解释清楚一件事，或者他们就不想解释，以免不能说服别人，或根本不想暴露自己的真实动机，于是编

乌卢鲁，世界上最大的独块岩石

出来的，实际上是一种计策。而国家公园的管理员们凭直觉知道这些禁忌背后另有道理，他们正努力推迟或避免不可知的灾难。这层含义我怎么跟摄影师解释，他都不肯接受。

观景台边缘有一块英语的警示牌，我没什么大事，就弯下腰练习一下英语。上面写的是关于不要走出观景台边缘，不要踩踏植物的警示。牌子上说，这里是干旱的沙漠，一棵草都要好几年才能长起来。我觉得这个牌子有点儿意思，我们随意踩一脚都会破坏一棵草几年的努力成果，这种牌子，比我们的公园里，"讲文明，不踩草"的牌子更有说服力，于是我请摄影师拍下来。

这时，我发现他并没支三脚架，显得很不耐烦，而且快要恼羞成怒了。看看挤在周围的其他几位摄影师，我也能理解，没有一个摄影师愿意自己拍下的东西和别人的东西是一样的。为了缓和一下气氛，我主动提出来，可以陪他去远一点儿的地方拍摄。我看到公路的另一面还有一个隆起的山包，上面一座观景台。

第二章
北领地：热爱荒凉

我原想沿着山上已经栽好木桩标志的小路下山，然后沿着公路，到那个山包下面，再找到路上去，刚才本地的公关经理一直在提醒我们不要走到木桩外面。但是，摄影师刚一下坡就说："走吧，她们看不见！"越过了那个木桩标出的路界，一路沿着他认为笔直的方向，翻过挡网，翻过护栏，毫不留情地穿过荆棘丛，朝那边的山包跑去。我一路跟在他后面大声喊："不要踩草！不要踩草！"

我可能太认真了，但是我对沙漠有感情，在国内，旅游区的驼队连续不断，把沙丘脚下的沙子踩出缺口，上面的流沙泄下来，破坏了沙丘的形状，也破坏它的力

061

学平衡，趴在沙丘上的植物被流沙拖歪了，露出根系，最后死在沙丘脚下，那种景象看了就让人心疼。我也对沙漠心存敬畏，他庄严冷傲、深不可测、暗藏无穷危机。眼下这片火红的沙漠虽然没有猛兽出没，但是有蜥蜴和毒蛇，不过是冬眠的季节，应该不会有太严重的问题，但我不希望摄影师的脚板打搅他们，当然也不希望摄影师被他打搅的动物报复。

站在另一个观景台的顶上，摄影师心满意足地架好三脚架开始拍摄。我们当时距离乌卢鲁大约五至十公里远，因为它刚好在天边，而我们的地势稍高，所以可能比看到海平面的距离远一点。我们跑过两座山头，最多不过一千米，而乌卢鲁基长是八点五公里，如果你按照比例画一个俯视图就可以知道，跑这一趟对变换拍摄角度是多么没有意义。但对摄影师来说，他愿意扛着那么重的设备跑这一趟。

我看着天边的乌卢鲁，心中有一点儿神圣，我说："这个角度能看见那个山洞，您还使用一丛草做前景挡上点吧！""愚昧！"他说，"他们对土著人也就是一种姿态，你怎么能真信他们的话！"我知道摄影师都是不信邪的，这是他们的职业要求，他们会拍下即将饿死的孩子，被炸弹炸得支离破碎的尸体。救助饥荒和超度亡灵并不是他们的职责，记录才是，至少对于大多数摄影师是这样。

在北领地这几天，我们只能走规定的路线，在规定的位置拍摄。但每一次摄影师都会走出规定的摄影地，走到草丛里去。虽然官方设定的观测点都是非常好的角度，但是摄影师总是想拍和别人不一样的东西。实际上我们组的这位摄影师已经私自穿过草丛，走到女人的圣地近前拍摄了那些禁止拍摄的山洞，虽然那些照片很难看，但是尽力了他就不遗憾了。

我忽然发现拍摄禁忌可能真的是个计策，而且是个新计策，它有一个特别现实的意义：乌卢鲁神奇的光线吸引着世界各地的摄影师、摄影发烧友。出于职业习惯，每个摄影师都会去寻找那些刁钻的，与众不同的角度。乌卢鲁也好，卡塔酋卡也好，都是广阔土地上兀立的高山，拍摄半径非常大。如果允许变换角度，那就不只是用脚踩的问题，是要用车轮子压的。

这种情况我在国内见过，内蒙古自治区靠近河北边界的红山军马场一带曾经是摄影发烧友和画家们的乐园。几年前我去的时候，却看到很多山冈上都有吉普车刨出的两条壕沟，去年再去时发现，大面积的车辙已经连成片，把薄薄的草皮彻底撕破，翻起白色的沙子，像溃烂得无可救药的皮肤。

第二章
北领地：热爱荒凉

如果国家公园规定为保护植物不许去哪些哪些地方，摄影师们会认为自己不是普通的游客，他的职业使他有越界的权利，而能到达这个地方的人，很牛的摄影师太多了。国家公园于是利用了土著人的禁忌——这样说不太好——应该说，尊重禁忌使原住民和国家公园各得其所，它保护着原住民的精神世界，也保护着那些好多年才长高一厘米的沙漠植物。

看着沙漠上我们那串足迹，唯一的一串，我笑了一下，没有再说话。

火星基地的精品生活

我听说在火星上天空是粉红色的，如果人类有一天在那里建立一个基地，就要每天面对粉红色的天空。每次读到科幻小说这种段落的时候，总是想：如果我们看不到蓝天那会是什么感觉呢？

北领地的天空不是粉红色的，但大地是。刚踏上红色的荒原时，我微微一凛，一种不真实的感觉，在荒原上走得越远，这种不真实就越强烈。

在北领地我们住"沙漠之帆"酒店。从荒凉的土地进入玻璃的大门就像进了另一个世界。酒店内饰考究，地板和墙壁闪闪发光，每一件物品都晶莹剔透，餐厅里精致的瓷器和明亮的玻璃器皿闪着光，西餐和日餐摆在餐厅的一侧，组成精美的图案，甚至还有海鲜。穿过餐厅，走进客房，米黄色的小楼典雅秀气，粉刷细致，没有一点儿破损。虽然地处干旱荒漠，院子里却有 个游泳池，一汪蓝蓝的水。任何细节都不输给大城市里的五星级宾馆。

客房里找不到保险柜，推开阳台门，阳台的外面就是隆起的荒原。如果有人从阳台栏杆翻进来不需要费多大力气。这让我对笔记本电脑和那几块美元有点儿担心。那时我还不知道，我是在火星上，在这个地方，谁要是做了盗贼还要想办法逃回地球才行。

乌卢鲁国家公园在北领地南部，澳大利亚地理中心附近的沙漠上，在巨石附近，只有大约三五家星级宾馆和两处背包族的营地。一条公路通向相距多半天车程的小镇爱利斯泉，一个机场起降小型客机，除了看不见的土著人村落，这里的固定居民只有很少的一部分在宾馆和国家公园工作的人。

这里的天空不是红的，但大地是。很多人都听说过乌卢鲁会在阳光下变颜色的事情。实际上这里的沙漠也会在阳光下改变颜色。清晨和黄昏的时候，沙漠是血红色；正午的阳光下，沙漠是砖红色的；有云的晨曦和夜幕降临时，沙漠是深紫红色的。而我们的位置也影响沙漠的颜色，站在低处的阴影下，沙漠就是暗红色的，站在高地上，沙漠就会变成发粉的橘色。

第二章
北领地:热爱荒凉

为了拍到稍有变化的乌卢鲁，我们站在一处远离宾馆的高地顶端，向远方眺望，红色的沙漠一直蔓延到天边。植物绿得很浅，几乎是灰白的，一丛一丛的，像一条巨大的被子上不规则排列的针线孔。乌卢鲁远在天的一边，像一处剪影，在起伏的沙漠深处，有一串尖尖的白点，那是另一座宾馆。我忽然发现这里是火星基地，眼前这所宾馆，我们居住的沙漠之帆宾馆、这里的旅客中心还有其他几座五星级宾馆，都是火星基地。

这些宾馆都一律外观华丽、内部舒适、精致，建筑一律像科幻动画中的画面一样严谨、细腻、没有丝毫工艺疏漏或自然磨损。由于在荒漠的深处，这些宾馆不大受到占地面积和整体规划影响，造型都非常洒脱，前方那座宾馆房顶既不是四方的也不是三角的，尖起的房顶斜着歪在一边，像雷达的天线。我们的宾馆远看则像卷起的巨大船帆，还有大量的小三角帆船簇拥在周围，大块的没有任何实用价值的米黄色帆布就那样大胆地扯在房顶上。这些洒脱的造型极富想象力，因而更像科幻影片中的场景。

和火星基地一样，这些宾馆是凭空设计的，没有本地的文化基础——没有原住民文化，也没有拓荒者文化，只有宾馆那些巨大船帆流露出对蓝色海洋文化的怀念。也和火星基地一样，这里的供给都是运来的，不是这片土地的恩惠。建造这些基地的人希望在这里创造一种极致，把地球上最高品质的生活原封不动地搬到火星上，每一个细节都不放过，和地球上不一样的这里只有这种极致，因而非常纯粹。

在红沙荒原上，我们在一个平台享用一顿精致、优雅的晚餐。这晚餐叫作："静静的声音。"这个平

澳大利亚生活的一种蜥蜴

台的位置极好，乌卢鲁和卡塔酋卡分立在两侧天边。刚踏上平台的时候，我有点儿紧张，这些天一直和国家公园的管理员打交道，他们强烈的环保意识让我步步小心，可是，这个红色的平台明明推平了一大片沙地建成的，推土的印记还留在上面，那不是害死了很多"生长缓慢"的沙漠植物吗？但这是火星基地的地盘，不是国家公园的。

一个白人小伙子站在高地上演奏迪格里度，后面是天空、天地相接的地方是卡塔酋卡巨石阵和正在下落的夕阳，阳光从他的身后打过来，人、乐器、荒原都笼在一层金纱之中，迪格里度长长木质乐管奏出粗朴神奇的声音。这种音乐在澳大利亚非常出名，但它来自远在东方的昆士兰土著，跟本地土著一点儿关系都没有，演奏者也是白人，或许正因如此，才更符合火星基地的特点——有符号化的另类音乐，又不接地气。

第二章
北领地:热爱荒凉

在精致的餐桌上铺着墨绿色的桌布，上面的酒器发出晶莹的光芒。年轻侍者彬彬有礼，他面孔白净、容颜俊朗，和国家公园那些身材健硕的管理员们不一样，他的脸上没有一点风霜。他优雅地把左手背在身后，右手点燃打火机，点亮一个酒杯型玻璃容器里巨大的蜡烛。日落以后，满天都是不认识的星星。虽然南半球星空与北半球不同，这属于自然现象，可对我来说，这好像是又一个登上火星定居点的证据。

曾经看过美国国家地理频道一个关于墨西哥丛林深处玛雅文化遗址的片子，那里面有一句话，"来这个地方旅游的人都是一些很有文化、有教养的人，这也是这个遗址的迷人之处。"乌卢鲁举世闻名，但附近人烟稀少，气候干燥，娱乐项目不多，交通和食宿费用都比较高，能到达这个地方的游人都是生活富有，又有相当文化修养的人。

那天晚上下过雨，天气有点儿潮，风很冷，其他的客人都那样轻声地说话，可以听到刀叉碰击盘子的声音，他们都是有教养的地球人，这很好。但我觉得受罪：这个凭空造出来的火星基地有一天也会凭空消失，我发现在火星上坚持做地球人，还是上流社会的地球人，很昂贵，也挺受罪的。

望不见
北斗的日子

荒原上的精彩瞬间

经常出门，我发现一件事，长途汽车和火车是旅行的重要组成部分，车子穿过广袤荒凉的土地，一路看到的，比直奔目标看到的要多得多。从乌卢鲁到爱丽斯泉的飞机没有落实，于是我们坐汽车前往。

离开乌卢鲁，原野仍然是红的，但是没有那么鲜艳了，一些黄色的元素被加进色板又调匀了，少云的天空像骤然扯起的蓝色丝绒，荒原壮丽，直扑向天边。风景有时很主观，爱时它就美丽，倦了它就是单调的，很多人开始睡觉。

车子在公路上飞驰，路边出现一些好玩的东西——黄色的交通警示牌。这里的警示牌不警告急转弯，不警告上下坡，不警告悬崖和高山落石、不警告村庄、不警告学校，因为这些这里一律都没有。这里的警告牌警告另外一些东西，一个警告牌上画着一头骆驼，表示此地有骆驼穿过公路，过了一会儿，又遇到一个画着野牛的。大家于是向原野上搜索，希望看到警告牌上的动物。

"骆驼！" 忽然有人喊。我们都朝窗外看，两只悠闲的骆驼扬着头，嘴里慢慢地嚼着，从我们车窗外一闪而过了。荒原又归于平静。不知道过了多久，忽然又出现几匹马，和我们的车同样方向奔跑，大家兴奋了一下，又过去了。这两种动物都不是本地土著，本地的原住民袋鼠却一直没有出现，虽然有人声称见到了，但至少我没看到。我见到的只有画着袋鼠的警告牌，黄色的牌子上黑色的袋鼠弯着腰，拖着长长的尾巴正在跳。澳洲中部的原住民曾经靠猎杀袋鼠为生，所以这里的袋鼠对人退避三舍，但仅仅是这里而已。

路边忽然出现一些尖形的白色、黄色标志，在阳光下闪着光。中间的草地被推掉了，红土形成一条长长的直线，那些白色、黄色的标志勾勒出红土的边缘和中线。"飞机场！"有人喊。在澳大利亚地广人稀的土地上，很多农场主、牧场主拥有自己的小型飞机和机场。它们在本地很平常，甚至有点简陋，跑道上连柏油也没有。

在一个有加油站的公路服务区，我们停下来吃饭，在露天的还有一点儿沙子的桌边，吹着冷风，吃随车带的冰凉的三明治和盒装的凉牛奶。没什么可抱怨的，老外的肚子比我们凉，他们并不觉得不吃热饭会不舒服，也不认为喝着凉风吃饭会胃疼，这就是这里的生活。旁边有家小店，卖冷饮的冰柜就摆在一进门的地方，谁都可以拿到饮料，收款台却远在商店里面。加油站的另一边有一块圈地，里面有几只凶猛的鸸鹋，不过据说是养来杀了吃肉用的。一个同事拿来几个水果，像柚子一样，切开后里面血一样的鲜红。他说是后面有果园，主人送给他的。这个人烟稀少的地方人们对陌生人非常友好。不过，让我们惊讶的是这片红色的沙漠上，竟然生长这样多汁的水果，不知道是一种发达的表现还是外来移民做的不和谐的事情。

我们跑的这条路只有两条车道，一上一下，我开始以为这是乡村公路，但他们说这是"Highway"——高速公路。不过从运输量上看，这么宽足够了，前后很少有车，会车也不多，最近的相遇也要一两公里才一辆。会车时最常见的是私人旅行的房车和巨型卡车。在澳大利亚荒凉遥远的土地上，这种卡车是一道独特的风景，车头高傲地仰着，两边两根竖起的排气管，粗粗的，就是两个烟筒，它们都拖着两三节车厢。每次会车，我们都对着那长长的车厢发出一阵欢呼，但它们总是很快闪过了，直到我们发现有一辆车和我们同向，在公路的前方。

　　旅游卫视的导演兴奋起来，举起小机器准备拍摄超车。在狭窄的公路上超车要进入逆行，这回才发现，对面的车还挺多。这条路上所有的车子车速都非常快，刚出现在天边，一晃，就从身旁飞驰而过。两公里的车距，意味着一分半钟，就可能会一次车。这个时间根本不够从这辆三节车厢的大车边超过去。我们的车速慢下来，跟在大卡车后面，耐心等待他发超车信号。弯道——稍稍有一点儿弧度，不行，上坡——很缓的坡，不行，只要前方的视野不够开阔，那就不行。下坡，一直可以看到天边五六公里远处，可是对面却有两辆汽车像爬虫一样出现在公路上。

　　终于等到了超车的机会，我们的车子从卡车边"缓缓"驶过，"缓缓"是和卡车之间的相对速度，它并不因为我们超车而减速。它的车厢每一节都有一整辆车那么长，而且很高，三节连起来就是一列小火车，这样大的车不能轻易改变速度。不知道这种车在国内算不算"超载"？超车完成后，我们都欢呼起来。回头看去，

第二章
北领地:热爱荒凉

卡车司机表情严肃，目视前方，丝毫也不敢放松，我们向他招手，他闪动大灯，那就是在和我们打招呼。

在乌卢鲁到艾丽丝泉的路上，我们还遇到第三块巨石，也是山一样的巨石。山基很大，靠近地面的地方是形状不规则的大斜坡，斜坡以上的山壁几乎直上直下，山顶非常平坦。如果说乌卢鲁像原子弹刚刚爆炸时从地面刚刚隆起的巨大火球，这一座巨石更像是蘑菇云升起后，基部的一段突然凝固，成为永恒。它的高差只比乌卢鲁低四米。和乌卢鲁、卡塔酋卡一样，它也有自己的传说。传说这座山每年冬天有冰人在上面睡觉，所以土著人禁止攀登这座山，以免打搅冰人。也不知道这片红色的沙漠中是否还有其他巨石，但这里一定还有很多传说。

思乡和下午茶

下午茶是一个来自英国的习惯，在澳大利亚独自喝下午茶有点浪漫色彩。我们在爱丽斯泉安顿下来后，宾馆的桌子上放有一碟水果。别人都去城里走走，我烧了壶开水，坐在阳台上吃一点儿水果，喝下午茶。这些日子在澳洲一路奔走，景物也好，人文也好，都一惊一乍地在我面前亮了一下相就消失了。现在，我终于有点儿时间看着渐渐落下的太阳喝茶了。

刚才在车上，我们放了一会儿新疆和内蒙古的歌曲。离开家十几天了，忽然听到那么熟悉的声音，而车窗外的荒原又正好与歌曲相和，似乎一下子感觉故乡很近，但是又立即明白其实相隔万里。思乡的感觉于是从喉咙里被扯出来，撕扯着心肺。

巨大的桉树长在陶德河干涸的沙质河床上，很像西域的胡杨。"晴川历历汉阳树，芳草萋萋鹦鹉洲"，澳大利亚美丽的自然风景，搞得我有点儿傻，总是满脑子跑唐诗。在国内，每每路过武汉的时候，我都会尽量看一看黄鹤楼。现在的鹦鹉洲早已没了萋萋的芳草，早被重工业和工人住房占领了，长江像公路上拥堵的汽车一样拥挤着船只，汉阳城黯淡陈旧，电线拉成天网，行人和汽车混杂在街上，今天的中国出不来诗人，今天的武汉也成不了诗。

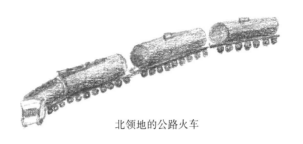

北领地的公路火车

一只黄嘴的小鸟观察了我几秒钟，落在一米远的栏杆外面，吃植物上的一种浆果。这鸟的个头不小，有家养的八哥那么大，白肚皮，披着灰黄相杂的羽毛。它离我很近，身上的羽毛一丝丝都能看清楚。它每啄下一个浆果就把头高高地扬起，让鲜红的果子进到嘴里，它的嘴有点弯是吃花蜜的，吃这种果子并不在行。果子的汁水可能让它的嘴边有点粘，它跳上树枝，迅速地左右蹭它的嘴，蹭得树干嗒嗒地响。它的一个同伴也跳上来，两只鸟叫了几声打招呼，一听声音就知道是鸣禽，我怀疑它是黄莺，因为它们成双成对站在枝头的样子很像中国古典刺绣中的黄莺。但是我不敢确认，因为在国内我从没见过黄莺。

几只灰色的胖胖的鸟，颤动着胸前的大块脂肪一跳一跳地过来，他们细小的脑袋上都顶着几个翎。它们是吃浆果的高手，一口一个，干脆利落，还挺馋。我也不认识这种鸟，但我想它属于松鸡那种鸟的亲戚，他们拍打着翅膀飞起来的时候也发出"嘞嘞嘞嘞"的声音。

一只灰色的大鹦鹉从我面前飞过，接着是一大群，它们都长着鲜红的脖子，在天空中翻飞吵闹。"两个黄鹂鸣翠柳，一行白鹭上青天"，中国也曾经是这样的地方。

这几天从西澳州人迹罕至的牧场，到北领地野性的荒原，我有一种感觉，中国究竟是太落后了还是太发达了？

中国究竟是太落后了还是太发达了？在珀斯的时候我第一次那样问过自己，我仔细观察那座城市。街道两旁是舒展、宁静的维多利亚式建筑，三四层的小楼都不太高，小楼的背景上又有高楼大厦，还有廊柱形建筑的议会大厦，也有平顶的四四方方那种很难看的楼房。我不能说它错落有致，事实上我觉得这里的市政缺乏规划。但是因为人口少，城市规模小，建筑物可以稀疏地摆开，也就能保持舒适了。

第二章
北领地:热爱荒凉

如果那个城市就用现在这种模式发展到北京那么大的规模，那么多人口，也就是说直接把楼房加高三倍、各种街道都加宽三倍、城市直径扩大三倍，一定交通混乱，杂乱无章。但是这是不大可能的，澳大利亚的国土面积只比中国小一点儿，而人口总和还没有一个北京市多。

在乌卢鲁附近，我们发现一小片白人居民的房子，房子的门很薄，透明的大玻璃，一砸肯定碎，而且门还开着，里面并没有人——"路不拾遗，夜不闭户"。五百年前，甚至一千年前中国就已经是这个样子了，除了没有工业，那时候的自然环境、人的生存状态很多地方都比现在还好。

我们上中学的时候，学习近代史时不断被问的一个问题是："近代中国为什么落后了？"我总是记不住书上给出的答案，因为那是考试的答案，而不是历史的答案。我后来读书时了解到一个并没被学术界正式接受的看法，但我觉得很有道理。那上面说，中国是从明朝开始逐渐落后的，中华文明到那个时候，开始了缓慢而漫长的刹车。从那时起，由于粮食产量的提高，人口增长，人们逐渐居住拥挤，卫生条件恶化；开垦土地增加，直至见缝插针，整体自然条件恶化；人与人之间摩擦增多，竞争激烈，导致伦理道德水平下降；与前者相生的是社会化程度提高，社会规范随之越来越严格，人的创造力和个性衰退了，人性亦发生退化，从蛟龙猛兽逐步化为蝼蚁。

刚才在路上，一只有着巨大金色翅膀的鹰出现在天空，两翼长长地伸展着，突然一个俯冲嗖地冲到车后不见了。走了不远，又遇到一只，它展开双翅，利用气流在空中静止不动，我们的车子从它下方开过，它还停在那里，观察着地面。一个旅伴问我在内蒙古草原上见没见过鹰，我只见过小得多的隼。但是我知道，内蒙古草原上一定曾经有这种鹰，因为我看着它展翅飞翔的样子，想起蒙古族的舞蹈，双臂长长地伸展，从容而高贵，那舞蹈的动作和气质都是来自鹰的，而不是敏捷快速的隼。

我想起腾格尔的一首歌："有一只受伤的苍鹰，受伤的苍鹰，它穿过，穿过山谷，穿过云层"我的眼前出现拖拉机向开满鲜花的草原上喷洒农药的画面，那是为了治理蝗虫。想起来我就胆寒，我们今天还在采用这种可怕的措施，打药之后，蜜蜂将和蝗虫一起死去，没有授粉就没有饱满的种子，来年就没有好牧草。中毒的蝗虫会毒死椋鸟和百灵，草原上于是没有椋鸟，没有百灵，也没有鹰。我发现我这时候想起这歌不合适，眼前那只鹰没有受伤，它是一只健美的金色猎鹰。

　　澳大利亚人很重视环保，重视程度让我们这些初来的人看着有些偏执，北岭地著名的卡卡杜国家公园的工作目标竟然是把环境和原住民的生活恢复到欧洲人到达以前的样子。这和我们的"发展才是硬道理"简直南辕北辙。地广人稀、开发尚浅的澳大利亚还不需要担心发达本身就是落后似乎还为时尚早，但是对中国来说已经太晚了。

　　夕阳下，一群白色的鸟儿在天空翻飞，几个土著人在河中间的小丘上升起一堆篝火，好像在举行什么仪式，我续上一杯茶，那个下午我很想家。

第二章
北领地:热爱荒凉

陶德河上的篝火

在北领地的这些日子里，原住民一直是大家终日讨论的焦点。在乌卢鲁，繁琐的禁忌并没有教会同行的人们尊重原住民文化，反而使一些人对原住民非常反感。其实在那里，我们与原住民真正的接触只有看马克和与他一起工作的那位女士的表演，除此之外都是白人管理员讲解的宗教禁忌。我们的华人导游告诉我，提到土著人时尽量用"原住民"这个词，因为土著有贬损之意，我本来想这样，但是真到提笔的时候总是觉得"土著"这个词更加贴切，这些原住民不仅是原来住在这里的人，而且与这片土地有那样切肤的联系。

在爱丽斯泉的小镇上，我们终于见到了大量的原住民。这个小城地处澳大利亚中部，是一个只有两万多人口的小城，跟国内比就是个大村庄。这个村庄里原住民占10%左右，可以在街上随处看到他们。

我们住的旅店在陶德河边，阳台外边就是陶德河。我的房间向左边还有几间房子之后就是公路，公路大桥横跨在河面上。桥的那一边，肯德基老头红蓝相间的标志高高地挑在一根杆上。

那条河过去可能很宽，但是现在只是一条一米宽的涓涓细流在河床的一角静静流淌。从河床上生长的高大桉树看出沧海化桑田的变化已经很久了。桉树粗大的树干扭曲着，撑起巨大的华盖。从前河水带来的白色细沙无聊地躺在树下，仰着脸看着细碎的树叶和树冠上吵闹的大群的鸟，有风有水的时候它们中有些成员曾满不在乎地离去，手爪一样巨大的树根就暴露在地面上。

一棵大树下有一堆火，一个黑黑的土著少年坐在火边，旁边几个成年人缓缓起身在附近走两步，又缓缓地坐回到火边。一名胖胖的土著妇女从河对岸肯德基的方向走下来，朝着火边走，她腆着肚子，肥胖的上身戳在她的细腿上，搞得她每迈一步都很疲惫的样子。我坐在阳台上看着他们，不知道他们在做什么，那里没有房屋，也没有小窝棚。他们在火边坐了很久，日暮的时候，就把火熄灭了离开。那堆火是一种仪式，他们每天都举行的仪式。

我不理解那种仪式，我一直希望尊重原住民，对他们表示好感，理解他们的宗教信仰，但是在爱丽斯泉他们确实令我不安。

第二章
北领地:热爱荒凉

澳大利亚大部分地方治安都很好，走了这几天我们对自己的物品、行李都不那么紧张了。但是一到爱丽斯泉导游立刻警告我们出门要锁好阳台门，防止土著人进来偷东西，晚上出门尽量坐出租车，不要在街上转，遇到土著人兜售工艺品不要和他们纠缠。

爱丽斯泉不是原住民保留地，也不是国家公园，在这里听到的原住民种种传闻都是以劣迹形式出现的。有一位出租司机告诉我们，原住民酗酒，一天无所事事，自从二十年前他们发现了肯德基、麦当劳，就爱上了这些垃圾食品，现在很多人患有高血脂。

在爱丽斯泉失业救济金是每人每周50澳元，而当地原住民是每人每周100澳元。"哈哈！什么都不干就一百澳元！我也来这当土著！"一个同行的人大声说。但是他没这个可能性，他不是4万年前到达澳大利亚的古人类的后裔，也不是4 000年前给北领地带来了狗和野牛的原住民。表面上看，澳大利亚政府真是对土著人广施恩泽，至少同行的人大多数都这么看，本地的白人居民也这么想。和我们国家的许多民族地区一样，当地移民的后代对本地原住民的了解并不多，由于存在利益之争和文化摩擦，他们心中的偏见甚至比来自远方的人更深。出租车司机跟我们抱怨："我们才是纳税人，为什么他们可以不劳而获？"澳洲腹地的爱丽斯泉并不是经济发达的地方，原住民得到的救助足以使他们衣食无忧，但这是好事吗？

每一天，我们都看见行动迟缓的土著人从肯德基店里走出来，走下桥边的土坡，去河中间点篝火的地方。一大清早，那些身材高大的男子，在离我们三五米开外的距离时就可以闻到刺鼻的酒气。高雅的葡萄酒是没有这种味道的，那一定是烈性酒。他们走路都是一摇一晃的，似乎用一个手指点一下就会倒。

司机告诉我们土著人原来是不喝酒的，所以对酒精没有抵御能力，喝一点儿就醉，可是自从他们学会了喝酒，就特别喜欢喝。但问题应该还不止这样，原住民在欧洲人到来之前没有酒，因此他们的文化中没有关于饮酒的内容。有饮酒习惯的民族，几乎都有晚餐或入夜时分开始饮酒的习惯，而早餐时饮酒，会被大家瞧不起，饮酒者本人会觉得羞愧。这是文化对不良习惯的反制作用。但澳大利亚原住民的传统文化中，没有这样的内容，这就像原住民没有很多传染病的免疫基因一样。

原住民原来也不吃肯德基，但是现在政府的救助金足够他们饿了就去买一个炸鸡腿或者一包炸薯条。他们过去终日在荒原上艰难求生，因此文化也没有通过工作和体育锻炼保持生命活力之类的理念。

澳大利亚地广人稀，劳动力资源缺乏，失业率很低，但是土著人的就业率却相当于这个国家的失业率。我在爱丽斯泉只见到一位就业的原住民，是在他们的沙漠公园里。我当时正在找一个驯鹰表演的表演场，一位年轻的土著女士向我打招呼，指给我表演场的方向。她虽然也皮肤黝黑，两腮有点鼓，但是却显得很漂亮。因为她皮肤紧绷，身体结实，发辫整齐，衣着体面，特别是她那双漂亮的大眼睛，就显示出了魅力，她的目光也不像壁画上的土著英雄那样坚定深邃，更像白领工作人员一样友善、彬彬有礼。她是那种受过现代教育融入主流社会的土著人，但在爱丽斯泉，我所碰到的像她这样土著人，只此一人。

第二章
北领地:热爱荒凉

爱丽斯泉小镇是当年架设电报线路的时候开发的。当时要修一条从北部的达尔文一直到南方沿海的电报线，纵贯整个澳大利亚。路上需要一些电报站，电报站要建在有水源的地方，一名勘测员在这个地方找到了这条不经常有水的河，和一个常年有水的泉眼。于是他用他老板的名字把这条河命名为"陶德河"，并且用老板夫人的名字命名泉水为"爱丽斯泉"。

爱丽斯泉的电报站，已经改建为一个原住民的小学校。我们在那里见到一位70多岁的原住民老者，他看上去精神抖擞，只不过对自己的年龄始终算不清。这个小学校在爱丽斯泉也是作为政府恩泽向大家展览的，因为当年这个学校专门收土著儿童，由国家抚养，并接受现代教育。那位老者曾是那些孩子中的一个，一张照片上，坐在前排的可爱小男孩就是他。但是这种学校在澳大利亚首都堪培拉的国家博物馆中是作为"被偷窃的一代"展出的。

据那位老者自己说，他是个混血儿，当时许多初到此地的白人牛仔把当地的土著女孩领回家，生活几年，生下儿女后，又将她们抛弃了。从白人父亲家里出来后，他和妈妈、七八个兄弟姐妹就生活在陶德河的河床上，养了六十多条狗。后来孩子们都被政府收养了，进了学校。

可以想象，他们兄弟姐妹和母亲在河床上的生活一定非常精彩。那时的孩子决不会在篝火旁一坐就是一整天，他妈妈也不会像我在河床上看到的那名土著妇女那样行动迟缓。他们一定有很多工作要做。那六十多条狗，与其说是他们养的，不如说是他们和一个野犬家族生活在一起。而现在，在爱丽斯泉我没有见到一只澳洲野犬，就是"丁狗"，事实上在整个澳洲，我也只见到了一只，是在昆士兰的动物园里。

我不知道，和他父亲在一起的经历对他妈妈来说是不是一种很大的创痛，也许是，也许不是。对于本地的土著女子来说，年轻的时候和一个男人生儿育女可能只是必经的生活经历。但是孩子被带离母亲身边一定是非常痛苦的。这种学校，很少有始有终，大多数孩子在这里只接受了两三年的教育。几年的学校生活远不能使土著孩子接受完整的现代文明，甚至不足以学会英语阅读和复杂的数学计算，但是却足以使他们失去野外生存能力。从有了那座学校之后，就再也没有在陶德河上奔跑的孩子，也没有六十条野犬组成的大家族了。

当然如果野犬还在的话，今天陶德河上最重要的旅游项目"骑骆驼"肯定是不能开展了，那些骆驼是修电报线的时候从阿拉伯引进的，它们和丁狗合不来。

我在国家地理频道看过一些反映澳洲荒原的片子。在卡卡杜国家公园，体态雄健的土著管理员，像世世代代的酋长一样守护着他们的传统文化，教给孩子捕猎、戏水、躲避鳄鱼、采摘植物根茎，在烧荒的季节引燃森林，坐在火边，凝视着远方默默祈祷。在乌卢鲁附近，红色的沙漠上，一个白人科学家逮住了一条巨蜥，握着它的嘴捧给土著人看，后面发生的事情令科学家本人非常震撼。几名原住民看着巨蜥开始歌唱，他们的神态不是同情也不是喜悦，不是为胜利沾沾自喜或兴高采烈，对凶猛动物的敬畏之情闪烁在他们的目光里。

第二章
北领地:热爱荒凉

我们所到之处，不是旅游区就是城镇，我没有见到一个那样的土著人。爱丽斯泉的土著人活在政府的津贴里，而不是自己的传统里，他们甚至没有马克脸上那种不自信但是善良的微笑。这里土著人最后的传统是在陶德河上生一堆火，不再狩猎、不再劳作，甚至不再有基本生存技能，他们步履蹒跚地走到火边，那是与心中的神灵最后的一丝联系。

我一直很推崇西方人保护土著文化的做法，也同意他们对中国在内地建立西藏中学之类的举动提出的抗议。但那只是直觉，我没法讲出更多的理由。我喜欢丰富多彩的民族艺术，而且我知道各民族的艺术不是凭空来的，是他们的传统文化滋养出来的，离开土壤依葫芦画瓢的东西是很不堪的；我出门旅游，不希望走了几万里进入一个和北京差不多的城市，我到乌鲁木齐时就是这种感觉。但这些理由听起来都很自私，用一种观点去反驳，我们不能为了自己的享乐影响别人的发展。

但是在爱丽斯泉，我终于明白，保护土著人的文化，对他们自己有好处。失去文化的土著人被推在城市的边缘，他们在这个城市里没有地位，也不能像祖先一样有健康的体魄和健康的精神世界了。如果他们生活在更偏远的地方，举着长矛追击袋鼠起码比行尸走肉一样每天喝得滥醉好很多。

很多年前，人们发现色彩艳丽耐磨、耐用的化纤时，以为丝绸、棉布、麻都过时了，可以彻底抛弃了，这些天然纤维的好处在人们深入地对比以后才能够理解。我们理解了丝绸和棉布的时候，纺织技术并没有失传，但是许多传统文化一旦抛弃就再也找不回来了。

前几天几个同事骑着锃亮的黑色哈雷走在乌卢鲁去往卡塔酋卡的路上，我们坐车跟随。驾车的人黑头盔和黑皮夹克，胯下黑色的坐骑。从车窗向外看，大地鲜红得不真实，沙漠橡树挑着细高的直筒一颗一颗零散地戳着，两边时常出现被火烧过的漆黑。三部锃亮的哈雷沿蜿蜒的公路在荒原上行驶。乌卢鲁像一次巨大的核爆炸之后一座融化的城市留下的遗迹。一个摄影师说："像世界末世后又重生的样子！"

"是啊，在地底下缩了很久了，刚爬出来时的感觉啊！"

"再遇上两个土人就更像了。"

"不会吧？他们吃什么呀？"

"老鼠啊！基因突变以后像猪那么大的老鼠！"

"哇！肯定很凶！"

事实上如果是世界真的在一次核战争中末世了，我们这些生活在文明都市的人都在劫难逃，但是那些生活在遥远偏僻的土地上，没有忘记古老传统的土著民族，仍将手执长矛行走在荒原上，默默地穿越劫难，生生不息。

　　爱丽斯泉中心有一条步行街，有很多土著人坐在街边晒太阳。摄影师被两个卖画的土著人缠住。和这里的很多土著人一样，他们肤色很深，长着比肤色稍浅的棕色卷曲的头发，胖胖的身材，缓慢的动作节奏，眼睛里瞟出不信任也不可靠的目光。翻译告诉他，那两个土著人说，他们想回家没有钱，所以画了这张画来卖，卖价是80澳元，相当于400多元人民币。这种卖画的方式掺杂着太重的乞讨色彩。

　　那种画和乌卢鲁店里卖得差不多，是用各种色彩的小圆点组成的图案，但颜料和制作都很粗糙。我试图问他们画面的含义，他们茫然地看着我，我的最后一点希望也破灭了，他们哪怕在画里诅咒买主呢。可他们恐怕已经不会了。后来本地的白人司机，一个很朴实的澳大利亚农民，给我们买下了那幅画，只花了10澳元。

第二章
北领地:热爱荒凉

热爱荒凉

　　在乌卢鲁到北领地一带的澳洲荒原上，生活方式大约有三种，应该说四种，纯粹的原住民生活没有让我们看到，除此就是：国家公园那样——精心地守护着环境和原住民文化，尽一切力量让荒原保持原样；火星基地这种——在一片荒原上完全按照地球人的习惯制造极品生活；还有一种是热爱荒凉的外来客的生活——不追求高品质生活，对环保和原住民文化有点儿意识，但并不看得那么重，这些人对生活充满热爱，喜欢野性与蛮荒，他们来这里尽情释放自己，寻求轻松和快乐。

　　出国的人回到国内，如果国内的人问他在外面什么最不习惯，十个有九个会回答你：西餐。

　　无论老外评价哪家餐馆好吃或不好吃，我从没羡慕过哪家的饭菜，即使是肚子饿了的时候。但是有一天，在乌卢鲁附近，一个露营者的营地里，我们看见露营者用大饼卷着洋葱、酱和一些莫名其妙的动物的肉。那种饼和国内的烙饼很像，至少也是一种亚洲风味。他们吃饭的地方是一个长方形的绿色帐篷，里面挤挤的，有点热，甚至有灰尘。这简单的食品看上去像春饼一样，那种亲切感，立刻让我馋得直咽口水。

　　在帐篷外的空地上，一个相貌滑稽的女人一边唱歌一边带着大家像袋鼠一样，蹦蹦跳跳。营地四处是绿色的帐篷，三角形的供人居住，长方形的就是餐厅，我们问了一下价钱，居然很贵，要150澳元一晚，是我们住的五星级火星基地的一半。帐篷外面篝火堆星罗棋布，有的是堆积柴火的，有的有个横躺的半圆柱体的炉子。我观察这些炉子的时候，一辆汽车拉着柴禾很幽默地在营地周围转了一圈又一圈，每一圈都伴随着一串欢声笑语，原来是营地里的人在配合我们旅游卫视的摄制小组拍片。

营地里的人来自不同国家，但是看上去都一样土土的，热情、开朗却又腼腆、憨厚，似乎所有热爱荒野的人都有类似的气质。我们甚至认识了两个笨笨的日本姑娘。在我的印象里日本青年无论时尚还是古典总是精致得像瓷娃娃一样，成年人则永远穿着体面，不断地点头对你的话表示同意，但是这两个姑娘却长得敦敦的，皮肤黑黑的很粗糙，说话之前总是先不好意思地笑一笑。

第二章
北领地:热爱荒凉

后来，我们又参观了一家青年旅行社，那里的大宿舍里居然睡上下铺。在拱形棚子的餐厅里，长长的木条桌洒脱地从一头连到另外一头，啤酒桶改的超大超高的圆桌夸张地摆在边上。一对儿体态肥胖、衣着鲜艳、形骸放浪的夫妻正举着大杯的啤酒向我们致意。室外，来自不同国家、语言都不大相通的年轻人在雨后的冷风中挤在篝火旁嘻嘻哈哈。

这里完全没有火星基地的那种拘束感，也没有国家公园的沧桑，每个人身上都涌动着生命本原的动力。虽然没国家公园那么多严谨的规定，但是因为生活方式本身的缘故，他们和环境的关系要比"火星基地"和谐得多。

荒野是人类社区的一部分，这句话我忘记在什么地方听说过，但是在澳大利亚荒凉的北领地，荒野对人类社会的作用、对人的精神的影响、对人的生活的影响那样实实在在。那些热爱荒凉的人的精神状态用精神抖擞或意气风发都不足以形容。

我们从乌卢鲁到爱丽斯泉的路上，在一个加油站休息，几位老人兴高采烈地和我们打招呼，告诉我们他们是出来旅行的，要周游澳大利亚。他们看上去很老了，至少有七八十岁，但是动作敏捷，个个都像周伯通一样。他们也吃冰凉的三明治、喝冰水作为午餐，然后骑上载着"辎重"的摩托，可以明显地看出扎成卷的帐篷和睡袋在大摩托的后面捆得不够好。他们很滑稽地和我们说再见，然后我们发现先走一步的那一位出门往左转，后走的两位出门往右转了，所谓"失之毫厘，谬以千里"。也不知道，他们这样失散以后还能不能找到，但却也没什么好担心的。

到爱丽斯泉的当晚我们到一家西部风格的牛排馆吃晚餐。大块的兽皮——袋鼠皮、鳄鱼皮被钉在墙上，马鞍、骆驼鞍子挂在屋梁上，木板定的桌子没有铺桌布，一个澳洲"牛仔"在弹不插电的吉他。餐馆经理尼奥热情地和我们打招呼，笑着说他自己是乡下人。

晚餐仍然是西餐。吃西餐的时候，一般都比较优雅，说话轻声细语，可以听到刀叉轻轻碰到碟子叮当的响声。今天晚上终于有点儿变化，我一看那把刀就知道了，那不是那种圆刃的餐刀，而是有尖、有锯齿的快刀。晚餐中那位牛仔一直在唱歌，所以我们可以大声说话。经理一上来就请大家喝啤酒。本来我是喜欢葡萄酒的，澳大利亚的葡萄酒也特别好，但是葡萄酒一喝起来就非常优雅，而啤酒一喝起来气氛就爽朗起来。

晚宴当中，歌手就把大家叫起来边歌边舞。店主让我们每人拿着一块可以抖动出声的响木板跟着起哄，还模仿袋鼠把手放在胸前做跳跃状。他唱的最后一首歌一定是当地的流行歌曲，歌唱澳大利亚荒原的，"我爬上树，我往远处看，什么也看不见，只有袋鼠一跳又一跳。"客人们早已熟悉这种表演形式，睁着热切的眼睛，盼望着互动的开始。等那首歌唱起来，大家都站起来，扭着屁股，跟着一起唱，一起跳，整个餐厅成了一个大舞台，观众们的表演步调一致，又各有特色。

在爱丽斯泉，环保观点受到了点挑战，我们可以吃到骆驼肉、袋鼠肉、鸸鹋肉和鳄鱼肉。其中后两者是人工养殖的，而骆驼和袋鼠还是野生的。这是因为这里的自然资源丰富到可以为游客提供这些食物。这些动物在

丁狗，澳大利亚原住民打猎用的狗

089

当地的相对数量足够丰富，被游客食用的属于正常的自然淘汰范围，这也是荒凉的优越性。袋鼠肉实在是太难吃了，硬硬的，酸酸的，不过它世世代代养育着本地的土著居民。

饭后，餐馆的服务员烧起一个火炉，烤烙铁，居然在客人的牛仔裤屁兜上烙下餐厅的字号，当然这是自愿的。我很不喜欢被人像牛一样烙个烙印，经理尼奥有点儿失望。而后他邀请客人爬上屋梁，骑在悬挂在屋梁上的马鞍上，在房顶上签名，这事儿我干了。

尼奥曾经在悉尼、墨尔本都工作过，但他还是喜欢爱丽斯泉，就在这里定居下来。他说他热爱这里土地的颜色，这里的文化，还有这里不太快的生活节奏。我也喜欢这个地方，喜欢这里的野性和热情。

第三章

南澳：澳洲最"土"的地方

我并不认为北领地是澳洲最土的地方，野性与蛮荒某种意义上是现代社会的时尚。我所到的最土的地方是南澳大利亚的首府阿得莱德和附近的地方。

　　南澳大利亚州人口150万，一半以上住在首府，据说有100多万了。要是从北京出来，100多万人口的城市我们绝对不会稀罕，可我们是从荒凉的北领地来到这里的。飞机降落前，机翼下降时，忽然看到大片的灯火，竟然很兴奋。但入住以后，从宾馆的窗户向外眺望，我们又颇为失望，市中心为数不多的高层建筑都是20世纪六七十年代的风格。平铺的低矮房屋一头延伸到海边，另一边延伸到山脚。

　　阿得莱德和谐的美丽我要几天以后才能理解，这个地方质朴而真诚，野性的大自然和文明的城市宁静地渗透在一起。

坐有轨电车去海边

　　每次出门都好像是上辈子欠了大海的情，只要一见到海就兴奋，阿得莱德市中心有一路有轨电车据说是通往海边的，我们立刻说服导游，坐有轨电车去往海边。

　　老式车厢很怀旧，走进去到处是浓重的棕红色。坐在旧式的大椅子上，车子平稳地向前行驶。路边是一间间独立的小房子，掩映在绿树丛中。阿得莱德在土地利用上很奢侈，除了市中心几乎没有高楼大厦，整个城市像一个巨大的扇面从山坡向大海展开。浓郁的绿色和赤红的北领地恍若隔世，和珀斯一样，这里有小资的悠闲和小资的寂寞，但是少几分精致，多几分质朴。

　　路边的房子属于本地的普通市民，每一间都很漂亮，但又不抢风景，平淡而舒适。四分之一英亩的土地上，有一所房子，房前有个小花园，房后有个稍微大一点儿的，这就是澳洲梦。

　　有轨电车的节奏和这城市的节奏一样不慌不忙。它的轨道就在街道上，除了钢轨的凹槽其他地方都是垫平的，没有电车的时候就是普通汽车道，而电车经过路口时也会根据交通信号灯停下车来。两边风景悄然变化，它就这样平静地穿过去，这条路似乎永远不会交通堵塞。

　　不觉中住宅消失了，两边是丛生的绿树，树叶迎着阳光变成透明的片片黄色，还以为到了郊区。当我不留神的工夫，窄窄的街道两边就都是琳琅满目的小精品店，卖漂亮的时装和其他闪闪发亮的东西。我正在看街景，车子突然停下来，海边就到了。海滩并不是特别的度假景区，就在商业区尽头五十步以外的地方。

大海无论在什么地方看上去都是相似的，天水苍茫，深不可测。但是只要在海边站一会儿，就会发现我们过去对大海的许多印象是不对的。

国内的海滩，不是浴场的地方，都飘着整排的浮球，是海上的农场。养殖业导致海水富营养化，污染越严重的地方，咸腥味就越重。而近海的渔业资源早已捕捞殆尽，采沙业破坏了大陆架的生态系统，就像露天煤矿一样，把富饶的滩涂变得寸草不生。

据说，在淮河的一条支流边，学校里出了一道题，问：河水是什么颜色的？很多孩子回答，是黑的。因为从他们生下那天起，看到的河水就是黑色的。看这一段时，我为这种错觉触目惊心，直到此刻才知道，原来关于大海，我们的很多印象都是错的。在国内，从我看到大海的那天起，大海就是人满为患的浴场，后来又有了养殖场，即使是野海滩，也没有见过海洋哺乳动物，出海很远，只有零零星星的小鱼，海水的腥味总是很重。

阿得莱德没有人在海边养殖，看看路上那些精致的房屋就知道，本地居民不急等着吃饭，也不盼着发财，他们有的是心情装扮自己的生活，当然不需要向大海索取，人们呵护着自然美景，供他们坐下静静欣赏。

海鸥一群一群地站在海边的沙滩上，大鹈鹕展开宽大的双翼低低地从我头顶嗖地飞过。一个年轻的母亲带着孩子在沙滩上玩耍，小孩迎着海鸥小心地走了两步又停下，忽然他跑了两步，海鸥拍拍翅膀飞走了。

海狮

　　水面上有情况，大群的海鸥和几只鹈鹕朝一个方向扑去。那个地方离岸很近，只有不到五十米，但是那里已经有鱼群了。天然的大海原来可以就在城市边缘。一群墨鸭背对着鸟群，满不在乎地站在防波堤上，它们见鱼见多了，才不屑于理睬那些大惊小怪的海鸥。原来，海鸥不一定在远离人群的地方，鱼群不是开船出海很远才能碰到，鲨鱼和海豚原来常常在浅滩上戏水，风从海上吹来，带着水雾，海浪打在雪白的沙滩上，海风和海浪原来并不一定是咸腥味的。

阳光灿烂的孩子

　　我们在阿得莱德那几天赶上"六一"。西方人应该是不过这个儿童节的，但是在街上碰到的孩子又让我怀疑他们在过节，仔细看看又不太像。

　　这些天，澳旅局安排了大量参观访问项目，几乎没有为拍摄留出时间，而拍摄还需要好光线，遇到阴天又很影响工作，所以只要天气好，阳光充足，我们的工作就会很紧张。有一天，大家一上午都在忙碌，不觉之间就过了午饭时间，却没人觉察出来。拍摄地点附近有一座高大的大理石廊柱型建筑，据说是一所学校。正拍着，学校的门就打开了，学生放学了。是中午放学？还是下午放学？我们有点儿奇怪，想来孩子们不会像我们那么晚吃午餐，可也不该那么早放学啊？看看表，还不到三点钟。我本来还猜想他们是不是课间休息，可他们居然就去逛商店了。

　　我们在路上遇到两个中国来留学的女孩子，和所有的孩子一样，她们穿着样式统一的校服。校服选用比较古老郑重的样式和黯淡的颜色。在冬季的阿得莱德，街上那些穿着大方格喇叭裙，深色上衣的女孩子，就是某个高中的高中生。不同的学校，以不同颜色的上衣和裙子格区分，不同的咖啡色和不同的深蓝色，没有浅色，绝没有粉红、淡黄那些明亮的颜色。

　　孩子们的书包都很大，垂在后背上像个背包客的大行李包。我们起初以为他们的课业负担也很重,后来特地掂了掂她们的书包,原来看着唬人,其实很空。阿得莱德出口教育,在国内招收学生来这里上高中,然后在本地上大学。那两个女孩子是大连来的,到这边已经一年了,有点儿腼腆,很有礼貌。不像国内的孩子那么咋呼,见到生人却也不那么胆怯。总觉得她们的举止气质变得有点儿像外国人,而且以后说不定越来越像,想起来总是挺遗憾的,但是想着她们不用参加高考了,真替她们高兴。

在阿得莱德的日程里,我们要拍摄一个消防队旅店,这让我看着有点莫名其妙。我们路过一个消防队,红色的建筑长长地展开在街道边上,有强烈的工业化的气派,鲜红的百叶门后面是一排红色锃亮的消防车,但它不是我们拍摄的对象。

第三章
南澳:澳洲
最"土"的地方

我们拍的"Fire Station"是个老式建筑,只有一扇大门,已经打不开了,一位女士微笑着站在旁边的小门口。原来这是用一个消防队的旧址改建的小旅店。推开第一个房间的门,赫然看到一辆红色的救火车。我还以为这是一间陈列室,但是马上发现后面有红色的沙发和躺椅,再转过去是一张大双人床,卧具的颜色和消防车近似,也是鲜红的,甚至枕头上的靠垫也是一对玩具救火车。这就是一间卧室,有全套的卧室家具、洗澡间和吧台,这个房间被红色映着有种滚烫的感觉。救火车的另一侧还煞有介事地放着消防服、安全帽,甚至云梯。

这个房间的设计非常大胆,却算不上独具匠心,它是一种性格,率性、聪明,有点儿恶作剧的幽默。据旅店的经理介绍,他们的老板就是这么一个人。他在阿得莱德有二十间这样的特色小旅店,还有用古玩店改建的。老板有一辆劳斯莱斯，但他并不是过贵族生活，也不像暴发户那样"抖"一把。他的夫人会开着劳斯莱斯去迎接客人，那种感觉似乎在说："来吧，劳斯莱斯，你也可以坐！"照片上那位女士，穿着普通的衣裙，站在劳斯莱斯旁边，脸上有非常明亮的笑容。实际上，我觉得整个房间里都听得到老板夫妇爽朗、逍遥的笑声。

在小旅店旁边，另有一间老式建筑。外表庄重考究，但透过窗户往里看，里面竟然乱糟糟的，墙上挂满彩带，到处贴着彩色铅笔或蜡笔画的画，小桌小椅摆成一个圈，好像一所幼儿园，但后来发现是小学校。

当时家长正在接孩子下学，又是那样，太阳还老高，我们上午的工作还没忙完，孩子们已经放学了。我们走进门去给孩子们拍了几张照片。两个只有一米一到一米二高的小女孩正在打篮球。小姑娘穿着红色的上衣，阳光下，淡黄的头发凌乱地随风飘着，脸上有一点儿小雀斑。我竟然觉得有点奇怪，没人管她们吗？她们不会挨骂吗？可是想想孩子们在学校里玩耍原来是那么正常的一件事情。

我有一种感觉，很强烈。这间学校和旁边的消防队旅店有某种关系，做出那么大胆的创意的老板夫妇和他们的员工，也像这些孩子一样地长大，而这些孩子长大以后也会做出惊人的创意。可怜我们的孩子不会把消防车放在卧室里，我也不会，因为那两样东西不应该在一起。

成年以后的思维方式和创造能力是和少年时代的教育相连的。我们不习惯孩子们三点钟就没事情了，似乎每一天学习的时间都少了那么多，但是多学了那么多时间又得到什么呢？实际上，我们的孩子很多事情没学会。

我毕业以后，花了很多年才学会追求自己的梦想。学生时代，每天从早起上学，一直到半夜完成全部作业，所做的所有事情都不是我的梦想，得到的好评都和自己的喜好无关，受到的批评却往往在天性流露的时刻。

爱好就像一块令人垂涎的巧克力。我们的孩子们只能看着，有时实在忍不住，就伸手摸了一下，却遭到老师和家长的呵斥，然后不再敢想象，那块巧克力我也可以得到。澳大利亚的孩子们则可以在三点钟以后品尝自己的巧克力，在各种各样的品尝中，熟悉这个世界，也找到自己真正的所爱。

我们在西澳拜访过的那家薰衣草庄园里，出产一种薰衣草酒，这种酒其他地方是没有的，它就以女主人的名字命名。主人介绍说，开始制作这种酒的原因很简单，女主人喜欢酒，就请她的丈夫帮她酿制她最爱的口味，这种酒试验了很多次，终于成功。后来她的丈夫也配置了自己喜欢的酒，还有他们的一个女儿参与其中。这种酒被自己喜爱的同时，在市场上获得了成功。女主人说起这些事情来依然很激动，"因为我们有梦想，我们努力了，然后就成功了。"

这个过程听起来如此简单温馨，结果又如此美好。我那时很感动，她们的女儿那样年轻，却已经了解了自己的梦想，追寻过了，而且实现了。而我做每件事的时候都在判断对错，或者想着名利，或者想着光宗耀祖，唯独畏惧梦想。心里面总觉得那是通往失败的道路，不知道什么人在什么时候这样告诉过我，但一定有人无数次地告诫过了，直至今日，我必须时时驱散那些告诫。

晚上，我们驱车穿过市区，街边的运动场上灯火辉煌，一些男孩子正在踢足球。我们的司机介绍说，这是个足球俱乐部，这里的孩子们训练足球或者其他体育项目，俱乐部都是在晚上活动。

　　到澳大利亚这些日子，有种感觉，这里的人气色都很好，如果我们的孩子们也可以这么快乐地长大，成人以后也不会含胸驼背、瘦骨嶙峋或者又白又胖、体重超标。

望不见
北斗的日子

有多少种葡萄就有多少种美酒

　　西方人喜欢葡萄酒，在澳大利亚的每一天几乎都有美酒相伴，从西澳、北领地、一直到南澳。西澳的那个河谷马格丽特是非常出名的酿酒园区，虽然离开一段时间了，但我一直对那里迷人的美景和醉人的酒香念念不忘，那个河谷里，每个庄园几乎都有酿酒厂和酒窖。

　　在那里，我明白了，原来葡萄酒并不是那种东西，不是那种当我们在餐桌旁怕白酒太烈、嫌啤酒喝着撑得慌的时候嚷嚷的："来点红酒吧！"是的，我们喝的干红是葡萄酒，但葡萄酒却不是那种东西。优美的自然环境环抱着，纯净的天空、纯净的土地、纯净的水养育着美丽的葡萄园；陈年的木桶散发着香气，考究的餐厅里，精致的酒器在餐桌上闪着光；红葡萄酒在吃肉食时饮用，白葡萄酒配合海鲜，没有过滤糖分的甜葡萄酒是吃巧克力、饼干那样的甜品时饮用的；主人酿造时费尽心机，客人享用时也非常讲究——葡萄酒是一个完整的文化体系。

第三章
南澳：澳洲
最"土"的地方

　　在南澳的阿得莱德，我们参观了澳大利亚的国家酿酒中心。酿酒中心木制的门廊呈现非常洒脱的弧线，那是仿照酒桶的外观做的，弧线旋转连成半个圈，沿着斜坡缓缓向上，进入展厅。

　　一进入大厅就有一个澳大利亚沙盘地图，上面标记着澳大利亚所有的酿酒区，电子显示屏显示着所有葡萄

南澳州州花

产区当天的气温。我们发现，甚至在我们刚刚离开的偏远、荒凉的爱丽斯泉小镇，也有一个葡萄产区，据说那里也出产一种很好的葡萄酒。

葡萄酒的品酒方法，从前在电视上已经看过很多次，总有点百思不得其解的感觉。先举起酒杯看一看颜色，然后晃一晃，闻一闻，最后尝一下。管理员介绍，晃酒杯是通过酒挂杯子的情况判断酒的黏稠度，尝要从舌尖顺着舌头的两翼流过去，舌头上不同部位的味觉细胞负责尝不同的味道，舌尖尝到甘甜，两侧微酸。但这样就可以判断出酒是哪一年在什么地方出产的。怎么能做得到呢？

这个小型的博物馆里陈列着用来做不同口味葡萄酒的葡萄标本，装不同品种的酒选用的酒瓶，软硬、材质不同的数百种木塞，最为惊讶的是展厅的那堵墙，墙壁用不同地区的泥土压制的大方砖组成，有红色的、灰色的、黑色的，每一块颜色都不一样，我在其中找到曾经去过的北岭地的红色沙土和玛格丽特山谷的黑泥。不同土地上种出来的相同品种的葡萄也有口味差别，因而酒也不同。

而同一片土地上不同年份的气候不同，阳光好的年份酒味甘甜，阳光不足的年份，酒就酸一些。这些都是记录在案的，这些记录在品酒师的脑子里是一张立体的地图，不可思议，他们就是靠这个尝出酒的年份和产地。也由此确定每种酒不同的价值。而品味各种酒之间微妙的差异，也是饮酒的一大乐趣。

第三章
南澳：澳洲
最"土"的地方

我们国内没有这么复杂的酒文化体系，因此国内的"洋酒"难免逊色很多。但国内有很多东西，我们原本有文化基础可以做得如此讲究。比如茶，不同土质、不同气候、不同海拔高度、不同采摘时间的茶是不一样的。这一点至今如此，但没有太多人了解。再如瓷器，不同地区的黏土和不同的窑可以烧制出不同的瓷器，古时候瓷器的分类赏玩曾经非常讲究，但现在已经很少人知道，这就是文化的失传。

而我们的农业、畜牧业中，很多产品完全可以像西方人对待葡萄一样讲究，但是却没有人这样做。我们都知道现在的鸡没有以前的好吃了，其实很多东西都不行了。

我因为经常在国内北方地区旅行，发现从内蒙古的东部大草原到新疆，每到一地，羊肉的味道都有点不同。原来不同的草场气候、土质、水源不一样，长出的草的品种也不一样，不用的草养育不同的羊。那种差别细微而且神奇，甚至各自适合不同的烹制方法。

内蒙古苏尼特沙质的草场上养育出的羊比邻近水草丰美的地方养育出的羊更好吃，在当地负有盛名。但是沙质草场载畜量低，产量上不去，在国内市场上羊肉就是羊肉，价格也不会有太大的差别。由于当地政策推动，产量高的属于垃圾食品的饲料育肥羊正在淘汰原有的优秀品种，问题是现在的羊肉供应量并不短缺，育肥羊有产量不等于有销路，也不等于适应环境，而当地的品种一旦消失就再也没有了。

农产品要是不如此讲究鉴别，就只好靠产量了。小的时候，我姥姥的一位亲戚很辛苦地从家乡带来一种菜叫"豌豆苗"，细细的，像毛毛一样，只要一点点放在汤里就清香四溢，我们都把它当宝贝。后来北京满街都卖人工培育的豌豆苗，却没有一点儿味道，像柴草一样难吃。现在，我们吃到的蔬菜、水果、肉的味道都越来越相同了，在货架上鲜淋淋的、琳琅满目，但看着就知道不好吃。而农民和牧民发愁的却是，他们的产品虽然越来越多，却卖不出价钱。

在葡萄酒中心我们了解到，一个葡萄产区如果当年雨量充足，葡萄产量很高，并不是什么好事，那年的葡萄水分含量太大，酿成的酒反而不值钱，在选择储存百年陈酿的时候，这一年的酒就不会被选择。

酿酒在西方是一种艺术，有西方文化的艺术，我们有很多东西可以成为艺术，不一定是歌舞文章。中国人本性就是农民，即使没学过园艺的人，也能在自家的院子里种活几种蔬菜，农业是中国的文化。如果我们把水果、蔬菜、肉、禽、蛋、奶都变成工业品，它们的价值只会随着产量的提高而降低，最后连人参也像萝卜一样便宜（这不是个比喻，是真的，是在东北发生的），但如果它们是艺术品，每家每户都有不同的艺术品，它们的价值就是无限的。发达与落后不在于有与没有，而在于精致还是粗放。

在葡萄酒中心，朋友们特地和南澳州鼎鼎大名的品酒师开了个玩笑，把他的眼睛蒙上，把几瓶不同的酒倒在一起，品酒师只尝了一下，立刻呸呸地吐出来。我想起在国内，有一次，一个朋友把几幅据说是大师名作的画拿给荣宝斋的总经理鉴定。那位先生，每张画只看一眼，立即卷起来扔到一边，因为看伪作伤眼睛。艺术品就是这样的。

第三章
南澳：澳洲
最"土"的地方

百年陈酿

阿得莱德以北的巴萝沙山谷（Barossa Valley）是个著名的葡萄酒产区，6月初已是南澳的深秋，山谷里整片的葡萄园化为金红色的水粉画卷。

葡萄酒大都是家族产业，每一片葡萄园都有自己的酿酒厂，或者说，每一个酿酒厂都有自己的葡萄园，每一个有葡萄园的地方都是有故事的地方。在Seppelt葡萄酒庄园，我们听到这个家族传奇的故事，并且眼见为实。

Seppelt是这个家族的姓，他们的葡萄园创始人是一位烟草商的儿子。他也曾经希望像父亲那样做烟草生意，但是他迁居到了巴罗莎山谷，这里的气候不适合种烟草，却适合种葡萄，于是他投资种植了大片的葡萄园。"烟酒不分家"看来西方人也一样。

接待我们的销售人员是位很精明的男士，他先带我们品尝了十年陈酿。他们的葡萄园种植的葡萄比较甜，不适合酿制干红，所以酿制有糖的红葡萄酒。就像干红用来佐肉食，干白用来配海鲜一样，这种有糖的红葡萄酒用来配甜食。酒窖外下着雨，雨打在白桦树金黄的叶子上，我们一边吃巧克力，一边品尝新从酒桶中取出的美酒。不过，我们都没想到这只是一次热身。

这个产业的创始人五十五岁就去世了，他的儿子二十一岁时继承了父亲的产业，并且开始将它发扬光大。他的妻子是个非常能生孩子的女人，怀过二十一次孕养活了十三个孩子。在他们家族的领地中，在酒窖、庄园、家族史陈列室，经常可以看到不同年纪时这对夫妇和十三个孩子的陈列，有些严肃，有些诙谐而幽默。但最为隆重的纪念，莫过于那些巨大的橡木酒桶。在存放百年陈酿的酒窖里，我们在一排酒桶上发现很多人名，下面写着时间。本以为是酒封存和开启的时间，后来发现不是，每个酒桶上写着这个家族一个孩子的名字和生卒年代，有当年的主人和十三个孩子，还有许多后辈的子孙，甚至这个家族最近新添的小孩。家族的每一个人都有一桶属于自己的酒。

随后，他带我们去了盛着古老而昂贵的百年陈酿的酒窖。这里面有一些桶装酒每年只生产一桶，封存之后要过一百年才能打开。

第三章
南澳：澳洲
最"土"的地方

主人请我们每人尝了一点他的百年陈酿。我本想学着他的样子也摇一摇酒杯，闻一闻，尝一口，然后做出一些赞美的表情，以答谢他的盛情，也对一百年的时间表示点尊敬。但不知道怎么形容，只尝了一口，我就被震撼了——陈年的酒有陈年的昂贵，和十年的酒相比，没有任何词语比昂贵更合适，百年陈酿不是变甜了，也不是变酸了，也不单单是变稠了，它就是贵了，不是价钱的昂贵，是品质的昂贵。就像陈年的瓷器、玉器无法具体地讲它什么地方不同了，但贵重的气息你可以感觉到。和它相比那些十年的、二十年的酒，那些我们平常喝起来都已经很不错的酒，都显得索然。百年陈酿，每桶酒可以装500瓶，整瓶卖一千五百澳元，半瓶卖五百二十澳元，这里出售的并不是酒，而是时间。

酒窖外细雨微风，酒窖里面散发着酒和橡木桶的香气。看着那些1983年、1996年和2000年以后封装的酒桶，很钦佩这个家族能如此耐心地经营自己的生意，这已经不仅是个生意，而是一种事业，一个家族沿袭的传统，那些刻有名字的酒桶将把祖先的传统传给今天还不谙人事的后代。体会着时间的魅力，我们这些在平日里节奏紧张、急功近利的人显得如此微不足道。

望不见
北斗的日子

教堂的彩色玻璃与大庙彩绘

圣彼得大教堂是阿得莱德市最古老的教堂，哥特式的建筑风格。

我原本对参观教堂没有太大的兴趣，西方国家，城市里有教堂真是太正常的一件事，和我们那里到处都有大庙是一个道理。何况圣彼得大教堂从某个方向上看和北京的西什库教堂也没什么不同。但既然是名胜古迹，那就去看看吧。

我们一大早来到教堂门口，等待拍摄许可证。站在门外，我抬头仰望巨大的玻璃窗，灰色的玻璃窗上有花纹，上面是尖形的拱顶，通向蓝色的天空，有一点儿目眩。哥特式建筑的崇高总是能让人从心灵深处仰慕和向往。旁边有人说这是"玩精神"，人要玩精神才会有教堂。这么讲话有点儿坏气氛，但是有点道理。

有精神的地方，总是和凡尘俗世不同。在国内，庙宇里陈年的木材被香火常年熏烤，自然散发出香味。加上中国的土木结构，冬暖夏凉，室内外的温差能迅速驱走人身上的浊气。无论你是否信佛，在大庙里待上一会儿会很舒服。人有的时候需要玩精神，这就是信仰的力量，与信仰本身相比，信仰什么，什么教派并不重要。

负责接待的神职人员打开侧面的门让我们进去。和所有哥特式的教堂一样，这座教堂呈现十字架形。教堂的主要部分是长方形的，两边连续的尖拱托起中间巨大的拱顶。下面是一排一排的座位。

　　教堂今天有一个唱诗的活动，前面摆着很多乐谱架和一些乐器。乐谱架分成左、中、右三个方向排列，中间有一架老式钢琴，侧面是一个风琴，而大型的管风琴安装在左侧的墙壁上，乐队的上方就是十字架，上面是正在受难的耶稣。

　　几天前，我进过一次这间教堂，还没有这个乐队。我坐在长长的座位上看着前方的十字架。一位身着黑衣的神父走到我身边，轻声说："对不起，夫人，您是不是那个拍摄小组的人？你们需要等一下，拍摄这座教堂要经过许可。"我抬起头看着他，他面容苍老、消瘦，神态高贵，头顶有点淡淡的白发。我说："没关系，我只是坐一会儿，我们可以改天拍摄。"宗教从来都有很浓重的文化色彩。在国内，我曾被人拉着去教堂。但是那位布道的女士从长相、语气到教学方式，都酷似我高中的政治老师，我笑着对我的朋友说："我最不喜欢上政治课，恐怕不会改信你们的宗教。"但此时我想，要是我最初接触天主教，接触的是这样一位神父可能不会那么坚决地回绝。

　　教堂正面的墙壁上是一幅浮雕画，耶稣站在正中间，上面雕着天堂，下面是地狱，也有圣母抱着耶稣的像。这个格局和米开朗基罗的巨作《最后的审判》的格局几乎完全一样，只是布局比较死、人物呆板，艺术水准相差甚远。

　　这浮雕画和乐队其实是同一回事。这个唱诗班的格局就是西方交响乐队的前身，而无数座教堂正面装饰的壁画中最优秀的一幅就是米开朗基罗的《最后的审判》。不计其数的教堂里平庸的作品和平凡的生活就是

110

南大洋边的灯塔

西方顶级的绘画艺术和音乐艺术的文化基础。我们的美院学生花很多时间学习西方艺术，却没有见过西方随处可见的文化基础，也没有西方人的性情和生活理念，因而创作不出有极高艺术水准的西方绘画、雕塑或音乐。

其实，中国的大庙里也有优秀的雕塑、也有精美的壁画，但是中国没有米开朗基罗那样名垂青史的雕塑家或画家。中国的古典音乐曾经是非常优美的，但中国却没有贝多芬和莫扎特。并不是我们没有这样才华出众的艺术家，只是传统上我们各个门类的艺术家地位都太低下了，他们没有受到尊敬，没有人重视他们的才华和创作成果。中国其实从来就不乏能工巧匠，他们没有成为艺术大师，不是他们自己的问题，是一个民族的遗憾。

那个遗憾是古人留下的，而我们今天正在经历着另外一个遗憾。在我们科技和工业落后的时代，我们以为西方的一切都是美好，要我们努力学习，这一切里面包括了科技，也包括文化，但是实际上这是两回事。技术是可以学的，文化是不可以学的。文化只能交流，受别人的启发补充自己的东西。

教堂建筑的最高艺术成果在梵蒂冈。与此同样的道理，四合院发展到极致就是巍峨的紫禁城，乡村的水围子、城市的围墙和护城河及至围住整个国家的万里长城是以同样的心态、同样的人生哲学、相似的设计和工程技术创造的，也因此万里长城才能成为世界奇迹。文化有自己的轨迹，只有兴盛和衰败，无所谓先进和落后。荒凉的高原上，碉楼式民居在兴盛的土司手中是山冈上的城堡；如果你在沙化的草原边缘遇到一个蒙古包，它可能显得破败简陋，但当年它成为可汗的金帐时也曾气势宏伟、金碧辉煌。这就是文化，极品的东西是在自己的文化基础上创造的，他人的极品不能拿来当作自己最高理想来追求，我们都是凡人，不会脱胎换骨，所以一辈子只能做自己，做不了别人。

圣彼得大教堂也有那种传说中的彩色玻璃，很神奇，就是我在外面看到的那些灰色有花纹的玻璃，从外面看庄严肃穆，但是从教堂里面看，映着阳光，射出绚丽的色彩，画面中的天父和圣母仿佛站在窗的高处俯视着虔诚的教众。它们为教堂内部增加了神秘且温暖的气氛。我发现这些玻璃的图案有后现代主义的味道。后来，我在介绍教堂的各种纪念册中找到一些资料，原来这些玻璃是重新装过的，从前的老式玻璃窗，玻璃的切片更小，组成的图案更加写实。这是他们的文化在承传、在变迁。

第三章
南澳：澳洲
最"土"的地方

在鹈鹕和黑天鹅的身边

　　我们刚到澳大利亚的时候，看到一只漂亮的小鸟在一个读书的人身边跳，就觉得特别惊讶，看到海鸥成群聚在街道的咖啡座附近，就四处寻找是不是人们投放饵料。这么多天过来，再发现人和野生动物和平共处早已不再奇怪了。

　　阿得莱德市中心有一条河，河水并不清澈，和很多城市河流一样黑乎乎的，好在还没有什么臭味。这条河里有游船、脚踏船、还有人划那种狭长的双桨赛艇，岸边是人行道，再过去是草坪，有人骑自行车，有人散步，有人做一些奇特的健身运动。

　　就在这条河里海鸥、鹈鹕、各种鸭子、鹦鹉、黑天鹅，我们的老朋友一一登场。一个年轻的父亲推着小儿子，领着两个小女儿来到河边。一只年轻孤单的黑天鹅走在岸边，蹒跚地走到小姑娘身边。金发的小姑娘转头看着它，把爸爸给她的巧克力棒糖藏在身后。天鹅弯着脖子都比小姑娘高一些，小姑娘一只手背着，另一只手想摸一下天鹅的头，天鹅躲了一下，小姑娘的父亲制止她，她就没有再摸。她的小弟弟和小妹妹看着没事，把糖拿出来偷偷吃一口，又立即藏到身后。此时天鹅和孩子们之间的距离只有一米远。

　　在国内，大家都习惯动物对人退避三舍，总觉得有人的地方很自然就不会有动物。刚到澳大利亚的时候，我们觉得，是因为这里自然环境好，所以动物才生活在城市里，但至少眼前这条不太宽的、混浊的河流算不上什么优秀的自然环境，水质远不及昆玉河，但却有大型水鸟，而昆玉河里连野鸭子都很难见到。

澳大利亚人对待野生动物主张不惊扰、不投食。见过了这么多野生动物，我终于明白原来人们如果特意不惊扰动物，就可以平静地和它们生活在一起，就像灰色的燕鸥也成群地站立在海豹栖息的海滩上一样，我们人类走来走去的地方也有鸟在飞翔，在它们的眼里我们不过是另一种动物，和他们无关的动物。

我在岸边坐下，离我五米左右的地方有两只黑天鹅，远一点的地方另外有三只。黑天鹅的羽毛黑得像炭一样，嘴巴鲜红，脖颈很长，仪态高贵，是这里的土著贵族。北半球有很多白色的天鹅分布，我却没有机会如此近距离地一睹芳容。我曾经去过新疆天山深处巴音布鲁克草原上的天鹅湖，在那里看到的天鹅只是远远的一个小白点。牵马的小伙子告诉我，游客太多，天鹅都被吓跑了。太多到底是多少呢？旅游接待点上只有一座毡房、四匹马。我想那里的游客一定没有阿得莱德市的常住人口多，这个城市有一百万人口。但就在市中心，穿过中央广场附近大草坪的一条河里，黑天鹅却非常悠然。在水面上，跳她独有的、节奏缓慢、旋律悠长的"颈项舞"。只有一次，一只天鹅不知道被什么事情惊起，拍打着翅膀飞起来，我才知道，她的翅膀尖端羽毛是白色的，像黑色长裙镶着白色发亮的裙边。

几只鹈鹕上了岸，我朝它们走过去，他们那样高大，站在岸上有一米五左右。我走到离它们五米的距离，它们仍然做自己的事情。三米远，两米远，我都有

115

点儿担心了，它们那巨大的带口袋的嘴一定很有力量。但是鹈鹕对袭击我似乎不感兴趣，只有人类才一直对其他的动物保持着强烈的好奇心。我走到离鹈鹕一米五左右的距离时，它们纷纷跳下水了。但如果我站在岸上不动，它们有时也会走到离我更近一点儿的地方。

此时我才理解了，当初在西澳，和海豚游泳的时候，为什么领队让我们"等海豚找我们玩"。动物和人之间有心理上的安全边界，这是一个我们要尊重的距离，鹈鹕与人之间的心理安全距离是一米五左右。在北京，我们平时可以看到的最大型的野生鸟类大概就是喜鹊了。北京的喜鹊和人之间的心理安全距离大概是十五到三十米，它们在达到那个距离的时候就会离开我们飞走。

在国内，巴音布鲁克草原旅游业未开发以前，天鹅和牧民的安全距离曾经很近，不过三五米，牧民甚至可以把受伤的天鹅抱回家调养。但是现在天鹅和游人的安全距离至少有一千多米，要用望远镜才能看见。也就是说，一个旅游点，使天鹅失去了一千米为半径的一大片栖息地。但在南澳，人类开发了一座城市，天鹅却依然有栖身之所。如果我们的自然保护区也有身着绿色制服的管理员教给游客轻声慢步，在平静中与天鹅共处，天鹅能活得好一些，游人也能大饱眼福。

澳大利亚人也不是每件事都做得那么好，有人在草地上扔下面包喂天鹅和海鸥。天鹅看到面包就没了一点儿高贵气质，急匆匆地冲上岸去争抢。这只天鹅已经不是完全野生的了，但无论是人类还是天鹅都已习惯了这样的相处方式。

我们去了澳大利亚那么多地方，其实都挺"土"

的，没什么高楼大厦，没有宽阔的高速公路和高架桥。但我们随便到一个地方，就能觉得这里比国内条件优越、舒适，仔细想想就是因为环境，没有汽油味的空气，透明的天空让阳光自由照射，干净整洁的环境，还有随处可见的色彩斑斓的鸟。

第一次在澳大利亚近距离接触海鸥时的感觉一直让我念念不忘。那还是在西澳，那天的晚餐安排在一幢面临天鹅河的餐厅里。西餐很烦人，大家坐在一起一两个小时却没什么吃的，几乎不是为了吃饭，专门为了开会，我溜号离开了座位。餐厅的窗户映出灯光，海浪打在雪白的沙滩上，海鸥稀稀落落地站着，时而展开翅膀低低地在我头顶打一个旋。这里的海鸥和昆明的红嘴鸥品种差不多，我在昆明喂过红嘴鸥。喂食的时候，我懂得了海鸥是野生的，不是家养的，它们虽然习惯了在离游客很近的距离争抢人们扔出去的面包，却永远不会像鸽子那样站在人的肩膀上，或跳到你的手上吃食。但是看到澳洲海鸥的生存状态之前，我并没意识到喂食并不是对待海鸥最好的方式，那些高密度冲过来的海鸥实际上很变态。

第三章
南澳：澳洲
最"土"的地方

在天鹅河的河岸上，海鸥没有那么夸张的密度，没人喂它们，它们也不会歇斯底里地冲向人群。灯光下，我慢慢地走，海鸥在我离得过近的时候拍打着翅膀挪开，和我保持着距离。

独立事实上是一种尊严，无论人还是鸟都一样。

华人和中餐

　　有一句话说，"但有井水处都有中国人的脚步"，我想北领地一定是太干旱了，没有井水，所以我们在乌卢鲁和爱丽斯泉都没有碰到定居的华人，连中国游客也相当稀少。

　　在阿得莱德机场等行李的时候，我们的说话声引起了旁边一位夫人的注意，在异国他乡碰到华人的感觉确实很亲切。我上前和她搭了两句话，她懂普通话，我问她是哪里人，她说她就是本地华人。在出口处，她找到了刚下飞机的先生，他们很西方地拥抱了一下。

　　接待我们的小伙子秦亮属于南澳的一个旅行社，他只有二十五岁，却已经来这里八年了。当晚他带我们到唐人街吃中餐，天黑着，看不到楼，只看到满街的中国字，感觉像到了香港。中餐馆的前厅经理是个广东仔，对我们这群中国人不冷不热，似乎早已司空见惯，而且还显得有点烦，我想他有可能觉得中国人难伺候。这也可以理解，没有语言障碍，又熟悉中餐，肯定比老外难缠。

　　和珀斯不一样，珀斯的中餐馆依然氛围优雅，老外的刀叉轻轻敲在盘子上，餐厅宽敞而安静。这里的餐馆却和国内一样狭窄而拥挤，门口还有大排档。餐厅里大部分都是老外，可是说话的声音一样吵得厉害。在国内看到一些媒体上批评吃饭大声喧哗为一种陋习，不过从国外的情况看，这也是一种文化吧。至少大声喧哗对餐馆来说有个好处，就是翻台率高。在国内我就有这种体会，几个朋友吃饭如果刚好没订到包间，那么这顿饭肯定吃不长，因为没法说话。但西餐不一样，西餐从开始吃餐前汤到吃完甜点喝完咖啡，能熬三四个小时，所以一晚上多少张桌子就多少客人。西餐厅严重没有中餐馆赚钱。当然了，这么写不公平，在澳洲这些日子我们发现，中餐确实相当省时间，虽然制作麻烦但上菜却比西餐快得多，吃起来就更快。

秦亮招待我们的风格也和前些日子大不一样，不断问我们吃饱了没有，每次吃得差不多了都再添点。虽然后加的东西大家已经不需要了，这是久违的浪费，也是一种久违的快乐。

第二天去吃品种丰富的香港早茶，旁边的人也大声地用很地道的北方话聊天，我们没有像在珀斯那样见到华人就激动得打招呼，这地方华人已经占到十分之一到五分之一。不过和国内还是不一样，我发现旁边一桌的几个人一会儿讲普通话、一会儿讲广东话，一会讲英语，仔细观察，发现一个人讲普通话很地道，讲广东话的几个人显然能够听懂，但说不好，他们彼此之间说点什么就讲广东话，再把大意说给那个讲普通话的人。而有一个瘦瘦的小伙子，只会说英语，一直很不好意思地低着头，他身边的女孩，小声地给他翻译。我很喜欢那桌人，那是一群背景不同、家乡相距遥远，为了做中国人而凑在一起吃饭的年轻人。

阿得莱德出口教育，不仅在街上碰到过中国学生，这里陪我们的中文导游秦亮，当初就是这样进口的。

秦亮是我们的第三位中文导游了。我们的第一位导游西澳的吴晓迪女士移民到澳大利亚已经二十多年了，女儿在那里长大成人。从她兢兢业业的介绍中，我们能感觉出她对那片土地深厚的感情，她希望我们也像她一样爱上那片土地。她虽然仍然是华人，但是和我们已经有了文化差异，什么事情都需要反复解释而不能默契了。她有时也和我们讨论如何让她的女儿变回中国人，至少对中国多一点儿了解，有点儿感情的问题，但是大家都想不出什么好办法。

我们的第二位导游是在北领地的导游，因为没有找到当地华人，所以从悉尼一家专门面对中国市场的旅游公司请了一个人。她是一位新移民，到悉尼工作生活才一年的时间，我总觉得她就是我们这群人中的一个，那时同团的人彼此还不太熟悉，我常常找不出谁是导游。她和我们一样充满好奇，一样不理解国家公园的政策，一样在天气变坏时束手无策。

秦亮介于前两个人中间，虽然有了点西方人那种规矩严谨的作风，仍然很有北京人的哥们义气。秦亮对南澳已经有很深的认识，也打算以后在此发展，但是似乎还没觉得这里是家，他说话、办事的方式都很中国，知道用什么方法对付我们这个难缠的媒体团。

在巴萝沙山谷，落叶金黄的葡萄园顺着山势绵延。天下着雨，有点儿冷，在山谷深处，我们拜访了一家小旅店。旅店的房子很讲究，墙面漆成淡雅的米黄色，虽然是新的却并不鲜艳夺目，保持着和环境舒适的和谐。

出乎意料的是，迎接我们的是一位中国女士徐小姐。我们站在漆成玫瑰红色的壁炉前面感受火的温暖，她把她的澳大利亚丈夫介绍给我们，并且讲了他们的故事。

徐小姐当初来澳洲读MBA，她现在的丈夫是她的同学。他们相爱就结婚了。婚后在一间大酒店做了一年经营管理，然后买了山谷里的这间小酒店。小酒店刚买的时候只有三星级，经过夫妻二人精心的设计和装修提升为五星级，并且加盟了一个澳大利亚的旅店集团，经营上基本不用发愁。

旅店的房间很漂亮，因为请设计师太贵，都是她丈夫自己设计的，有西式华美的同时还融入一些东方的符号。徐小姐似乎被同化得很厉害，她的丈夫完全不懂汉语，而她的汉语已经很生疏了。但她的中国情结还是可以看出来的，进门的地方有一个仿制《清明上河图》的小工艺品，餐厅里挂着中国画和中国刺绣画。他们的房间用小玩具熊作为"请勿打扰"的标记，其中一个是一只大熊猫。她自我介绍的时候还说让我们叫她"小徐"。如果在国内，她这样年轻的读过MBA的女士绝对不会安心在深山里经营一个小旅店，但在这里，她对如画的风景已经感到习惯，夫妻二人从容而精心地经营着自己的事业。虽然一个是中国人，另一个是白人，却很有夫妻相，我们这样说，徐小姐却很难把"夫妻相"解释给她的丈夫。

第三章
南澳：澳洲
最"土"的地方

在南澳，我们还采访了一位"老留学生"，黄国鑫先生，他是阿得莱德市的前任市长，现在是南澳州对华的旅游大使。华人能在澳洲社会如此出人头地，又出乎我们意料。黄先生是四十年前来澳大利亚留学，后来留在这个国家工作，移居阿得莱德市也有二十年了。他本人的气质和外形仍然是一个典型的中国知识分子，讲很标准的普通话，讲话的态度和语气像位评职称时代来临之前的大学教授，几乎和我们没有什么距离感。我们很想知道黄先生如何在白人社会里当上市长的，他笑着说，这个故事太长了。他那一天的职责是向我们介绍南澳的旅游资源。后来，我们在悉尼的一张报纸上，还看到他的照片，大概是获得了英国女王颁发的什么奖项。

　　我们宾馆的楼下是阿得莱德的中央市场，中央市场里有一部分是中国城，卖中国的咸菜和各种辣酱，这简直是我们的甘露，市场的门口竟然还卖中成药。这些天水土不服，我的皮疹很厉害，终于可以买药擦了。市场里有很多卖菜的小伙子是中国人。有些人见到我们很热情，很高兴，有些人有点儿不想和我们说话，更不愿意给我们讲他们的故事，他们自顾自地大声用英语报着菜名价格和货的斤两，把一箱一箱的水果或蔬菜抬到柜台里面，想来谋生也是酸甜苦辣，并不容易。

考拉泛滥的袋鼠岛

澳大利亚的生态环境很独特，很多其他地区的物种这里都没有，一旦引进就会乱套，所以在这里你听说什么东西泛滥成灾都不奇怪：兔子、绵羊、野猫、仙人掌，任何外来物种都可以泛滥成灾。但是这里居然还能有一个地方考拉泛滥成灾，那么可爱的澳洲独有的小东西也能成灾，怎么听着都像是一种福分，这个地方就是袋鼠岛。

袋鼠岛和南澳大陆分离，需要乘船或乘小型飞机渡海。船程大约不到一小时。一下船就看到几只海豹在港湾里戏水，企鹅和鱼鹰站在防波堤的岩石上，这就是袋鼠岛给我们的第一印象。

袋鼠岛刚刚被一个海军船队发现时，岛上的丛林密不透风，没有原住民。海军士兵看到大群袋鼠，就靠猎杀袋鼠解决给养问题。现在，这座岛屿上还有三分之一的土地是未开发的国家公园。汽车驶进国家公园之前，在南澳生活了八年的中国小伙子秦亮，特地让我们注意看这里的植被。远远看去，公路像在一大片绿油油的绒毯上挖出的一条深沟，开进去，就是一条绿色的峡谷，两边高大的密密层层的树木就是当年袋鼠岛的原始风貌。但原始的袋鼠岛上是没有考拉的。

八十年前澳洲大陆上的考拉濒临灭绝，为了抢救，1920年，人们把十八只考拉送到桉树茂密的袋鼠岛上。考拉一下子找到了好地方，大量繁殖，现在已经两万七千多只了。

一种动物发展到多少算是泛滥，这个事情也挺不公平的。袋鼠岛最长145公里，最宽的地方55公里，面积4 000多平方公里，人口4 500，相当于一平方公里一个人，可是一平方公里也就六七只考拉，这么比的话，不光是中国、印度，世界上绝大部分地方，人都泛滥成灾。

说是泛滥，但我们在袋鼠岛上只见到一只考拉。那时，我们的车正在路上走，司机报告发现了考拉。停下来，看到路边一棵树上一只考拉没精打采地盘在光秃秃的枝桠上眺望远方。我们的司机看了看说，这只考拉的健康状况良好，没精神属于正常现象。

考拉一天的大部分时间都在睡觉，每天要睡二十小时。但是在四个小时的上班时间里又是工作狂，可以吃掉二十公斤桉树叶，可我怀疑一只考拉有没有二十公斤。虽然吃那么多，但桉树叶的含糖量太低，所以考拉还是营养不良，整天睡觉。

听上去考拉这种动物属于进化得不太好的，食品单一，适应环境能力差，但是大自然也有垂爱它的办法，让它长得那么可爱，所以惹得人类这种自然杀手也会特别地花好多精力养护它们。这方面，考拉倒和我们的大熊猫很相似。当然进化不好的动物也有值得保护的理由，如果世界上所有的动物都像人和老鼠一样进化得那么好，什么环境都适应，什么地方都能生存，那就麻烦大了。

袋鼠岛上的桉树品种很多，可是考拉只吃其中五种含糖量最高的，确实给袋鼠岛的生态环境造成很大压力。20世纪60年代，澳大利亚还发生过向袋鼠岛送桉树叶的运动，以拯救弹尽粮绝快要饿死的考拉。很多年轻学生拿着砍下的桉树叶乘船渡海，送给袋鼠岛上面临饥荒的考拉。不过这种违反自然规律的爱心活动也注定解决不了问题。现在这里的人们采取一个办法，他们把考拉抓住，给它做绝育手术，由此控制考拉的繁殖，但考拉的寿命又很长。无论如何，目前人们都还接受不了猎杀考拉这个选择。

袋鼠岛上还有一样东西泛滥成灾，就是野猫，他们最早是人类养的家猫，跑出来变成的野生动物，不过它们不像考拉那么好命。我们在一个炼桉树油的农场见到一张黑色的正在风干的野猫皮。因为野猫捕食岛上珍稀的有袋类老鼠和独特的蜥蜴，所以政府鼓励捕杀野猫，野猫皮不仅可以卖钱，还可以在当地政府那里领到赏金。保护老鼠不保护猫，也许只有澳大利亚才会如此。袋鼠岛上有很多老鼠，入夜以后，经常能够看到，不知道是不是有袋类的，我看不出来。但是我想袋鼠岛一定要防止胎盘类的老鼠入侵，不然这个不保护猫又植被茂盛的地方，很快会被老鼠筛成蜂窝的。可这似乎很难，也许已经防不住了，到港的轮船、飞机都有可能携带老鼠。生态系统真是复杂，牵一发而动全身。

澳大利亚这个国家的很多环保理念让我们觉得极端，甚至我们入境时被禁止带话梅这种有果核的食品，以防落地生根。但他们在这方面吃过太多亏了。

这里的国家公园是大面积的连成整片，相对而言，国内的自然保护区只是生态孤岛。而国内列入自然保护区，就意味着列入旅游开发项目。但澳大利亚建立国家公园意味着这片土地永不开发，除了有管理的几个点接待游客，

第三章
南澳：澳洲
最"土"的地方

附带教育功能，绝大部分地区禁止人类踏入。

袋鼠岛上的荒野很多，"荒野"这个词在汉语里多少有贬损之意，但是不同的民族对荒野的理解是不一样的，在蒙古语里，"从未被开垦的荒野"是对土地最深情的赞美。澳大利亚殖民开发时代并不这样热爱荒野，但现在他们对原始荒凉的土地越来越有感情了。袋鼠岛未被人类打搅过的荒野无须清扫就非常清洁，茂盛的丛林里，万物生息，秩序井然。只有考拉这种人类带来的动物，才破坏了它的秩序，它们让袋鼠岛的未来陷入不确定的隐忧之中。

树上这个没精打采的"小伙子"也是被骗了的，因为我们的司机说，要是它是一只母考拉，肯定有两只公考拉在她旁边吵架。考拉吵架的样子我在电视上看到过，两只考拉，一人抓着一个摇曳的树杈，张大嘴互相吼叫。这么有活力的场面我是看不到了，树上这小家伙倦倦地睁开眼睛，上下打量了一会儿我们这一大群举着照相机大惊小怪的人，又像哲学家一样地向远方眺望。

保持队形，附近有海狮

第一次听说澳大利亚可以看海狮是一年前，在内蒙古草原上一处飞鸟翔集的河湾。一条河，蜿蜒着，流向远方，河的两边是被水浸得软软的沼泽。河谷的对岸，一个蒙古包静静地立着，一只大黑狗远远地看着我们。我和我的朋友下了车，为这个美丽的地方惊叫起来，一大群白色的水鸟拍打着翅膀，打了个旋，从我们近处的沼泽飞向远方。我们两个人意识到声音太大了，静谧的草原上，只有我们两个在吵。我们去的那个地方并不是一个开发了的旅游区，是当地司机带我们去的。

我们都觉得那个河湾太美了，没人知道真可惜，所以我们两个坐在车上，讨论起旅游开发问题，开玩笑说，找点投资在这里建个度假村。但很快，我们否定了自己这个想法。在那条河大约两公里以外，有一个湖，那里的旅游业已经开发了，经营者开着冲锋舟带游客去看鸟，冲锋舟冲向湖中的芦苇丛，水鸟哗地惊起，冲锋舟激起的水浪一浪一浪打在芦苇上。我真心疼那里面的鸟窝，那里面也许有鸟蛋，也许有雏鸟。开冲锋舟的小伙子还抱怨说，这几年鸟少多了，但他居然不明白，这些水浪正在杀生。我们让他别再冲了，他却以为我们害怕了，一边劝我们别害怕，一边说要玩更刺激的。

就是在那时我的朋友告诉我有关澳大利亚海狮事情的。她说他们一行人下车的时候，一个小伙子，

127

澳洲牛仔，很有礼貌地微笑着，请大家安静，不要打搅海狮。她说看到小海狮自由嬉戏的样子非常可爱。

"哎，我们的旅游区还是算了吧，让那些鸟自己飞吧，不然一开发那些鸟就完了。"

那一刻，两个愿望进了我的心，一个是希望那个美丽河湾永远"养在深闺"不为世人认识，另一个是想看看她所描绘的那个美丽的画面。在我的想象里，一个英俊的牛仔站在海滩上，在嘴唇前竖起一个手指，微笑着请大家安静，一群海狮横七竖八地躺在他的身后。

没想到我这么快就能见到这个场面了，不过真实的景象和想象有很多差距。我们下车的地方离海岸还很远，足有两百多米，那里有一所房子，这就是海狮中心了。我们被拦在房子处等待。管理员是一位中年女士，她的微笑非常和蔼，有很多要领要告诉我们。

我的英语不太好，虽然知道管理员嘴里冒出的单词是什么意思，领悟起来却需要时间，很多话的含义都是我在看海狮时一边看，一边想明白的。她似乎也看出来了，一开始主要强调最具体的要求：我们要聚在一起，和海狮保持10米以上的安全距离，不能散队，不要大声说话，不能试图抚摸小海狮。走出房间，到处都有警示牌，让人们不要打搅海狮，因为这样才能看到海狮的自然行为。我们沿着一条两边都是丛林的小路走向海滩，摄影师像往常一样积极，一会儿就跑到前面去了，管理员连忙把他叫回来。

还没有到达海滩，已经看到海狮在丛林的空地上睡觉。虽然这几天对野生的小鸟、小袋鼠已经很习惯了，这么近的距离观察这么大型的野生动物还是很惊喜。我们在电视里经常可以见到海狮在大海边的镜头，但是没想到海狮还会爬到远离大海的绿色草地上。

　　睡着的海狮就像一张充满了脂肪的皮囊，拎起来就是圆筒形的，放在地上就摊成一堆。路边没有孩子的母海狮，慵懒地睁开一只眼睛，瞟了我们一眼，管理员告诉我们，她很可能已经怀孕了。

　　这时我想起管理员刚才说的话，海狮在回到海滩之前，已经在大海里捕了三天鱼。捕鱼生活很辛苦，而且

袋鼠岛上的石洞

凶险万分，有虎鲸和鲨鱼伺机攻击。海狮在陆地才能睡觉，晒太阳，恢复体力。但是岸上没有吃的，所以休息的时间又非常有限，因此管理员让我们不要打搅这些海狮，不然他们休息不好就下海就没有足够的体力对付鲨鱼和虎鲸了。我们的前后，各有一群孩子，大概是本地的学生，他们都被管理员的话打动了，很听话地聚在一起，轻手轻脚的。

我们这一行人就是麻烦，刚才一个劲儿往前冲，现在看到海狮了，就磨磨蹭蹭对着第一群海狮拍个没完。我看到附近又没别的海狮就朝前面一个大一点儿的海狮群走过去，那有一群学生，我以为和他们汇合了就没事了。导游一把就把我拉回来。他指给我看旁边那些从海滩通往丛林的小路。他解释说，那可不是人走出来的，那都是海狮走出来的，随时会有一只海狮从那里下来，要是你刚好挡在路上，又落了单，海狮会攻击你的。我说海狮看上去挺友好的。他用善良的目光瞪着我说，咬掉你一只胳膊就不友好了。原来我还是在和一群猛兽相处！大家聚在一起并不是为了公园管理方便，而是因为，海狮对另外一种成群的动物会敬而远之。

我终于等大家一起穿过那一串海狮小路。刚过去，导游让我回头，一只海狮从其中一条小路上滑下来。他的速度可真快，完全不是我能想象的。动物的很多事情千万不能用人的逻辑推断。海狮看上去很胖，退化为鳍的四肢很短，原以为他只有在海里轻盈灵活，在岸上基本上就是残疾，没想到，他的两个前肢划着沙子，脂肪就在他胸前扑扑地颤着，竟然跑得那么快。海狮在陆地上奔跑的时速可达六十公里，人可跑不过他！

海滩上，最大的海狮群有十几头海狮，中间一只公海狮昂首挺胸，七八只母海狮在他身边睡觉，几只小海狮在旁边玩。我问管理员他们是不是一家子。管理员说不是，强壮的公海狮总是占领一群母海狮，待她们受孕之后再去占领另外一群。而母海狮总是喜欢聚在最强壮的公海狮身边。爱情嘛，就不好说了，主要是那样比较省心，母海狮在海滩上是为了睡大觉的，要是公海狮不够强壮，挑战者就会纷至沓来，搅得她们不得安生。

三只小一点的海狮在海滩上打起来，伸着长长的脖子，张着嘴，做相互嘶咬状，可是并不真咬。我问管理员，他们是不是小公海狮正在练习打架。管理员居然告诉我不是，中间那只大的是公海狮，旁边两个是两个小姑娘，他喜欢小姑娘，正在练习向那两个小姑娘表示好感。正说着，两个小姑娘被他粗鲁的举止吓得连滚带爬地跑开了。其中一个径直冲进了大海，另一个跑去母海狮群，可是似乎又有点舍不得她的小男朋友，回过头，吧嗒着圆圆的大眼睛望着他。

我们撤退的路上，一只海狮朝我们跑过来。我们一半的人撤到木桥上，另一半人被他截断了退路。他就在木桥的栏杆下蹭来蹭去，挠痒痒。这回倒好，就差二十公分够到我的鞋子，好在他还没有进化出爬上楼梯的本事。

我看着他，和管理员说起我们在西澳和海豚游泳的事情。管理员说如果在水里，海狮会比较放松，变得非常好奇，也会过来和人一起游泳，但是在岸上，他们容易受到攻击，所以非常紧张，一定不要离得太近，也不要相互分开。我才明白，我又想错了，我以为海狮在海里有天敌，才比较紧张，忘了人是所有动物的天敌。我说那我也不敢和他们游泳，有海狮的地

131

方就有鲨鱼。管理员向我挑起大拇指，说我的想法很明智，这里有大白鲨。

摄影师、摄像师们对这个近距离拍摄的机会哪能放过，对着在木栏杆上蹭痒的海狮拍个没完。我以为回去可以解除警报了，就沿着长长的木桥往回跑，跑到两边是灌木丛的小路上，管理员追上来制止了我。两边的灌木里也可能有海狮，有些海狮能一直爬到上面的管理处附近。说着，指着路边的一棵树给我看。我没留神大叫了声，一只金黄的大海狮就躺在树底下，我刚才一个人从她身边跑过去了，幸好她不觉得我威胁她，睡得好好的，对攻击我没什么兴趣。

蓝精灵——小仙女企鹅

袋鼠岛在南澳的南方120公里的海外，再往南6 000公里就是南极了，现在已经开始入冬了，晚上出来很冷，我有一点儿感冒，出门在外，本地医疗费用昂贵，后面还有很辛苦的行程，这让我有点紧张。出差这些日子，一路走一路写稿，一直睡觉不够，困得一塌糊涂，糟糕的是抵抗力也开始下降了，冷风一吹，嗓子就发热。晚上还要看企鹅，好在看企鹅的地方不远，从宾馆出去走600米就到了。

我希望看企鹅这个节目早点结束。可是工作人员坚决要求我们先到教室集中受教育。我悻悻地在教室坐下。心想，我也知道一些和野生动物相处的要领了，只要保证不吵不闹，不惊扰企鹅不就完了吗？那位夫人和海狮滩的管理员们一样穿着绿色的制服，说话很和气，但又透着一种严厉，不好违抗。

她给我们看了一个30公分高的企鹅标本，我有点失望，我还以为能看到帝王企鹅那样的大企鹅呢。这里只有这种小企鹅，它后背的羽毛是蓝色的，所以又叫蓝企鹅（Blue Penguin），或者仙女企鹅（Fairy Penguin）。这种企鹅是世界上最小的，却是最吵闹的。

管理员给我们讲了小企鹅的习性，如何筑巢，如何生儿育女，然后向我们出示两个手电，一个橘红色的，一个红色的。她禁止我们用大灯照企鹅，或使用照相

133

小仙女企鹅

机的闪光灯。因为大灯会破坏小企鹅的习惯，闪光灯会造成小企鹅瞬间盲视。我一开始想瞬间盲视会对小企鹅造成很严重的影响吗？后来我发现我根本不该想这个问题，人类对野生动物小的影响无处不在，日积月累，结果就是让野生动物日益不舒适自己的家园，健康水平下降，逐渐失去生存能力，最终走向灭绝。所以如果能避免的每一件事，人类都应该避免。

上完课，我们跟她一起走到黑乎乎的街道上，她兴奋地让我们仔细听，确实有企鹅叫，可是也不算太吵，但听到"孩子们"的叫声，管理员的脸上立刻浮现那种充满爱心的母亲般的笑容。她告诉我们这一带因为有企鹅繁育，所以天黑以后居民们都要把宠物关在家里，野猫和野狗都会遭到无情的捕杀，另外野狐狸和猛禽也会对企鹅构成威胁，但有些属于自然现象。

我们走在碎石的海滩上，我什么也看不见，没想到管理员手电光一晃真的找到一只小企鹅，正在蹒跚地往岩石上爬。管理员给我们看岸边一些压在石头缝中的塑料管，那是她为企鹅准备的家。企鹅喜欢在石缝里休息，这种人工的家刚好够他们钻进去，很暖和，而他们自己还可以往土层里继续挖，挖一个很深的洞把小鸟藏在里面。

我看到一个洞里趴着两只企鹅，挤在一起，一个头朝外，一个尾巴朝外，头朝外的眯着小眼睛，尾巴朝外的小尾巴一翘一翘的。管理员说，现在正是企鹅繁殖的季节，这个窝里很可能有一只正在孵蛋，另一只在休息。

我们一个洞、一个洞看过去，几乎每个洞里都有一对企鹅。有一个洞里不见成鸟却有一对毛茸茸的雏鸟。这些半人工的家看来还是很有作用的，而且这里的企鹅确实还是比较安全的，所以才能住满了居民。

我在一个裸露的石洞里发现一对企鹅，洞的最里面还有刚孵出来的小企鹅，管理员连忙过来看，她也特别高兴。她说企鹅的数量在增长，原来的洞不够用了，这个洞是今年新做的，上面还没有长树长草，企鹅就用上了。使用时间长的洞，企鹅会从别处搬些树和草来，有的植物慢慢就活了，洞口就被植物盖起来。

她又把手电光移到一棵树下，两只企鹅见到光就定在那，叉叉着翅膀吵架。我问管理员，我们这样看着它们，它们紧张不紧张，管理员说企鹅对她们已经很习惯了，只要没有强光，不快速地靠近，它们就不会太紧张。可是那对企鹅看上去对我们还是很不解的样子——这是些什么动物？也不是来捕食的，也不说该干什么干什么去，在这里看个没完，啥意思？

在路的尽头，岩石的天然洞穴上，一只企鹅正在

135

喂她的两个孩子，两个孩子都长到妈妈的一多半大，争着抢着从妈妈嘴里夺食。管理员看了看说，这两只小企鹅已经快到三周大了，到了四周，就和父母一样大了，父母必须把孩子留在岸上，双双出海才能养活孩子。到了八周，小企鹅长大了，父母累瘦了，孩子的个头能到父母的两倍大。那时候父母就游走两到三周，孩子们没得吃，最后只好下定决心自己出海谋生，一走就是十二个月。第一年，只有60%的小企鹅能活下来，而其中的80%～90%还会回到袋鼠岛的家，有些会去新西兰、塔斯马尼亚岛或澳洲大陆的南部。

我们回来的时候，一对企鹅刚好上岸，公的在前面跑，叉着翅膀，小脚丫扑踏扑踏的，母的看见岸上一堆人，正端着一大堆东西瞄准它们，掉头就往海里跑，都扑腾起水花来了。公的叫她，她又转身回来了，看了看周围没什么事，也跟着跑上来。管理员说我们很幸运，企鹅一般在天黑后一小时以内就都上岸了，这是今天最后一对了，我想它们可能就住在我刚才看见的只有两只雏鸟的洞里。

走上木楼梯的时候，管理员给我们照了一对在木楼梯下做窝的企鹅。她说企鹅喜欢这种地方，有时候企鹅会跑到附近居民木制的房子下面做窝，而且整天在那里吵吵闹闹。

我忽然想起我们那里的燕子，这种小蓝企鹅在世界范围内虽然珍贵，但是对本地的居民来说，他们就是我们那里的小燕子嘛！我想起，小的时候常常看到大群的北京雨燕在老房子的屋檐下大吵大闹。现在新房子都没有屋檐了，老房子成了保护建筑，屋檐都用网子网起来。不久前看过一份报纸，说曾经繁荣的北京雨燕已经快要绝迹了。其实保护自然并不是都要到可可西里充当志愿者才行，作为一个地方的居民，保护好本地的野生动物，留住他们的栖息地，和睦相处，多点爱心，多点关照，我们能做的，也许比跑去可可西里更多。

第三章
南澳：澳洲
最"土"的地方

白海雕翱翔的海豹湾

　　袋鼠岛的宣传资料上赫然印着："我们在这里看到的野生动物比在新西兰和澳洲大陆加起来的还多！"我非常同意这种说法。袋鼠岛有三分之一的土地还是未开垦的国家公园，这里的植被还保持着英国战舰刚刚发现它时的样子。在袋鼠岛面积最大的国家公园的一个角落，有个地方叫海豹湾。

望不见
北斗的日子

　　我们本来以为海豹湾和海狮滩、企鹅中心一样有管理员在那里讲解、教育我们，一步不离地看着我们，结果到了地方发现一个人也没有。好在我们都有点儿素质，轻手轻脚顺着搭好的木制栈道往下走。栈道延伸到悬崖边上变成了楼梯，海浪的声音震耳欲聋。我们趴在木栏杆上往下一看，可算知道这里为什么没有人管了。栈道下面是巨大的、参差不齐的黑色岩石，海浪拍打在上面溅起十几米高的水花。海豹趴在岩石上蠕动着，远看就像大鼻涕虫一样。

　　从这里再往远处看就能看到袋鼠岛的地理标志——神奇石。几块造型独特的花岗岩立在巨大的弧形岩石上，下面是浪花海岸。今年，神奇石的下面死了两个人，他们被巨浪卷走，摔在岩石上送了命。

　　然而被巨浪卷起摔在岩石上，是海豹每天回家的必经之路。巨浪中，一只海豹正准备登岸，浪将它摔在黑色的岩石上，又把它卷走了。它在水里调整着姿势露出头来，又被浪摔上来，刚扒住岩石爬了两下又被浪卷走了。大约十分钟左右，经过无数锤炼的海豹终于爬上岸来，顺着岩石的斜面，迅速向上跳，摆脱了海浪的威胁。那只海豹爬到岩石高处，向后弯着脖子用后脚变成的鳍挠痒痒，这个动作我在水族馆里曾经见过海豹表演，但是它的魅力远不如大洋中新登陆的野生海豹。

栈道下的土坡上许多海豹在睡大觉，刚从水里爬上来的海豹和大礁石一样是乌黑的，在土坡上晒一会儿太阳就变黄了，它们其实还是同一种海豹——新西兰毛海豹。

用我的眼睛分辨海狮和海豹还真有点困难，它们一样是庞大的充满脂肪的大皮囊，只不过这种海豹的后脖子上长着长头发。

几只可爱的小海豹吸引了我的注意，三个乌黑的小兄弟仰着头互相打闹，看见我们，就用两个前鳍撑着地面，扑踏扑踏走过来。

我们顺着栈道继续向下，光线被悬崖挡住渐渐变暗。我们离海豹越来越近。忽然眼前出现一片刺眼的白光，是一个巨大的山洞，幽暗的山洞另一边是明亮的大洋。洞顶挂着石钟乳，洞底是平坦的黑色岩石，雪亮的白色海浪从洞的另一端扑过来，在岩石上形成白色的泡沫，海浪轰隆的响声很大，却又好像很远。成群的海豹静静地睡在山洞石壁的平台上。那景象不像是人间，倒像是仙境。

一只小海豹从刚才玩耍的地方爬过来，用两只前鳍撑着地，一跳一跳的。和人一样，小孩子不爱睡觉。它一边爬一边看我，可能是我站得太近了，让它害怕，每三步回一下头，看看我，没什么事情，又往前跑三步，直到爬到大岩石上，才放下心来，一口气朝前爬去。这只小海豹没有经验，很快接近了有危险的、海浪可以卷到的地方。周围半梦中的母海豹有了反应，几只母海豹陆续发出低声的警告。但小海豹不解其义还朝前爬，一只母海豹抬起头来，朝他大吼。他紧张地退了两步，却并没有退出危险区。这时，一个浪打上来，小海豹撒腿往岩石高处跑，这回不是一跳一跳地了，而是两个前鳍拼命倒。母海豹们看他明白了，也没什么危险了，又都倒头睡去，瞧这个架势，周围几个管闲事的海豹都不是他妈妈，所以大家也就不深管，或者海豹们都知道这是孩子们必上的一课。

我顺着栈道往回走，远处的是悬崖海滩，几只海豹从那里下水了，在浪中嬉戏。和海豚不一样，海豚游泳的样子很优雅，踏浪起伏，韵律十足，海豹在海浪中很顽皮，像个淘气的孩子一样，打滚、撅屁股，在晃动的海面上出入自由，弄不出一点水花。

走回到栈道高处，眺望碧绿的大海，一对白海雕从悬崖边飞过，我低头看着它展开黑色的双翼，迎风翱翔。我曾经听过一首歌颂雅鲁藏布大峡谷的歌，歌词描写那里的景色：雄鹰从脚下飞过，岩羊在头顶奔跑。伟大的自然景观有相似的地方，迎着海风，黄色嘴巴的海雕在我脚下飞翔，再往下是碧绿的海，和几十米高的雪白的巨浪。

神奇石巨浪

　　在袋鼠岛的一个角落，翠绿的岛屿伸出一个尖角，伸向大海。尖角的顶端兀地变得光秃，几块巨石垫着脚尖立于球形岩石上，那就是神奇石。斑斑的红色从石头顶上浸下来，海水将石头的底部雕琢成象鼻或骆驼的形状。三位同事，早几步，走在近前，远远看去，像三只蚂蚁。

　　我走上巨石，站在背海的一面。阳光将我的影子，打在作为基座的球形岩石上，长长的，岩石凹凸不平的表面上存着水，可见海浪常常打上来。风很大，无处不在，我的风衣被吹得鼓鼓的，海浪的声音震耳欲聋。立在岩石基座上的巨石看着像墙，挡住背海的视线，却挡不住风，它们的脚下，早就被海水磨透了，磨出无数洞穴。站在巨石的空洞下，有一点儿神奇的恐慌。

　　石头靠海的一面，有一个很小的铁片，折成屋脊形，嵌进石头里，上头写着："越过此界限危险。"

　　今年，神奇石的下面死了两个人，他们在一个风平浪静的日子没有遵守规定越过了警告边界。一个突如其来的巨浪卷走了三个人，浪打回来，一个人扒住了岩石活了下来，两个人被摔在岩石上，摔得支离破碎。死的两个人当中有一个是导游，另一个是滑浪运动员，他们本以为自己能对付得了。自然的伟力是永远不能低估的。当时很多渔船参加救援却无法靠近，海水里全是血，红色的海水中白浪滔天。

　　我站在危险标记的边缘，脚下的岩石呈弧形的斜坡滑向大海，看上去并不陡，虽然湿着，却并不见海浪上来。大海绿得像翡翠一样，有种魔幻般迷人的诱惑，白色的浪花轰隆隆地摔在岩石上，细碎的水雾被风吹着，润润地飘在我周围。我有种神奇的感觉似真似幻，又肃然起敬，真的有一点儿想要向前的欲望。我踩了一下那块尖起的铁片，忽然发现，自己正站在生死边缘。

　　南大洋的狂风巨浪从遥远的天际滚滚而来，背后的形状奇异的巨石，是它千万年雕塑的杰作。这就是大自然，在他伟大的力量面前，人类如此渺小、生命如此脆弱。走在它荒凉的怀抱中，其实常常走在生死边缘。

望不见
北斗的日子

系好安全带，小心袋鼠

　　袋鼠岛三分之二的土地已经开发，是农场和牧场。在一个农夫的家里，他问我有没有见过小袋鼠。我问他是不是歪了比？他说："No! kangaroo!"他拿了一个布口袋给我，里面有一个只有两个月大的小袋鼠。它身体黑黑的，眼睛很亮，很可爱。我把它抱出来，它很紧张，脑袋扎向布袋子，身子一翻就钻进去了。它妈妈被汽车撞死了，农夫收养了它，用牛奶喂它。

　　在袋鼠岛我们又见到了一种新的交通警示牌，不是正式的黄色警告牌，而是温馨的蓝紫色，上面画着手拉手的企鹅，画下写着"请给企鹅让路"。当然在这里，我们最要小心的是袋鼠。

　　在国家公园的管理中心附近，有两只袋鼠在草地上吃东西。司机阿尔夫把车停下来。我们老规矩，先不下车，打开车门拍保底镜头，然后轻手轻脚地下了车。可是小袋鼠不仅不跑，还朝我们走过来。它们的样子和大陆上的袋鼠不同，皮毛不是黄褐色的，而是发黑的深灰色，很漂亮，脸也不那么像兔子，更像鹿。这种袋鼠叫作西方灰袋鼠，是澳大利亚各地的袋鼠中性情最好的一种。

　　我走过去把手伸给它，它竟然过来闻我的手，它的眼睛乌亮乌亮的，滴溜溜转，一点也不像动物园里的那样傻，而是又聪明、又谨慎、又有好奇心。我们笑话阿尔夫，问他是不是他让他的小女儿假扮的，世上哪有这么可爱的动物？

天快黑了，我们不敢久留，上车和袋鼠告别。阿尔夫为了赶时间，开着车子一路飞奔，用他那口音很重的南澳英语大声嚷嚷着，让我们系好安全带。忽然一脚急刹车，吓了我们一跳，袋鼠出来活动的时间到了。

袋鼠虽然独特，但在澳大利亚并不是保护动物，有些品种的袋鼠可以杀了吃肉，开车撞死了也不用赔。但阿尔夫说，他可不想撞到袋鼠，因为他不想破产。他来袋鼠岛七年了，已经撞坏了三辆车，大袋鼠七八十公斤，一下子嵌到汽车鼻子里，车就报废了。据说袋鼠的尾巴强壮有力，大尾巴一甩就能把风挡打碎。所以袋鼠岛的居民一般都有一辆好车和一辆烂车，白天出门开好车，晚上就开烂车。正说着，阿尔夫又打了一把轮，一对黑影从车前跳了过去。

农民的澳大利亚

曾经在一个海外的中文网站上见过一篇类似"丑陋的中国人"的文章，上面说中国人种主义倾向严重。当时看了觉得很不舒服。然而，从我们这一行人，这些天，瞟土著人的眼神、看白人的目光，议论土著人的语气、对待白人的嘴脸上，确能看得出明显的种族倾向。其实，我们一路上认识的很多白人是澳大利亚的农民，我确信我们中很多人看到国内的农民时，绝没有那么好的态度。

阿尔夫两只胳膊上各挂着我的一个包迎面跑过来，我吃了一惊，首先觉得我被打劫了，或者一个冒失鬼拿错了东西，然后才发现他是在为我服务。虽然不觉得宾馆里彬彬有礼又略显傲慢的服务生怎么样，我却不习惯被一个白人如此殷勤而真诚地服务。其实我也有种族主义。

袋鼠岛人烟稀少，基本上没在路边见过饭馆。到了中午，阿尔夫就把我们带到一个奇怪的地方，四处都是桉树林，中间有个棚子，居然摆满桌椅板凳，还有一个煤气烤炉，我们就在这个地方吃午餐。没有卫生间，男左女右，在树林里解决问题。这也是整个澳洲行程中唯一的没准备卫生间的午餐地点。

阿尔夫迅速地从车上卸下一个一个大箱子，里面有面包、奶酪、沙拉还有葡萄酒和饮料。他把碟子、刀叉、餐布一样大的餐巾纸、亮晶晶的酒杯飞快地"扔"到桌面上正确的位置，桌上的型制迅速符合了饭店里的规矩，然后，在铁板上烤鱼和土豆。摄影师看着他机器人一样麻利的动作赞扬他说他在中国一定是个好女婿。我设法向他解释，他很高兴，说他是个"good son in law"，但他却不明白我们为什么这么关心他的丈母娘，一个劲儿向我们解释说自从他搬到了袋鼠岛上，很少见到丈母娘。

那时我注意到，阿尔夫和我们遇到过的所有司机都不一样。他个子不高，说话奇快，用那种鼻音很重的南澳方言，而且爱打断别人说话，我那可怜的英语听力在他面前就完全崩溃了。他服务不那么彬彬有礼，装卸物品从不号召大家帮忙，拎起来就跑，开车没了澳洲司机的礼让精神，在荒凉崎岖的公路上开飞车。和他相处了两天我才明白，他就是一澳洲老农。他自己也有一个小农场，不过现在的主营业务是给旅行社当导游兼司机。看来全世界的好农民都一样，又勤快又实在。

在阿得莱德北部的巴萝沙山谷里，我们访问了Lyndoch薰衣草庄园。

车子刚停下来时，我有点儿失望。在西澳我们去过一个薰衣草岬，那天也下着雨，天色将暮。我们踏着精心修剪过的林间小径进入一幢闪闪发亮的房子，斜屋顶，红色的立柱和门廊，明亮的大玻璃。优雅的男主人站在吧台后面，用美酒招待我们，风度翩翩的女主人和她年轻漂亮的女儿向我们介绍他们的事业。每一件薰衣草产品都很精美，亮晶晶的。外面的山坡上是葡萄园和巨大的桉树，开着蓝花的薰衣草一丛丛静静生长在树下。薰衣草留给我的第一印象浪漫得有点过头。

望不见
北斗的日子

但南澳这家不一样。下了车，先看到一个简易的"茶水间"，立柱之间用巨大厚实的透明塑料布遮挡，风可以直接吹进来，小黑板上写着咖啡、茶水、糖果和冰激凌的价格。薰衣草商品摆在旁边的一间铁皮的房子里，因为透风而闻不到太浓的香气。山坡上粗犷的园地里，薰衣草长成一个个草球，一棵大树傲慢地挺立在坡顶上。

接待我们的是身材魁梧的两兄弟，一个健谈一些，负责做介绍，另一个梳着个辫子，很腼腆地站在一边。我们四处看东西，用中国话聊天。我看到那个腼腆的人，听不懂我们讲话显得挺尴尬，好像想和我们交流又不好意思，就主动和他搭话。我问他庄园是不是他的，他很实在地说是他父母的，我们都笑了，问他："有什么区别吗？"

第三章
南澳：澳洲
最"土"的地方

我总觉得这里的商品不够精致，想起西澳那个漂亮的年轻女孩子，猜想他们家可能没有女孩子打理。我就问他有没有妹妹。他回答说，他有一个很小的妹妹，在附近一个小城里生活，不在家里帮忙，这里所有的食品都是他母亲和他兄弟的女朋友做的。

我起初觉得他很大了，可是他说话时那么腼腆地笑着，声音很小，就像个二十几岁害羞的小伙子。我想澳洲的农民可能也会显老，就破例向他打听年龄。结果他说他四十岁了，是哥哥，他的兄弟比他小一岁。我觉得很不好意思，没想到他那么大了。

我选了两样纪念品，然后坐在门口看夜幕渐沉的风景。一只黑白毛的大狗跑过来找我们玩，它好像很寂寞，死乞白赖把木棍叼到我们跟前，让我们把木棍扔出去，它再去捡回来。门廊里的旧长椅，就像我们公园里

147

褪了漆的绿色长椅一样。我坐着，那个大个子的农场主站在我旁边，告诉我一些他们家狗的故事，然后又不说话了。

我想起《荆棘鸟》那本以澳大利亚牧场为背景的小说。女主人公麦吉有很多哥哥，但是都过分害羞，甚至一辈子都没有娶老婆。当时我觉得离奇，但现在却明明看到一个真人。

我忽然喜欢上这个地方，和西澳那么有情调的资产阶级不一样，这是个农庄，庄园主的儿子是澳大利亚的农民，他们种植作物，生产自己的产品，真心又腼腆地接待游客。我们走的时候，他们还送给我们每人一件礼物，居然大家得到的都不一样，有人得到的是一束草，有人得到的是一块糖果，有人得到的是一小瓶果酱，而我得到一包草子。可见主人很费心，又显得太过实心眼了。

在澳大利亚这些日子我总是想，中国这些年发展很快，自我感觉也越来越好了。可是出来一转就能知道澳大利亚是发达国家，而我们是发展中国家，这是为什么呢？现在我想是因为农民。

现在，要是有人跟我说澳大利亚是个农业国，我一点儿都不会反对。这一路上，我们去过葡萄园、薰衣草园、桉树种植园、蜜蜂养殖场、龙虾养殖场、牧场，几乎没去过工厂。农场主和农民在英语里是同一个单词：farmer。从西澳到南澳的各种庄园氛围和风格各不相同，但每一家都环境清洁，家资殷实，经营严谨。

实际上，我们发现这就是发达国家和发展中国家的区别，我们那里也有漂亮的别墅、街上有好汽车、有高速公路和漂亮的写字楼，但什么时候我们国家的每一个细胞都发达起来，也就是我们的农民都发达了，我们就也是发达国家了。

　　快要离开袋鼠岛之前，我们在一个小型机场等飞机，天快黑了，螺旋桨的小飞机已经降落下来，大灯照亮跑道。阿尔夫在飞机场边上支了一张小桌子，上面铺了绿白格的台布，摆上布丁，沏好红茶，请我们喝下午茶。拍摄任务太多，喝下午茶的时间早已经过了。阿尔夫却执意要为我们摆这一桌，好像没有这一项他就服务不周，又好像少尝了他的一样手艺他就不甘心。在还没有我们那长途车站大的候机厅里，阿尔夫把他的女儿和妻子介绍给我们，不太漂亮的妻子和好可爱的小女儿，很不错的一家人。

第三章
南澳：澳洲
最"土"的地方

农民的创造物

"粗制滥造"的精油

我不玩精油，所以一开始对桉树农场并没有太强烈的向往，我更希望，袋鼠岛的桉树能多到可以让这里的考拉饱餐。

在桉树农场的丛林深处，圈起的铁丝网栅栏里养着两只鸸鹋，也就是澳大利亚特有的鸵鸟，这种鸟和非洲、南美的鸵鸟不同，它们的脖子上也长着厚厚的羽毛，而尾巴是向下垂的。他们见到外人并不友好，鼓起脖子发出"当当当"的响声。澳洲过去没有大型猛兽，所以最多的野生动物袭击人的记录来自那些不会飞的凶猛的大鸟，其中也包括鸸鹋。但这里的鸸鹋并不是野生动物，它们是这家农场出售的桉树油系列产品的注册商标。起初我觉得把外来的动物养在袋鼠岛这样的物种丰富却又生态链脆弱的地方牵强附会，而且不够环保，但是直到离开那里很久我才明白这家主人有多么精明，正是那两只凶巴巴的鸸鹋让我们记住了他们产品的商标。

这家农场的主人环保意识其实相当强，她向我们介绍桉树油的过程简直就是在展览一个古老的萃炼博物馆。一辆完全锈成铁锈色的老式皮卡停在提炼厂门口。绕过木质的房屋，主人指给我们看那个半埋在地里的红褐色的老式锅炉。主人很自豪地告诉我们他们至今仍然是用这个一百岁高龄的老锅炉提炼桉树油。澳大利亚人和我们的思维方式真是不一样，我们要是请人参观工厂一定请人看最新的设备。

但是在这里，主人认为这种沿用了百年的设备也和这里古老的动植物一样，与环境达成了和谐，是对周边环境影响最小的设备。锅炉的旁边，有很多过火的桉树枝，灰黑色已经炭化或者化灰了，看上去有些凌乱和萧瑟，那是可以用来做肥料的。虽然中国人数千年前就懂得用草木灰肥做肥料，不过今天，我们人口拥挤，自然资源被过度开发的祖国已经没有福气消受这种天然肥料了，我们没有那么多的木材供给燃烧，也没有那么多的空气供燃烧的烟雾污染。但是在地广人稀的袋鼠岛上，这纯天然的自然循环依然继续。

主人把桉树叶摘下来给我们看，那种窄窄的桉树叶在阳光下可以看见细小的油滴，她让我们掰开叶子，闻一闻它的味道。她向我们保证这里的桉树叶是没有接触过任何化学药剂的。她告诉我们在提炼场里，任何东西都是可以回收的，炉渣可以做肥料，经过萃取，精品的桉树油可以制成各种产品，而低等的油可以用来刷栏杆和擦皮鞋。

农场中的栏杆都是黑漆漆的，不像是上了油漆，只像被什么涂料浸透过，粗朴得有一点粗陋。看来舍弃现代化工业产品，总是会看着不那么鲜明漂亮，不那么"现代化"。但是在铁皮房子的小店里，我们看到那种只有小拇指大的一小瓶一小瓶的桉树油，晶莹剔透。它的味道闻起来和摘下来的桉树叶一模一样，怪怪的，一开始觉得有点刺鼻，跟香水完全不一样，这味道没有经过任何美化。很快我就开始喜欢那种味道了，纯正的大自然的味道。

爱上奶酪的味道

我讨厌西餐，吃得天数越多，就越反感。我真的很难理解这些欧洲人的后裔为什么要把饭做得如此难吃？从到达澳大利亚的那天起，我就把好多电话费花在打电话回国，向朋友们报告我又吃到了多么难吃的一顿饭。至于好不容易吃到的中餐，即使味道不错也没什么可吹的，在国内反正随便就能吃到更好的。但是吃到阿得莱德的奶酪的时候，我终于有的吹了。

奶酪其实和国内从事畜牧业的少数民族食用的奶豆腐、奶疙瘩是同一种东西，都是从天然的牛奶和羊奶中提炼的，而国内超市里出售的奶片、奶皮就完全是工业速成的了。不习惯奶制品的人，可能更容易接受工业速成品，但其实天然发酵的奶酪的魅力是工业速成品无论如何也替代不了的，不过阿得莱德的奶酪又更加精制了。

牧场在森林背后开阔的土地上。山丘连绵起伏，羊群已经回家了，静静地站在金色的夕阳下，等着挤奶。奶酪加工厂在一所小房子里，我们可以参观整个过程。在一间密闭的玻璃房子里，羊被排着队赶到机器上，一个戴着手套的强壮又漂亮的女孩，把机器上的长管拉下来插在羊身上。挤奶机工作的感觉就像抽水机。羊奶被送到一个巨大的金属罐子里发酵，经过很多道工序，最终制成奶酪。

在房间的另外一头，就是出售奶酪的柜台。这里奶酪的品种很多，有偏黄的、有偏白的，大都酸酸的，有的酸味重一些，有的淡一些。有些奶酪很硬了，可以放很长时间，有的还软软的，像豆腐一样，那是当时就吃的。

加工厂里的一位厨师把其中一种奶酪切成很小的方块，然后放在接电的平底的锅里煎炒，热力相当温柔，穿着雪白围裙的厨师，不断向上面撒那些奇怪的香料，怎么看都像是在做豆腐。

但吃到嘴里就知道它不是豆腐了，酸酸的，有点硬，细腻而且纯净，留在舌头上滑滑的，我不知道怎么跟不喜欢奶酪的人形容它的好，其实奶酪就是这种感觉，不是甜的、不是咸的、不是香的，就像南澳州纯净的空气、土地、水和阳光一样，让人有说不出的喜欢。

蜜蜂农场

阿得莱德市周边的自然环境保护得非常好，清洁、人与自然相处和谐且极少化学污染，所以在阿得莱德郊区的农田里就能看到很多漂亮的彩色鹦鹉。这样的环境使阿得莱德的很多"土特产"负有盛名，不仅有葡萄酒、精油，这里还是蜂蜜的故乡。

六月初，已经是袋鼠岛的深秋时节了，可是岛上仍然有很多野花。袋鼠岛仍然保留着的三分之一面积的国家公园，那里可以看到人类开发以前的原始风貌。从山的高处看森林绿茸茸的，就像一条绿色的茸毯，车子开进国家公园的公路，绒毯就在我们眼前立起来，越变越厚，最后变成道路两旁的参天大树。一丛一丛白色的、紫色的花朵并不非常鲜艳，却是上好的蜜糖来源。

在蜜蜂农场，我们并没有看到成群的蜜蜂纷飞的情景，只看到工人们在割蜜。没有蜜蜂的蜂箱板被取到一间整洁的房间里，房间并不大，中间放着一台机器，是那种很老式的皮带传动的铸铁机器。穿着皮围裙的工人把蜂箱板挂在一头，蜂蜡被割下来，掉在下面接蜂蜡的槽里，而蜂蜜顺着斜坡的金属槽流到另一边。这个工艺看起来很简单也相当古老，但是整个加工环境异常干净，游客只能在栏板的外面观看，不能随便靠近。连摄影师拍摄也费了许多口舌。

外面的商店里出售各种口味的蜂蜜，不同的口味和花源、季节、加工工艺都有关系，太多的英文说明一时也看不懂，不过主人早已准备好一些"试用装"，可以拿面包蘸着每种都尝一尝。这里的蜂蜜很纯美，不仅仅是没有添加剂的问题，而是提炼工艺确实非常先进，而使得蜂蜜纯净透明、黏稠适度。

我还是最喜欢薰衣草花的蜂蜜，这种草很神奇，它的味道并不是很香，但是几次接触以后，它淡雅的味道越发让人着迷。

匠心独具的龙虾养殖场

不久以前，我们在西澳的一个港口，见到过刚从海里捞上来的长达一米的巨大龙虾。所以一开始我并不明白这样一个国家为什么还会有人养殖龙虾。

龙虾养殖场在袋鼠岛的一个坡地上，穿过一片金红色的葡萄园才能够到达。这里养的龙虾原来是淡水龙虾，并不是我们经常见到的大海里的龙虾。

坡地的草坪像人工修剪过一样平整，绿茸茸的。巨大的养虾池整齐地排列在山坡上，每一个都有两百平方米。水依次从高处向低处流过每一个虾池，幼虾池虾苗的浓度最高，上面遮着绿色的网子，而随着虾苗长大，虾池里虾苗的数量也相应减少。成虾池上面，有一些水鸟在游动，主人说它们是野生的，它们的存在不会给虾的数量造成太大威胁，而且会清除池中的其他水生生物和不够健康的虾，这样的自然循环更有利于虾的健康。

主人开着车，带我们围着虾池转一转，没想到走到较低地方的时候，水竟然有点儿臭。主人解释说，最后一个池子已经不养虾了，这些富营养化的水，将用来浇葡萄园，是葡萄天然的养料。澳洲的每一个农民都很在乎环保，并且不断地向我们宣扬他们的环保理念。

在虾场尽头的一个大棚里，有一整排水池，里面有不同年龄的虾，一年的小虾只有手指头那么粗那么长；两年的虾要长一些，也大一些；三年的虾有十几公分长了，前三年的虾都是灰绿色，半透明的，第四年的虾外形有点像海里的龙虾了，长出了蓝色、灰色或红色的硬壳。每一年的虾价值都会成倍增长，但养殖的风险和投资也大得多，所以主人最喜欢出售两年到三年的虾。他的客户竟然主要来自中国的香港地区。

第三章
南澳：澳洲
最"土"的地方

虾场的一位工人在为我们烤制两年的龙虾，让我们尝个新鲜。看着那些生长缓慢的龙虾就知道农场的主人多么认真地执行他的环保理念，随便采取点催肥、过度饲喂的措施，他的虾就不用如此缓慢地生长四年。澳洲的农民愿意多花几年的时间喂养这种环保的绿色食品，而不愿为了发几年大财破坏自己美丽的家园，因为那个家园是他们辛苦开辟的，以后还要传给子孙后代。

晨跑，迎着南大洋的波涛

为了一大早参加鲸鱼节开幕式，我们住在鲸鱼角的一家小店里。奔波了很多天，本来很累，可是那个清晨，我却醒来得很早。天有点儿阴，太阳还没有出来，我去马厩看一看今天要为我们拉车的马。那种身材高大的苏格兰马很喜欢胡萝卜，我贿赂了他几次，他就认识我了。

鲸鱼角有一个旅游项目就是坐马拉电车穿过一条近两公里的栈桥去观看鲸鱼的。那个清晨，我受到当地人的启发，决定去晨跑。我沿着长长的木制栈桥跑向小岛。有几个当地人和我跑同一条路。栈桥不宽，除了轨道下铺着木板，两边就是一根一根的木头。弯曲着穿过海面显得更加漫长。海浪在桥下涌动，水声宽洪而美妙，在鲸鱼到达的季节里，栈桥两边的海湾里就有它们的身影。两只落在灯杆上的信天翁在我跑近时展翅飞走了，信天翁滑翔的样子真好看，那个动作本身就是对自由最好的注释。在南澳大利亚州的这几天，每天都有至少一种新的野生动物进入我的视线，今天是信天翁。

栈桥很长，跑着很累很累，太累了就停下来，本以为自己会半途折返，却总是被前方陌生的世界吸引着，竟然跑到了。

马拉电车的终点站附近有一道防波堤，一些鱼鹰和海鸥站在防波堤上。我看到一条上山的小路，好奇心

156

竟然把我拉到山上，爬到山顶，辽阔的南大洋就在我面前了，这里既不是太平洋，也不是印度洋，而是面向南极的大海。风从海上吹来，海浪轰鸣，海水绿得像翡翠一样，没有一点儿腥气，白色的浪花在远处形成一道道浪迹，由远及近，直到形成巨大的白色泡沫，无情地拍打在脚下的陡峭的岩石上，飞溅至十几米高，轰隆隆地响，有雷霆万钧的力量，没有鲸鱼的踪影。我的额头腾着热气，微微冒汗，有一点儿喘。

我顺着另一条小路下山，又顺着栈桥跑回来。同伴们刚刚起床，有人惊讶地说："你今天精神真好啊！"我要是说我晨跑了，他们肯定说我疯了。旅行很累，大家都不觉得有锻炼的必要，不过那种累是疲于奔波的累，晨练则完全是另一种感觉。而且不跑这一趟，也绝不会有那么好的机会享受海风和海浪，享受独自看信天翁翱翔的自由。

第三章
南澳：澳洲
最"土"的地方

第四章

昆士兰：游客的天堂

昆士兰（Queensland）意为女王的土地，澳大利亚至今还是英联邦成员国，和加拿大一样，只有首相，没有总统，承认英国女王为国家元首。和北美一样，澳大利亚也是首先被英国人占领和开发，也是从东海岸开始。所以东海岸的州比较多，名字具有明显的英国风格，如昆士兰、新南威尔士（悉尼所在的州）、维多利亚（墨尔本所在的州）。而后期开发的西部土地，名称更具澳大利亚风格，就是我们前些日子走过的西澳大利亚、北领地、南澳大利亚。

　　凯恩斯在昆士兰北部，大洋之外是著名的大堡礁，而背后是雨林覆盖的羔羊山脉。它是个很小的城市，一个由旅店、参观、旅游纪念品市场组成的城市。这个城市里没有什么优雅浪漫的情调，也没有沉重的文化积淀，野生动物都关在公园里，到了这个地方我也不想什么别的了，整天就是疯玩。

雨林，云中漫步

　　到昆士兰的第一天，我们去往雨林。天正好下雨，山上云雾缭绕。我们坐着缆车上山，一个淡黄色头发的漂亮的小姑娘，做我们的导游。他们的索道叫作Skyrail，天空中的铁路。缆车从雨林上方经过，下面是像气球一样悬挂在空中的绿油油的树冠上。

　　她那样认真地为我们讲解，我不得不又开始锻炼我的英语能力，一边听还要一边翻译给别人。我起初有点紧张，不知道自己能否胜任，怕露出窘相，但是我很快发现，她和我一样，也有一点点紧张，生怕我不满意，或者要告诉我的事情我没听到，或许她干这工作时间还不长呢！这样想着，我倒放松下来。我平时在国内就喜欢自然地理类节目，这些日子一去看袋鼠、企鹅、海豹、考拉什么的，我就能听懂别人在说什么，可一进城就傻了。大家开玩笑说我是乡下人，只能听懂乡下口音很重的英语，其实，我只是熟悉他们谈论的内容。

　　导游告诉我们，在这条索道修建的时候，工人不得不每天穿过茂密的雨林到深山里工作。索道的每座塔下面要清出一片10平方米的空地把周围的植物连根移走，等索道修好之后再种回来，所以我们可以看到紧挨着索道塔的地方茂密的雨林仍然保持着原貌，看不出人工补种的痕迹。

　　云层飘过来，下着微雨，雨林浓郁的绿色似乎顺着雨水往下滴。我们在第一个停靠点下车的时候，每人拿了把雨伞，但很快发现，它除了碍事并没什么大用。雨林的水很纯净，温度示意，滴在身上一点儿关系也没有。

四周都是云，走几步云就开了，出现神奇的植物，再走几步又走到雾里。导游指点我们看了一种参天大树，它的表皮光滑，树干笔直，树根远在吊桥下方，却要仰头，才能看到冲天的伞状树冠，他已经有两百年树龄。他的身边有一个同样高大，但稍微细一些的树。导游告诉我们那是他的妻子，可能比他小一点，他们是对生的，但是夫妻关系也不稳定，关键是会变性，明年妻子就变成丈夫，丈夫变成妻子。

这种树有一种很淡的熟悉的香味，同行的一个人闻出他和祈年殿的大柱子一个味道。这话我就不翻译给导游听了。有时候国人的想法会吓到澳大利亚人，在西澳，看见鹈鹕有人说一只够一桌人吃的；在北领地，看到烧过灌木，又有人说这里满山都是柴禾；在南澳，看鲸鱼时终于有人可以骄傲地说我是中国人不是日本人，因为日本的商业捕鲸在那些热爱鲸鱼的人中间很不得人心。

有一天我在餐桌上听到一个故事：一个中国人辛辛苦苦移民到了澳洲，已经拿到了居留证。他的澳大利亚邻居请他吃了一只鸡，他为了表示感谢，煲了一锅汤回请他的邻居。那位澳大利亚朋友对他的汤赞不绝口，问他制作工艺时，得知是鸽子汤，于是实在无法原谅他，把他告发了。我们这位可怜的同胞被驱逐出境，返回祖国了。可能有些人觉得这只是个文化差异问题，但是美丽的澳大利亚确实被澳洲人精心地保护着。

在第二层平台一条巨大的瀑布出现在宽阔的峡谷

162

中。由于不是雨季，水流只占了山壁的一半，另一半漆黑的岩壁裸露在外面，又是刚才那位同事指着漆黑的岩石问，那是不是煤炭。导游说她从没关心过这个问题。她把两棵树之间一个华丽的蜘蛛网指给我们看，那才是她关心的问题。

云中的雨林很湿润，到处是水，连空气里都是，云和浓密的树将光线挡住。导游又给我们看了几种动植物，还有树冠上可以盛水的篮子。那个篮子是寄生植物形成的，可以接住雨林的水，青蛙和蛇都能生长在里面形成小小的生态系统。

离开索道，走在雨林深处的一个小镇上，一个身穿白袍，披着银色的长发，手挚仙杖的老人，带着两个背上被着粉红色翅膀的孩子沿着小径走过来。他们是扮演神仙的演员，但是在那样绿色的小径上，四周被水雾浸得润润的，云一层一层地飘过，完全没有理由不相信他们真的是林中的精灵。

在雨林深处野生动物园，我们又见到袋鼠，这次见到带孩子的母袋鼠，一只躺在地上的，育儿袋里露出两只尖尖的小脚，另一只站着的，小脑袋露在外面。几只考拉在树上睡觉，管理员说，由于考拉一天能吃光一棵桉树的叶子，为了这几只考拉，他们养了上万棵桉树。

澳大利亚是一个很少猛兽的地方，在这里我们见到三种危险的动物，鳄鱼、丁狗就是澳洲野狗，还有卡索瓦瑞（cassowary）大鸟。

澳大利亚最危险的动物竟然是卡索瓦瑞这种大鸟，国内有些翻译片中称它为鹤鸵。它个头比鸵鸟和鸸鹋略小一点，色彩艳丽，长着鹅一样的头顶，火鸡一样的胸，最可怕的是它的大脚，它奔跑速度极快，攻击人时可以轻易撕开人的肚皮。

在索道的中间站，导游的女孩曾经告诉我们附近有一户居民，投食喂野生的卡索瓦瑞，他们正教育他，希望他放弃这种不符合环保又危险的行为。

隔着笼子，我们看到这种大鸟以极快的速度沿着笼子边缘奔跑，虽然不会飞了，但它跑起来就像飘。想来谁要是在丛林里惹了他真是死定了。

我们离开动物园的时候，又下雨了，很多袋鼠站成一排在树下避雨，直着小脑袋看着我们。有一个人看了大喊，赶快拍照，另有人很不忿地说："你还没见过袋鼠啊？"的确，这几天我看袋鼠真是看烦了，袋鼠虽然是澳洲仅有的动物，但是它在澳洲并不稀奇，就像我们那里的野鹿和黄羊一样，只不过袋鼠在澳大利亚仍然到处都可以见到，但野鹿和黄羊在我们那里已经找不到了。

我问过导游，这里的雨林中也曾有原住民生活，但数量一直很少。动物园门口有一条路，有一个禁止游人的牌子，我就没有去探险。这条小路让我联想起越战，那时外来的美军也像我们这些游客一样对泥泞的、草木藤蔓繁盛的丛林缺乏了解，而世代生活其中的越南人则能够穿梭自如。

这里的丛林中，真的有水陆两用战车，是带我四处玩一玩的。这种车生产于"二战"期间，1945年出厂，由于战争已经结束，所以没投入使用。现在已经是六十多年的老古董了，只负责为游客服务。司机在崎岖的丛林小路上开车，一会爬坡，一会走到下坡，车身后半边高高翘起，而我总有一种想隐蔽的感觉。

司机是个岁数蛮大的男子，和缆车上小姑娘一样，他很认真地给我们讲解路边的动植物——高大的扇子树，寄生的会杀死树的藤，和树共生的"橡树的鹿角"还有藏着蛇和青蛙的"水篮子"。他指给我们看丛林里像小老鼠一样的袋鼠。然后开到水里去看一种叫水龙的蜥蜴和能吃掉青蛙的大型昆虫。

最后他把车子开上一座水坝，那是丛林和湖的分界线。他把水坝叫作"wall"，因为水坝是泥土的，上面长满小草，已经和环境完全融为一体了，泻水口下面也是湿润的，没有枯干的河道只有茂密的丛林，所以我听他说了半天，也没反应过来"wall"的含义，没有理解我们是在一座水坝上。

这位司机明显是一位澳大利亚乡下人，认真工作的同时，居然很羡慕我们来自北京那样的大城市，也羡慕我们即将去悉尼。他认认真真地把家乡的一草一木介绍给我们，也像我们前面遇到的动物保护员一样大惊小怪，禁止惊扰动物，触摸植物。就像那些老爷战车可以用六十年一样，这样开发出来的旅游景区也可以供游人享用六十年、一百年并且留给子孙后代。

昆士兰的土著帅哥

说起种族主义，其实是现代社会的一种痼疾，不知什么原因，人人心里都会有一点。我们的领队是个马来西亚出生的华人，从小在澳大利亚长大，本来我以为她不会像我们一样有很多种族偏见，但是她每次走到土著居民聚居的地区都会提醒我们小心财物之类的，起初我以为完全是客观情况，但是在昆士兰，至少并不如此。

我们离开Skyrail，在山顶的小镇上漫步的时候，看到一个球场，很多孩子在里面踢球，有白孩子也有深褐色皮肤的土著孩子。由于领队的事先提醒，我看到土著孩子的时候竟然有点紧张。不过，孩子们在一起似乎对此没有什么感觉，看了一会儿发现两边都有黑孩子和白孩子，我起初有一点迷惑，然后才意识到他们不是按肤色编队的。

两边的商店里有各种土著商品，彩色圆点组成的画、各种大小不同的飞来去、小袋鼠的皮还有长长的乐器迪格里度。迪格里度是一种长长的粗木管，将一段树干掏空了芯子做成的，有的很直，有的有点弯曲，都是自然的形状，吹出来的声音很低沉，有点口弦的声音。现在这种乐器在澳大利亚各地都有出售，是一种常见的旅游纪念品，但是迪格里度的真正故乡就是昆士兰。

在欧洲人到达之前，澳大利亚的土著居民主要有两大种，一种是我们在北领地碰到的，他们身材粗壮，面颊鼓起，肤色很深，个体特征上和黄种人、白种人的差异更大，无论是文化还是基因都更加古老。甚至有研究认为他们是最早离开非洲的一批现代人类的后代，长途跋涉离开非洲以后，经过印度南部，越过当时水很浅的印度洋，在这块封闭的大陆上生存下来，并保存了古老的文化和基因特征。而昆士兰的土著居民属于另外一种。他们除了肤色较深以外，体形、体态上和黄种人非常相似，文化上也和邻近的印尼、马来文化有相通之处。

在野生动物园，我们见到了许多土著人，他们在这里工作。澳大利亚土著人的就业机会很少，而动物园能够给土著人提供很多工作的原因在于他们是昆士兰的一道风景。

负责接待我们的是一个瘦瘦的、中等身材的小伙子，他腰里系着条草裙，赤裸上身，露出结实的肌肉，上身和脸上用白色和土红色的颜料画着图案。

他似乎是个领班，周围几个土著人虽然在检票口、露天剧场等岗位上值班，但是都不怎么说话，只有他，需要经常接受白人管理员的吹毛求疵。那个管理员是个中年女人，对我们永远笑脸相迎，但对他们却显得很神经质，不多一会儿就把那个小伙子叫住，又交代一些事情，有时甚至是很严厉的批评。土著小伙子似乎很珍惜和我们短暂相逢的缘分，就算没有那女人的唠叨，他也会服务得很周到，他的表情好像在说：我知道怎么把我的文化介绍给这些人。不过，他是打算好要忍耐的，所以丝毫没有发火的迹象。

他带着我们参观了几处，然后带我们到露天的演出

167

昆士兰的土著帅哥

　　场地。在这里，他们每天定时表演一些土著民族的音乐
和舞蹈。他用颜料把我们的主持人画得像小花猫似的，
等一会儿她要参加一些互动节目，这副打扮可以增加节
目的色彩。

　　到了演出时间，在各处职守的土著人陆续汇集到舞
台附近，拿起长筒的迪格里度和其他原始乐器，准备演
出，原来他们是一个小小的歌舞团。

　　走上舞台，这些土著人值班时的呆板劲全没了，一
个个生龙活虎起来。他们用英语介绍他们的乐器、舞蹈
和歌，不断地强调他们的一切都是来自大自然的。他们
在舞蹈中模仿自然万物，模仿得惟妙惟肖。我尤其喜欢

"蛇之舞"，他们嘴里发出"丝丝"的声音，完全是蛇在吐芯子的声音，一只手模仿蛇探着头向前爬，好像他们的手臂已经变成了蛇的脖子，有了无数关节，这个看似简单的动作，我们想要学却怎么也学不像。

　　演出结束之后，帅哥领着我们去一片开阔的草坪丢飞来去。这东西看起来简单，但是要把一个弯木棒扔得很远还能折回来，并且在飞行中打中猎物还真不是件容易的事情。帅哥一定看出我们这拨人真的对他们的文化感兴趣，所以特别耐心。这时，那个中年的女管理员，又不断地过来打断我们，催促帅哥去接待下一批游客，他很反感，但是还是停下来去打招呼。其实我们是个摄制组，职责就是介绍这里的旅游资源，原本他们应当积极配合的，何况帅哥在工作上并没有任何差错，旅游团本来也可以由其他人接待。这个女人这样粗暴地多次打断我们，只有一个理由，就是嫉妒了，在他们这个小镇，被一个摄制组围着也是件很风光的事情。

第四章
昆士兰：
游客的天堂

　　等我们坐完丛林战车，再度回到动物园，在茶座上休息时，他们已经下班了。那小伙子洗去了脸上和上身的颜料，摘掉了围在短裤外面的草裙，背着一个背包，和我们挥手说再见。昆士兰土著居民的日常生活已经和传统说再见了，他们只是在这个小小的歌舞团里回味一下祖先的辛劳和欢笑。

骑车，我们上路

Silky Oak Lodge意思是光滑的橡树度假村，这种橡树我们见过了就生长在昆士兰的雨林里，这家度假村也坐落在雨林深处。原始的雨林植物就生长在房间、餐厅门口，每一个套间的阳台上都有个吊床，可以倾听雨林中鸟的叫声和河流的奔腾。一条天然的大河就在宾馆侧面奔流。这里有一处很考究的水疗，和其他地方一样，这里的水疗有按摩、沐浴、蒸汽浴、泥浆浴，不同的是他们采用了原住民使用的香料，采集雨林中的天然植物、泥土和石头作为材料，凭窗眺望是雨林鲜绿的树木。

电视台拍摄要很长时间，我和《时尚健康》的同事张炎一起搞了两部自行车，沿着宾馆里的小路在山间穿行。林中有点微雨，河水澎湃的声音就在我身旁，但被密林遮住看不到。度假村在茂密的树丛中辟出狭窄的小径，在小路每个分支的尽头，每三间小木屋组成一组，称为"Three House"，外部简陋、朴素，内部都是五星级标准的套间。道路时起时伏，时而有小桥流水，时而被密林遮挡，骑过去又柳暗花明。就在最后"三栋小房子"前，我还遇到一只大火鸡，在澳洲见过那么多野生动物后，我一下就能确认它是野生的，它红头，下巴下面垂着一堆红红的肉，尾巴像合起来的扇子插在屁股上。

宾馆里面地方不大，我们骑着车离开宾馆，沿着山路一路往下冲，侧面就是那条奔腾的河，在雨林的缝隙中偶尔显现。转过一个弯，前方豁然开朗，是大片的甘蔗地。继续向前，转过几个弯之后，细密的雨丝忽然变成粗大的雨点。一个路标指向一个种着棕榈树的岔路，通向一个山坡，远远的，山上有一幢白色的房子。我们决定去那里避雨。

沿着棕榈小路猛骑一阵后，路况突然变好，冲上一个山坡，是宽阔的草坪，种着稀疏的树木。我们发现房子的对面有一个开放式的车库，各种工具和机器放在里面却没有任何可以锁的门。四周很静，没有声音，走近时才发现一个工人在里面干活，旁边是位坐轮椅的老者。我们很冒昧地把车子推进去，说明来意，老人指着

骑车上路

我们长条柜后面，让我们去那里休息。那有一些塑料的椅子，和一个饮水机。

我们坐下休息，老人摇着轮椅过来和我们搭话。他说他到这里已经60年了，来的时候，这里还是原始的雨林，他开发了这片土地，修整草坪、盖房子、种植甘蔗。二十年前他们卖掉了农场，但房子周围的土地仍然是他们的，他们住在这里安静而舒适。

他指给我看一个湖，那是他们的水源。老人说这个湖基本上是天然的，水从山上流下来，而他们修了一条水坝，于是有了这个湖。湖中间有个喷泉，喷出二十米高的水柱，这个喷泉不是电动的，而是靠山上的水压自然形成的。雨停了，我们走去湖边，合欢树正开着粉红的花，泥制的水坝上已经长满厚厚的植物，一边是水，另一边是湿润的雨林。国内的山区、景区也有很多水坝，但是洋灰的水坝，很刺眼地出现在自然环境里，成为大煞风景的一笔。而这个水坝，很自然的融入生态系统中，成为生态系统的一个部分。

我们走过大草坪，草坪修剪得很整齐，但草种并不讲究，都是矮小的本地植物。但是看着这些貌不惊人的小草，就能联想起春天遍地的鲜花。

雨又下起来，在雨林里就是这样，一会儿雨，一会停，雨水很清洁，稍微淋一点没什么大事，但骑车子就比较困难了，我们又回到工棚。他的工人正在修一部拖拉机。

老人似乎比一开始更加接受我们，请我们去大房子里坐，这里的自行车没有挡泥板，骑得我浑身都是泥，还真有点不好意思，但盛情难却。

走进他的房子，他的老妻出来迎接我们。这里的中国游客这两年有点多，初见面老太太并不热情。她问我们喝咖啡还是喝茶，我们说不必，西方人在这个问题上很实在，你只要说不必，她不会给你倒的。有意思的是，我们发现他们的房间外部环境和我们那里差距那样大，但里面的结构大约和北京现在售价每平方米6 000到12 000的公寓差不多，家具、装修的情况也差不多，宽大的起居室、两间卧室、厨房、卫生间和一个小小的工作间。

起居室外面是阳台，落地大窗，框住一幅风景画——近处是草坪种着这高大的棕榈、橡树和桉树，远一点是甘蔗农场，整齐茂盛的甘蔗地像芦苇荡一样，再过去是公路，路的另一边就是雨林。

经过主人同意，我们到阳台上去看风景，听到老人喊他的老伴给我们看猪。我以为他们给我看一种宠物猪。没想到，老太太打开抽屉，从一大摞文件夹中拿出一份。里面有很多彩色喷墨的照片。一头280磅重的黑色野猪躺在地上。大概是她的女婿或儿子猎获的。其中有张照片，老太太自己拿着猎枪，指着野猪做秀，另一张她女儿指着野猪，老太太开玩笑说她女儿在教育野猪。我问她野猪是不是很危险，她说是的，它们长着可以致命的长牙，喜欢撅地，而且她们打的这头还不算太大。老人告诉我们，她们家的领地很大，所以野猪不会到房子附近来。

聊了一会儿天，老太太明显开始喜欢我们，她问她的老伴是否告诉我们，这片土地是他们开发的。我说已经说了。今天，他们说起自己的创业史仍然非常自豪。我看老先生的样子至少八九十岁了，说不定有一百岁了，他的老伴也很老了，但是看上去仍显得比他年轻很

173

多。按照国内的习惯，我没有问老人的年龄。但能想象，当他创业的时候，他一定很年轻，面对茂密的荒无人烟的雨林充满雄心和气魄，而今天他可以宁静地，轻描淡写地把故事讲给两个陌生的访客。

老太太的工作间里有电脑、数码相机和彩色打印机，可以上网，还有很多老太太平时写的东西。他们的生活宁静而并不封闭。

告别的时候，我指着我T恤衫上的"The Forbidden City"说欢迎他来中国。他问我那是什么，我告诉他那是故宫，从前我们的皇帝的宫殿，大得像一座城市。他说，他这一生恐怕去不了了，但他的女儿去过中国了，还去了天安门广场。他说那里人太多，他还是喜欢雨林的宁静。

我们骑车离开时，回头发现老人摇着轮椅推开门，到阳台上和我们挥手告别，就像老太太刚才说的，这次经历很有意思，也很难忘。

游泳池边的棕榈树

骑车返回"丝绸般的橡树旅店",同行的工作人员警告我们不要去河边,我问她是不是发现鳄鱼了,她笑而不答。出门在外,我历来尊重别人的劝告,河边就不去了,改去酒店中间的小游泳池里游泳。

在旅店的中心有一个小游泳池,隐藏在茂密的雨林中间。从西澳到现在,我们住过的每一个酒店都有泳池,但是我一直没有太强的游泳愿望。而在这里,在雨林深处,虽然下着雨,大家都穿着长衣长裤,我却一定要下去游一下。

水并不冷,四周是高大的参天的热带植物,三步以外就看不到人了,天阴着,细密的雨飘在空中,可以听到很多鸟的叫声和河水激流的声音。虽然泳池是人工的,但是还是让我有种可能遇到鳄鱼的恐惧。

我想起在国内,高级宾馆的泳池旁边也喜欢种棕榈树和其他一些热带植物,想必是从热带地区度假村学来的,但在这里,在"丝绸般的橡树旅店",是真正的雨林,不仅动物是野生的,花草树木甚至斜风细雨都是野生的,包括气味,雨林的空气没有任何气味,只有纯净的气息。这里的人们只是在森林里开辟了宾馆,并没有种植棕榈。我想起北领地也有一个泳池,是在干燥的沙漠上,泳池旁边生长的是巨大的桉树、沙漠橡树,和一些其他的沙漠植物,在风中沙沙作响。

澳大利亚有雨林中的泳池，因为他们有雨林，他们是不在环境上作假的，无论在西澳、南澳还是北领地都是如此。不搞绿化、不搞美化、不引进物种，只保护原有的、野生的植物，这样给环境造成的压力小，园丁的工作也轻松许多，植物还能健康生长。

国内总是有人看到国外的好东西就想办法把它搬回家去。在首都国际机场的出发口岸，我看到两组棕榈树，居然是真的，但不管它们是真的还是假的，怎么看都假。在国内甚至有人为了把草原绿化成森林，在靠近城市的千年草场上种植巨大的松树和杉树，打井提优质的地下水灌溉，而不在乎此举把十倍，甚至百倍几百倍面积草原变成荒漠。而那些树木什么时候灌溉系统停止工作，什么时候就会死去。

在我写这些游记时，一直担心国内的人看到澳大利亚的好东西又照抄照搬。事实上，在澳大利亚这一路上我才实实在在地领悟到真正傲人的东西是从自己的特点里发掘出来的，环境也好，人也好，一个地区、一个民族、一个国家都是如此。

太阳鸟的故事

游完泳，天快黑了，我坐在泳池边的长凳上，又下起了雨，还刮着风。一只好小的小鸟，嫩黄颜色，弯曲的嘴，扇着翅膀停留在空中，本地人称它为"Sunbird"。在澳大利亚，每天至少能认识一种新的野生动物，今天是太阳鸟。

一个住在酒店里的好可爱的小男孩跑过来玩，大约只有两三岁。忽然一阵风把太阳鸟的鸟巢打了下来，里面的两只小鸟掉在了地上。小孩的爸爸连忙跑过来，寻找鸟巢和小鸟。鸟巢很小，还没有一只手大，鸟就更小。在园丁的帮助下他们找到了鸟巢和其中的一只小鸟。

鹤鸵

177

小男孩在爸爸的帮助下小心翼翼地把小鸟放回鸟巢，园丁又把鸟巢挂回到树上。我想，这样长大的孩子从小就会喜爱和关怀小动物，而我们小的时候就举着长杆粘知了，用弹弓子打麻雀，还自己捡柴火做小火炉，烧成很难吃的东西每人尝一口，从小就养了一张好嘴。想起来真惭愧。不过现在的情况似乎好了一些。去年夏天，我家楼下，园林工人正在往树上打药，每打一棵树就飞起一大群鸟，我清楚地听到一个小男孩说："爸爸，你看那些鸟！他们是在打虫子还是在打鸟啊！"孩子们已经和我们那时代不同，而我家附近的草坪上也有见了人不跑的喜鹊和乌鸦了。不要以为太阳鸟是因为珍贵才被人保护，在它的栖息地，他就是我们那里的乌鸦和喜鹊。

　　园丁朝我们走过来，很认真地对我说："我们救了一只小鸟，但是还有一只找不到了，如果你在附近看到有小鸟在跳，请告诉我，那种黄颜色的很小的鸟。"我们答应了，而我们着急的是：窝挂回去以后，成鸟一直还没有找到新窝的位置，虽然在我们看来只差了一点点。

　　我们的摄影师调好长焦等着拍摄成鸟回来喂食的画面。我到近处去看，雏鸟才有我的两个手指肚那么大，但是已经长齐全了。成鸟看样子才比我的一根手指长一点，而身材却比较修长。显然是为了喂她的胖孩子累瘦了。

　　鸟窝吹下来以后有点坏了，窝口变大了，胖胖的雏鸟可以探出大半个身子，我们还不知道这里面的危险。一会儿，母鸟回来了，上下翻飞找自己的窝。雏鸟见到妈妈很高兴，张着小嘴叫，一探身，从窝里滑出来，掉在下面的植物上。它的翅膀好短，还不会飞。

　　我们又去叫园丁。一个老一点的园丁来了，他把雏鸟放在手上，往窝里送，但送了很多次，小鸟大约感觉到在外蹦跳的乐趣，要不就是重新挂回去的窝太低了，让他觉得不安全，死活不肯进窝。刚才救他的那个小伙子又来了，两个园丁站在泳池边的茶几上，费了半天力气，小鸟只肯去旁边的树杈。园丁没有办法了，把他留在哪，说只好等他妈妈来找他，也许他妈妈能找到他。园丁强调说"也许，只是也许。"

　　我们站在水池边继续等，小鸟在枝杈间跳，小嘴一张一张的，发出很小的叫声。他妈妈回来了，嘴里还叼着食，围着树转了几个圈终于找到了窝。但窝里没有小鸟。雏鸟看见妈妈很兴奋，用力在上面叫，他们相距不到二十公分，妈妈听到叫声，也很激动，就是找不见自己的孩子，不停地把头伸进窝里。我觉得有点不妙，鸟是认窝不认孩子的，之所以娇小的黄莺能把巨大的杜鹃的孩子抚养成人就是这个道理。

　　我又去问园丁，他们回答说他们已经尽力了，剩下的只能看鸟儿自己了。

　　母亲去窝里看了好几次，一直奇怪为什么听见孩子的叫声看不见孩子。又一次她似乎看见了树杈上的雏鸟，雏鸟连忙张开嘴冲着她叫，但她迷惑地飞走了。树顶高处出现另一只太阳鸟。似乎是孩子的父亲，两只鸟互相叫着，似乎在焦急地商量丢孩子的事情。但他们似乎放弃了，仍在树杈上等待他们的小鸟。树林里安静了一会。没有经验的小鸟转到一个裸露的树枝，撅着嘴，偶尔发出一声叫，似乎还在等妈妈发现他。

　　一只有点像乌鸦的黑色大鸟出现在树的高处，娇小

第四章
昆士兰：
游客的天堂

的太阳鸟立即奋不顾身和它打起来。但乌鸦猛地一个俯冲，从小鸟栖身的树杈上一掠而过。树林里四处都响起太阳鸟的叫声。这次的声音不是那样清脆，而是又短又小，似乎是家长们在模仿孩子的声音以欺骗乌鸦。

乌鸦消失在密林里，小鸟也不见了。大自然是如此残酷，这对太阳鸟夫妇在一个下午的一阵大风之后失去了两个孩子。

我们该离开了，我们仍然希望还能看到小鸟，或许他躲起来了，躲过了乌鸦的袭击，毕竟，谁也没看见乌鸦的嘴里叼着东西。如果那样的话，他又能找到妈妈吗？但我们还是离开了，毕竟鸟巢被风雨打下来是自然现象，母亲找不到离家的小鸟这也是一种自然选择吧。

请追随大海的节拍

大堡礁的美名我早已从很多科学节目和旅游图书中了解。344 000平方公里的面积，相当于中国一个中型的省，是世界上面积最大的海洋公园。无论是discovery还是国家地理都对大堡礁情有独钟。我看过不少于20个不同的电视片反映大堡礁，迷人的珊瑚礁神态，蓬松神奇的海葵，有毒的海鳗，还有鲨鱼。从电视上看，大堡礁海水清澈，水下多姿多彩，科研人员从容地研究鱼类，实验驱鲨器，摄影师优雅地推着摄像机穿过水底，水下模特穿行在珊瑚礁中间在水下做出舒展的动作，还有《海底总动员》中的小丑鱼尼姆，他就是从大堡礁游到悉尼的。大堡礁在我的心中几乎是一种类型的天堂，是整个澳大利亚我最向往的地方。

第四章
昆士兰：
游客的天堂

但是再精彩的电视和摄影依然是有限的，有些东西，只有身临其境才能体验，比如鸟语花香、耀眼的阳光，变幻的云彩，风的轻拂或抽打，雨的细腻或猛烈，当然还有晕船。

去大堡礁的日子终于到了。清早，我们坐船出海。船出港时，我还在听旅游公司的人讲解今天的潜水活动的要领，却发现他在我眼前从实像变成虚像，而且上下左右旋转。我赶紧往甲板上走，路上一个服务员塞给我一个呕吐袋，我并没有请求她，不知道她怎么看出我需

181

要这个的，但我没来得及打开已经开始吐了，只好向她道歉，然后又要了一个。

　　在船尾的甲板上，许多老太太坐在一起，对我问长问短，可是我实在没力气练习英语了，低着头、闭着眼睛蜷在座位上。船出了大陆架海域，两边的岛屿退去，海水由翡翠色变成耀眼的深蓝。海风迎面吹来，我们船迎着巨浪高高卷起，又落下来。船尾的老太太们惊叫着欢呼起来。在澳大利亚，我们经常觉得这里的老人很有意思，衣着大胆，笑声爽朗，给人感觉很阳光；可以常常看到老夫老妻手拉着手，含情脉脉的样子，让人觉得很浪漫；他们玩起来大呼小叫，举止夸张，又像一群老顽童。开始有人觉得这个地方的老人很开放，但是这里的年轻人也这样，我想他们只是从年轻时起就这个样，一生都是这样阳光、这样浪漫、这样贪玩。

　　我受到她们的感染，仰起头，让海风迎面吹来。我突然发现船在巨浪里颠簸的感觉确实非常好玩，就像游乐场里的过山车、海盗船一样而且更加变化复杂，难以预测。蓝色的大海上，波浪拱起来，在最高处化为白色的浪花，我们的船在浪中下沉，然后又被海浪顶起。我享受着向上抛起又失重的感觉，晕船居然好了很多。

　　船到终点，那群疯狂的老年人居然大喊："太兴奋了！我们不希望它停下来！我们还没玩够呢！"

　　一个日本女孩趴在他男朋友腿上失声痛哭，好多人以为她耍赖，但是我特别能理解，晕船的感觉让人想跳海的心都有。但是大海有浪，它不会关照你的感受，既然它是强者，我们只能追随它的节奏。与太平洋的飓风相比，大海今天并没有发疯，它只不过逗我们玩一玩。

182

很可惜那个女孩不懂得享受风浪，她可怜的男朋友只好背着她在浮台上转了一圈又一圈。

大堡礁很美，但是光看电视上那些美丽的镜头是不够的，踏浪而行感觉，是电视机不能传递的。同样，走出家门要和各种不同的人相处，不出门就不会感觉到和热情的人相处时的疲惫，也不会感觉到和优雅的人相处时的气闷。不仅欢乐和典雅是旅游的乐趣，疲惫和气闷也是。

第四章
昆士兰：
游客的天堂

鱼游之乐

在浮台上看海的时候我想说：海水是"那么蓝"，我的"心有些乱"。那么蓝和心有些乱是两个网友的名字。不过海水真的是那么蓝，蓝得魅力无穷。而我下到水里，看到成群的美丽的鱼儿，兴奋又有一点恐惧，我竟然是和海洋里的活鱼一起游泳，不会有鲨鱼吧？我四处看，浮台周围有一圈防鲨网，一个长头发的帅气的救生员坐在高高的瞭望台上。我向岸上朋友挥了挥手，溅起一些水花，他差点跳下来，我连忙做了OK的手势。

我开始放心地游泳，一大群银色的小鱼在浮台边上迅速地冲来冲去，闪着亮光，它们只有大号的缝衣针那么大。长着鲜艳的彩色条纹的手掌大的鱼时聚时散，从海面下面看，它们卷成一个圆圈，这是一个捕猎的姿态，但是似乎并不是要吃刚才那种小鱼。大一点好丑的深颜色鱼过来凑热闹。我伸手把它们分开，从鱼群中间钻过去。一条看似温柔的大鱼的鱼鳍刮了我的手，还挺尖。

我向远一点的地方游过去，那里的海水呈现绿色和黄色，我推开水波，发现透明的海水下就是珊瑚礁，我连忙收紧腿避免滑水时刮在珊瑚礁上。我游过一大朵一大朵蘑菇、鹿角、人脑一样的珊瑚礁。一大块海葵在海底随着波浪晃动。虽然没有鱼群，但有各种不同的彩色的鱼，一条大鱼的嘴边还有一条小鱼，紧紧贴着它，我

大堡礁的小丑鱼"尼姆"的爸爸和他的朋友

分不出它是清洁工还是搭便船的。只可惜没有见到小丑鱼尼姆。

大堡礁，在澳大利亚东北部的外海，不乘船是很难到达的。那个晕船的日本女孩仍然在她男朋友怀里哭，她苦命的男朋友，只好把她背起来四处走。想来她这一趟真是够冤的，又不游泳，又不潜水，又不座直升飞机，就晕了一回船，现在在远离陆地的浮台上，还要等着开船，不能回到岸上。我也因为晕船错过了潜水和坐直升机，但是现在游弋在彩色的珊瑚礁之间，刚才再怎样晕船也值得了。

又有一群鱼从我眼前游过，身体细长几乎没有颜色，清澈的海水透射过他们的身体，它们也许无事可做，也许正在猎食，但无论从体形还是姿态上，都不像陆地动物那样猛烈、雄浑，而是柔顺的婀娜多姿的。"人非鱼，安知鱼游之乐"，可今天我真的体会到鱼的乐趣。整个在浮台上时间我一直在水里，发现原来游泳的感觉比坐船舒服许多。"海阔凭鱼跃，天高任鸟飞"，在水中，人也能感觉到自由，鱼一样的自由，海浪卷过来可以在浪脊上玩耍，鱼群在身边游过，抓不到它，却能与它相随。

一个穿着潜水服的水下摄影师，从我下面游过，他发现一只大海龟，他示意我下潜，我扎了个猛子，但是我依然头晕没能深入。他于是把海龟逗到上面，我游向海龟伸手碰了它的背脊，我本以为摄影师会抓住机会拍照，但他却向我猛烈地挥手，示意我不要摸野生动物。我连忙缩回手，海龟一个猛子又下到海底去了。

日本来的小马倌

凯恩斯和澳洲其他地方的不同之一就是好多黄皮肤、黑眼睛的人——各地来的华人和日本人。坐电梯都很少碰到白皮肤高鼻梁的老外，尴尬几秒钟后，试着说一句话，是华人大家就会很开心地笑，若是日本人就不好意思地互相欠欠身。不仅如此，而且宾馆、酒店、餐厅、旅行社和景区的服务人员中也有很多东方人，香港来的、日本来的、新加坡来的我们都遇到过。太多的东方人在一起，弄得我都不觉得是在澳大利亚了。

今天的活动是在雨林中骑马，这基本上是一个过渡性的安排，因为头一天有潜水活动，后面有跳伞和热气球活动，高空和水下活动不能连续，否则剧烈的气压变化会对身体造成损害。

马场上负责我们这一队人马的马倌有三个，一个瘦小的皮肤黝黑的东方男孩，一个梳着一条长辫子胖乎乎的笑起来很憨厚的东方女孩，还有一个浅黄色头发灰色眼睛的高鼻梁的漂亮的西方女孩。那个东方男孩的名字叫"Dekey"我只是按照发音这样拼的，我并不知道他的名字拼成英语是怎样写的，虽然来自属于发达国家的日本，但他的样子就像我们那里乡下的小孩。我想Dekey一定是技术比较好的一个，或者是个小组长什么的，所以一开始《畅游天下》的同事想要拍电视的时候，Dekey很自然地要去带他们那个组，但是他们更喜

第四章
昆士兰：
游客的天堂

187

欢那个漂亮的西方女孩出现在电视节目里，所以Dekey
又跑回来带我们。

没机会上电视了，Dekey好像也没什么不乐意，甚
至也没什么不平衡，上了马很认真地教我们指导马的口
令、上下坡的方法。因为菜鸟太多，他下了马步行穿过
丛林，以便前后跑着照顾。

今天是个晴天，雨林里没有朦胧的细雨反而不是很
好玩，Dekey在路上给我们介绍袋鼠、劳拉、歪了比，我
们都见过了，也不稀奇。我们的英语都不咋地，Dekey也
不是澳洲人，但他的英语比我见过的大部分日本人好很
多，不过语言上还是有障碍，不可能聊得很深入，又碰
上这群"见多识广"的家伙，搞得Dekey不晓得说什么
了。我于是尽量对他的介绍表现得大惊小怪，他真的很
高兴。

雨林里的路很窄，很多地方都勉强够一匹马通过，
必须推着路边的树才能防止腿撞在树上，而且上下坡很
多。马虽然不跑，但是比人走路还是会快的，Dekey跑前
跑后地照顾大家，一点都没有显出累来。

西方人对骑牲口的活动很大惊小怪，又要戴头盔，
又要教习很多方法，又要保持前后顺序，到了空地也不
准跑，那天在北领地骑骆驼也是这样。我在坝上骑马的
时候，也是每人一匹马，当地的农民轰着就走，还一再
跟大家说："没事！没关系的！"我想这是个文化差异
问题。我路上尽量遵守他们的规矩，免得人家为难。

但是Dekey的马实在太老实了，坐在上面跟坐轿子
一样，什么心都不用操。在一段开阔的下坡路上，我趁
他不注意，把缰绳套在马鞍上，伸开双手做点"危险动
作"。当然绝不是真的危险，在旅游项目和体育运动我

188

从不做任何不符合安全标准或有违规律、常识的事。我们在陶德河上骑骆驼时，我前面的同事因为无聊，回身像逗狗一样，轻轻碰触我的骆驼的眼睛、鼻子、耳朵，我差点跟他急了。如果他踏踏实实地抚摸骆驼的脸和脖子，那是没关系的。我确信按照当时马的行进速度、马上的装备和我个人的技术状况确实不属于逗能，真的不会有问题。Dekey回头看了我一眼，我连忙把手收起来，他朝我很善意的一笑。东方人不会像西方人那样在你越界时表现得严厉坚决，在界内时又不停地做假动作开玩笑。Dekey很腼腆善意地一笑，我就不再吓唬他了。

Dekey在一块空地上，终于拉着前面的马喊"一、二、三"，而后让我们小跑了两步，对我来说纯属小打小闹，可是毕竟其他人都没有什么骑马的经验，我也不熟悉澳洲马的脾气和口令，而Dekey那样辛苦和谨慎，所以我也就认了。

下马的时候，有个同事跟他说"萨由那拉"，他特别惊讶，问我们怎么知道他是日本人的，其实太多理由了，他那样典型的东北亚人长相，在昆士兰，不是中国人，绝大部分可能性是日本人。

但我们并没立即再见，还有一个电单车的项目，这时东西方的文化差异再次表现。对动物虽然很在意，但他们对机器却司空见惯。Dekey简单地告诉大家油门和刹车的使用以后，就像国内轰马队一样，把大家都轰上了坑洼不平的崎岖赛道。要是在国内，怎么也会在空场上稍微练习一下。果然一出发就接连折了两个人，他们都是一加油就撞进树丛。Dekey和他的伙伴只好骑车带着他们，这样他们两个的后坐就满员了，要是我路上再折了肯定没人管了。

我这次真做了一个危险动作，车子往一边歪的时候，我习惯性地脚踩了一下地，脚卡在车子和路边的防撞轮胎之间，幸好不太严重。后半程我一路念叨着千万不要把脚往外伸，一面跟着Dekey在茂密的丛林里一路飞奔。惊险刺激的同时真是奇怪Dekey现在怎么不担心我们挂在树枝上了。返回时，我因为正确处理了一起撞到路边的"事故"，居然还受到了表扬。

返程的时候，我们都上了车。忽然有人发现Dekey站在车子下面，很想和我们说再见，又不好意思上车，就招呼他上来和大家说再见。Dekey上了车，很腼腆地跟大家挥挥手，仍然憨憨地笑着。虽然是按照西方人的规矩带我们玩，但是Dekey完全是东方人的性格，虽然语言不通，但是看着他的目光，他的笑容，他的举止，我们就知道他想什么。他可能也觉得我们这群人和高鼻梁的老外感觉不一样，要不就不会这么舍不得我们。

在长途旅行中，我常常有这样的经历，有些地方你总是怀念，想再去一次，并不是因为风景或者游玩的经历，而是因为遇到了一个值得记住的人。昆士兰确实是个非常好玩的地方，和迷人的大堡礁、细雨中的热带雨林相比，今天的风景并没有什么特别，和潜水还有即将参加的跳伞、热气球活动相比，今天的项目显得稀松平常。但是Dekey真的可能成为我日后重返昆士兰最重要的原因——一个长得像中国乡下男孩的日本小马倌，尽管那时候四处打工的Dekey可能已经去了别的地方。

跳伞——疯狂的一万英尺

这世界上有些事情人要是在30岁以前不做很可能一辈子也不会做，比如：跳伞。

在凯恩斯这几天我的心一直在嗓子眼提着，情绪就始终没有调整好，关键问题就是因为要跳伞。来澳大利亚之前，我听说了跳伞的项目，本以为是跳伞塔或水面滑翔伞之类的，来了才知道是从在一万英尺高空的飞机上跳伞。

在跳伞公司的办公室里，我看着反复播放的跳伞录像，听着跳伞教练培训，还要签署一大堆免除跳伞公司所有责任的文件。如果是我自己来的，没有写作任务，我肯定坚持不到上飞机。这要是出了什么事以身殉职倒也没什么，就是太对不起我老阿妈了。

从录像上看那些初次跳伞者的表情远不像电视上经常看到的跳伞职业运动员那样自由浪漫，充满美感。一个个都闭着眼咧嘴，头发被风吹得倒立，脸上的肉像风里的旗子一样打着波浪，表情都和上刑场差不多。不过看这些录像倒是给了我很多信心，那些惨成那样的人都跳下来了，那我也行。

第四章
昆士兰：
游客的天堂

正看着，上一批跳伞的人回来了，一个个兴高采烈，都在为刚才惊险刺激的经历欢呼。教练们背着巨大的降落伞，像背着贵妇人的长裙子，直奔里间。一进屋，他们立即把伞包扔下，把降落伞甩到房间的另一端，拉直绳索，开始叠伞。无论多么害怕，出机舱的恐惧，空中急速下降的感觉都是自己吓自己，真正性命攸关的就是现在这一步。无论是空军还是商业、体育跳伞，叠伞都是谁跳谁叠，其他人绝不能代替，因为叠伞叠得是自己的命，到天上，伞能不能正确地打开就全看叠了。当然我们是不用叠伞的，我们是和教练绑在一起跳的。

我虽然知道叠伞重要，但是对其中的技术要领一窍

191

不通，我只能知道他们叠得都很认真。教练们的情绪都很高，我想经常做这样惊心动魄的工作的人肯定能充分释放自己，一天到晚都精神抖擞。我的情绪也开始好起来，可是每个工作人员从我面前走过还是都问我"你很紧张吗？"

穿上伞具，走起路来就像蹲马步，我们四个准备跳伞的人跟教练做同一趟车去机场。其他人坐另一班车去降落地点。一旦和同伴分开，我的心又提上来。别人的教练都确定了，我还不知道我的教练是谁。到了机场，两个教练在讨论一个同行的人的鞋带问题，其中一个人果断地蹲下，用胶布把他的鞋带缠住。给他缠鞋带的那个人站起来，别人都被教练挑走了，他看了看我，撇了一下嘴说："看来是我和你跳了。"看起来他们都觉得，带我这样的女人跳伞不是什么好差事。

载我们的飞机是一架螺旋桨的小破飞机。我们两两成对地坐进狭窄的机舱，舱门开着，飞机就升空了。我看着渐渐远离的地面，心里盼着早点跳下去，早点完成任务。教练给我看了他手上的高度表，告诉我要到一万英尺才跳，我一看，现在还不到两千英尺。

飞机一圈一圈地盘旋，我的心里开始不停地重复一句话："我真的要跳吗？"我知道我是一定会跳的，可还是不停地这样问。坐在我后面的两个教练开始开玩笑，拿出呕吐袋做呕吐状，我本来不晕机，叫他们弄得我直反胃。我的教练竟然是最搞笑的一个，竟然做了一个拆我肩膀上搭口的动作。不过我也注意到他其实是最心细的一个，他伸手把每一个人的开伞线拉到合适的位置，最后检查大家的装备。我盼着教练们把我们和他们之间的搭扣系上，这要是谁从门口摔出去，身上可是没有伞的，教练们却总是示意我们不要着急，还不停地做鬼脸开玩笑，拖延时间。

天空开始多云，飞机爬到六千英尺的时候，我们已经进了云层。穿过云层，我们还是没有到达一万英尺。"老天啊！我们要多高才往下跳啊？"我看着云层心想，就当我是上了凌霄殿，底下的云是可以接住我们的，我也要腾云驾雾一把了。

飞机里变得很冷，现在已经海拔三千多米，相当于上了玉龙雪山。教练们终于开始用搭扣把我们一一和他们绑在一起。我的教练再次检查了设备，我发觉他其实也很紧张，不过只要设备安全了，我相信他的技术不会有问题，剩下的就看我自己调整自己了，记住几个简单的技术要领，调整好呼吸，别把自己吓死就行了。

机舱里忽然一阵欢呼，教练给我看了一下他的高度表，其实我早就在盯着别人手腕上的高度表了，该往下跳了。

第一对人跪在地上挪到门口，学员仰起头，双手抱肩，呼地一下就不见了。舱门洞开，舱里的气压忽然降低，我耳朵有点疼。就见第二对已经挪到了舱口，做好准备动作，教练假装打了个喷嚏，两个人倏地就见他衣服的影子在空中一闪，没了。第二个学员是个胖大的男同胞，他一消失，机舱里一下就宽敞了。我心想"没救了！都下去了！"但情绪却变得很搞笑，一点都不紧张了，连我老妈都不想了。

该我了，我们挪到舱口，我按照要求挺起身，双手抱肩，教练一直把我的头往后拉，好像很久，也不知道他啥时跳，我也懒得想了。

出机舱的一瞬间，有一种解脱感，先是在空中翻了个跟头，一下子不知道上下左右，然后抬头看见飞机向上扬起，越变越小，像电影里一样。我开始笑起来——太好玩了。我们的姿态调整为面向下，身体向上弯成香蕉形之后，教练拍了一下我的肩膀，我很自然地就把双手张开了。教练在我身后，我看不到他，但是他向我伸出两个大拇指，我知道我有救了，只要他没事，我肯定没事。我也把手做成大拇指上挑的形状，高高仰起头。

我跳伞之前显得比其他人都紧张可能是因为我看过一起跳伞意外的纪录片。当学员和教练一起跳下时，减速伞的绳子缠在了教练的脖子上，教练已经窒息了，而学员还不知道，幸好摄影师及时发现，割断了减速伞，帮他们把主伞拉开，两个人才得救了。而我们都没舍得请空中摄影师，要真出什么事情，肯定没救，当然那种事故的发生概率是相当低的，而且只要叠伞对了，就不会有事。

我们在天上转着圈，可是我并不觉得头晕，反而觉得很好玩，现在虽然有个小小地减速伞，但我们基本上处于自由落体状态。速度很快，教练指给我正下方云彩上的七色光圈。实在太漂亮了。自由下降并不是失重的感觉，而是飞翔，只是从下面来的风越来越大，我才觉得我越来越快。脸上的肉哗啦哗啦响着，我知道肯定也被吹成刚才电视上看到那样子。

我们跌进光圈，很快穿过云层，看见地面的感觉还是有点恐惧，我很想问教练什么时候开伞，不过降落伞这个词不会说，我想说"umbrella"，好像不对。我忽然感到一股猛烈地向上提的力量，我们的伞张开了。我站直了身体在空中荡了个大秋千，这才有失重的感觉。我居然有点遗憾，真想多飞一会儿。

　　我们降落的速度很慢，在空中缓缓飘扬。我看见前两个降落伞，已经离我们很远了。下面是农田，侧面是山，在过去是大海。我问教练，大堡礁在什么地方，我因为错过了直升机，想从空中看大堡礁也是支持我跳伞的力量。教练把伞转了一个角度，指着远方彩色的海水，可以看到蓝色大海里，一大片一大片不规则的浅绿色和土黄色。虽然很远，但很漂亮。教练又在空中玩起了花样，我们就在空中一飘一荡，他还是讲好多笑话，不过这时候笑得很惬意。我告诉他，我还想再跳一次。他说很多人都是这样。

　　他指着下方甘蔗地里的一块空场，告诉我那是着陆场。并且做了几次着陆练习，我已经能看到等在那里的朋友，并且像他们挥手。我终于走神了，忘了最后一个技术动作，落地时，忘了把腿伸回去，结果一屁股坐在地上。不过我已经管不了那么多了，真是好玩死了。

第四章
昆士兰：
游客的天堂

泥蟹和晚风中的渔民

上午跳伞，非常惊险刺激，下午的活动却很安逸，我们登上一艘渔船，去抓泥蟹。和许多地方一样，凯恩斯的港口也是河流的入海口。我们不用出海，没有风浪只是沿着大河顺流而上。

河边是浸在水里的红树林，船缓缓行使期间，两岸的青翠，缓缓地变换。诱捕螃蟹的笼子是事先下在河里的，地点只有船长自己知道。把笼子捞上来，里面尽是活蹦乱跳的螃蟹。船长有把尺子，按规定，比尺子小的螃蟹都要放掉，结果一筐量下来只有三只合格，有的螃蟹已经长到手掌那么大，还是放掉了。和我们的习惯不一样，他们捕到的所有母螃蟹都要放掉，以保证河里的螃蟹资源丰富。留下的螃蟹每只都有两到三公斤，是我们的午餐。

等着煮螃蟹的工大，我们下钩子钓鱼，钓鱼这种事，就相当于没事，下了钩死等。没想到还真有人钓到鱼，一种扁平的鱼，一条小鲶鱼，还有能鼓成一个球的河豚。但是都不够尺寸，这一下午，我虽然没钓到鱼，却放生了好多条鱼。

钓鱼的乐趣使很多人不舍得离开去吃螃蟹，但是大家最终还是抵挡不了美食的诱惑坐在桌边。

河里没有风，船上的下午很宁静，我们把吃过的蟹壳扔进河里，循环再利用，太阳发黄的时候，我们开始返航。夕阳下，我们返回凯恩斯港口，游艇、帆船和古老的货轮静立两旁。一艘我们前几天出还做的那种"大筏子"从海上归来，夕阳下，两个浮箱上支着平平的船板，上面是高傲的船楼。

胖胖的船老大，为我们收拾桌子。我们的摄影师们轮番跑去当船长。要说什么人干什么活，他们居然利用职权调整船的角度，以看到更美的光线，太夸张了。我把这个情况报告给船老大，他不慌不忙地做了个祈祷的动作，念道："阿门"，然后继续收拾桌子。

快到港口，船老大重新获得制海权，调整好船的方向归航。他忽然掏出一个口琴，一边开船一边吹起来，就像内河航运时代那样，美好的乐曲随着晚风一起飘扬。

第四章
昆士兰：
游客的天堂

拥你在海边，直到夕阳西下

弯曲的海岸在凯恩斯小城的一侧，这里没有银色的沙滩，海岸边有不少淤泥的小洲，长着稀疏的青草，许多白鹭站在那上面，或觅食或打情骂俏。人们在海岸边筑起一条不太高的堤坝，上面是公路，尊重着海岸的天然形状，巨大的热带树木生长在路边。这几乎不是一条走车的路，似乎是专供人们散步、慢跑、休闲的，甚至这条路走到一半就踩在水里，那是一个和大海相连的游泳池。头顶上天空湛蓝，阳光灿烂，远处碧蓝的海面上，洁白的帆船和游艇静静地泊着。

在这条临海的公路上，最打动人的不再是那些旅游项目，不是外国来的各色游客，而是凯恩斯本地人。阳光下，那些年轻的姑娘大胆地袒露着她们美丽匀称的身躯，甚至有人连胸罩都解了下来，丝毫没有扭捏造作或肉欲。她们只是凯恩斯明丽的耀眼的大自然的一部分。很多姑娘的爱侣陪伴在她们身旁，有些人只是静静地躺在阳光下，甚至有人在各自读书，更多人深情地拥着，不知道是不是在观看周围随处可见的美景。他们时而相互献上激情的或深情的热吻。从正午休闲到太阳偏西。

在凯恩斯的街道上，还能看到很多老年的夫妇，他们牵着手，走在街上，或朗声大笑，或含情脉脉。起初，我们以为这些老年夫妇很浪漫，但渐渐地，我们明白他们只是习惯了，他们一生都这样走过来，从那些阳光下吹海风的少男少女到步履银辉。

热气球——从容之美

今天一大早4点多，我们就起床了，因为要乘坐热气球。虽然都是空中运动，和高风险的跳伞不一样，热气球是一种非常安全的运动。我们在太阳升起之前来到起飞场。看着工作人员向趴在地上巨大的气球里充气，几个人从气球顶端拽住绳子，以防气球充满气之前就立起来，然后又东倒西歪地倒掉。

终于起飞了，我们坐在吊篮里离开地面，气球上升，天空也越来越亮。加上我们的气球一共五个色彩艳丽的气球飘浮在空中。远处是山，下面是大片的农田和牧场，一条河蜿蜒在大地上，茂密的桉树长在河流两岸。袋鼠沿着草地上被踏出的小路跳。我们的驾驶员低着头在河里寻找鳄鱼但一无所获。太阳升起来，所有的景物都笼罩在金黄的晨雾中，广阔、壮丽、层次分明。

四周很安静，只有驾驶员往气球里打气的时候，煤气发出巨大的响声。一大群白鹭栖息在河岸边的桉树上，被我们惊扰后展开雪白的翅膀在我们下方飞翔。

山脉在我们东方，大海在山的另一边，呈现一条蓝线。那山叫作羔羊山脉，被茂密的植物覆盖着，就是我们去过的茂密雨林，现在看上去竟然那样小。那低矮连绵的山竟然是澳大利亚这个平坦的国家里最重要的山脉的一部分。气球公司的老板安朱利告诉我们，那条狭窄的雨林带虽然绵延千里，但宽只有三十

第四章
昆士兰：
游客的天堂

199

热气球

公里，所以生态脆弱，很容易断裂。澳大利亚人的心里永远有他们的环境。

　　热气球上看到的风景比飞机上、降落伞上看到的都要美丽，很大程度上是因为它缓慢的速度和开阔的视野。到澳大利亚，常常觉得这里人的生活节奏比国内慢很多，但正是这种从容，让澳洲人之间很少恶性竞争，很少掠夺式开发，很有心情地经营自己的生活，并且保护好自然环境。

　　热气球缓缓移动，我们快要降落了，却进入一座小镇的上空，下面都是铁皮瓦顶。凯恩斯地处热带，房子都很薄，看上去很轻，从天空看，整齐又富于变化，像积木搭成的。我们在小镇的一片草坪上降落。尝试了两次才成功，来接我们的车子一直追着我们跑。安朱利说驾驶热气球有意思的事情之一就是永远不知道在哪里降落。

安朱利告诉我们因为着落场不确定，他们有卫星定位系统，要选择和他们关系好的农场、牧场降落，并且通过卫星定位系统确定农场的主人，然后支付费用。

气球降落以后，他号召我们所有的人参加收气球工作，因为要把气全部挤掉、装袋，比充气费力得多。他夸奖我们"Good team work！"我们都笑了，我们这个Team就要相互告别了，旅游卫视《畅游天下》和《时尚健康》的朋友今天就要回国了，相处一路，大家还真是舍不得。

第四章
昆士兰：
游客的天堂

本不想讲给国人的事

　　澳大利亚也有蝴蝶馆，开始我并不觉得稀奇，在广西我也见过很多蝴蝶馆。温室大棚里是蝴蝶活体，没精打采地趴在植物上，翅膀早已失去了光泽。外面出售蝴蝶标本和蝴蝶翅膀制成的工艺品。

　　我们进门前，工作人员的嘱咐也和在广西时一样，说今天太阳不好，我们可能看不到太多活跃的蝴蝶。哎，既来之则看之，我们进了蝴蝶馆。纷飞的蝴蝶立刻混乱了我的视线。橘红色翅膀的，金色翅膀的，还有蓝色闪闪发光的尤利西斯蝴蝶。

　　一个女孩在做讲解，和我们以前见过的野生动物园的讲解员一样，她知道每一只蝴蝶的名字，他们是她的"little girl"或"handsome boy"。她亲切地讲授蝴蝶的生活史和习性，就像一个幼儿园的老师谈论她的孩子。我在这里第一次见到三个手指那么粗的蝴蝶幼虫，它们属于一种巨大的国内称为"蝙蝠蛾"的蝴蝶。我当见习老师的时候见过这种蝴蝶，在夜空中飞翔起来就像一只蝙蝠。那是一次夏令营，我们带着学生在乡间一所学校的操场上诱捕昆虫，三天时间捕到八只，做成标本放在学校的橱窗里展览了一年。第二年据说捕到更多。也是一件很惭愧的事情，当时我们还觉得这样的自然课是教学创新，可现在想想，我们又教给学生什么呢？他们一定会越发渴望捕到更多蝙蝠蛾。

讲解的小姑娘引导我们看一种蝴蝶喜欢产卵的植物，旁边两只尤利西斯蝴蝶正在舞蹈。小姑娘说：前面的小美女叫"翠茜"，她有权利选择翅膀最大，颜色最鲜艳，最健壮的小伙子。求爱的蝴蝶，要追着她的尾巴飞翔，上下翻飞，才能博得她的芳心。

澳大利亚这种生态展馆很多，有的很小，有的很大。方式都是为动物提供一个人工的生存空间，让人们可以集中看到许多在野外要走很远的路才能看到的动物。

在凯恩斯有一个新建的鸟类园林，高大的棚子里飞

昆士兰的一种花

翔着五彩缤纷的鹦鹉竟有十几种之多。工作人员很耐心地给我们介绍每一种鹦鹉的特点和习性，它们分布在不同的高度层，有的站在泥地上，吃趴在地上的鲜花和浆果，有的落在矮树上，有好打架的就用铁丝网和其他鸟类隔开。有一种特别淘气的通体雪白头上有三道金黄色的冠子的鹦鹉站在大棚中心高大的树木上，不时拍打着翅膀在我们头顶盘旋一圈。有的对人特别友好，我们在里面转的时候，一只黑色鹦鹉冒冒失失落在一个男子的肩膀上。他不习惯和这种鸟相处，露出一脸窘态，工作人员走过去劝了那鸟半天，它才下来。可一转身它又飞到那人肩膀上，工作人员又劝解一番，那鸟歪着脑袋闪着大眼睛好像听懂了一样，却很顽皮地摇着头。这里甚至还有我们在西澳见过的彩虹吸蜜鹦鹉。园林的中心有个水池，里面生活着一条巨大的咸水鳄。

这类的生态展馆就是我本不愿意讲给国人的事。我担心人们知道有这么好玩儿的方式，会盲目模仿。在澳大利亚，这些生态展馆的面积首先都相对很大，可以提供给野生动物足够舒适的空间，内部的模拟生态环境都做得非常精致，动物也都可以根据不同的习性得到很好的照料。尽管如此，生态展馆内动物的寿命比外面的还是要短，死亡率偏高。但是澳大利亚的旷野上有保护得足够好的野生环境，有足够丰富的野生动物，可以提供偶尔捕捉补充生态展馆所需。

更重要的是每个展馆里都有专门的讲解人员，向人们介绍动物的习性和保护他们的要点，这些动物虽然做出了"牺牲"，但是它们的存在让游客得到了很好的环境教育，学会不畏惧动物、不打搅动物、尊重动物等重要的和野生动物相处的知识。

在北领地，我们参观过一个小展馆，那里展出爬行动物，各种蜥蜴、蛇还有鳄鱼。做讲解的小姑娘梳着两个小抓髻，她给馆里的每一个动物都起了名字，它们是她的小朋友。她把丑陋的蜥蜴托在手里，让孩子们触摸，以说明这种蜥蜴不危险，她甚至管一条雌性的蟒蛇叫小姑娘，她把蟒蛇放出来，让大家站成一圈，让蟒蛇顺着每个人的脖子爬过去，教育大家不要害怕蟒蛇，习惯和蟒蛇相处。经过这样的教育，人们在野外见到野生动物时，就不会因恐惧而捕杀或驱赶野生动物。这样荒野就不会因人类活动的增多而导致动物的栖息地收缩。要知道每只动物在野外需要多大的生存空间是固定的，生存空间的减少就意味着动物数量的减少。另外，动物的种群繁殖需要一定大小的连续的生存空间，这种空间往往被人类的城市、村庄、营地打碎，这也是破坏野生动物资源的重要杀手，但在澳大利亚，城市和村庄中都有野生动物自由生活，和人类分享空间，这不能不说得益于他们成功的环境教育。

这些展馆还有一个特点，就是只展出当地的野生动物。比如，前面的蝴蝶馆和鹦鹉园林里的昆虫和鸟类绝大多数都是生活在本地雨林中的，而在北领地那个小展馆，展出的就是当地的沙漠里的爬行动物。这样既可以有针对性地开展社区教育，又避免动物在长途运输中大批死亡的悲剧。

但即使在澳大利亚，这样的展馆也有很不成功的。在北领地，我们参观了一个沙漠公园，里面的每个笼子里关着一两只小小的鸟，看上去很不起眼，也没什么精神。这时园子里的野地上飞起一大群鹦鹉，像一片彩云一样美丽。有人感叹说：外面飞的都是国色天香，深宫里关的都是歪瓜裂枣。

　　国外的旅游区里生态展馆虽然很有意思，但是我想在我们学会向公众进行正确的环境教育，准备好精心照料那些被捕捉来的野生动物之前，还是不要盲目学习了。

望不见
北斗的日子

第五章

悉尼：明星的幕后故事

悉尼之所以美丽，不仅因为她真的美丽而且因为她是悉尼。在澳大利亚诸多的城市中，悉尼就像一个电影明星，无论是否见到过它，它在人们心中都是最美的。一路去了澳大利亚那么多地方，我已经确信这个国家一定有比悉尼美丽的地方，我以为我的文章一路发表在网上，那些在国内关注我的人也会跟我有同感，但是，当国内的朋友听说我到达悉尼时还是在电话里惊呼，连我妈妈听到时语气都变得特别高兴、特别羡慕。

就像一个电影明星，悉尼的地标性建筑——歌剧院和海港大桥，广泛出现在各种宣传品上，但也像所有的电影明星，悉尼有不为人知的一面。我曾听说明星们上镜都是很讲究的，如果他的左半边脸比右半边脸好看，他在各种影片、海报、媒体上公布的肯定都是左半边脸，就像悉尼怎么看都是歌剧院一样。

到悉尼旅行就像是发掘明星幕后的故事。也许会让人略感失望，但也一定会发现你从没想到的魅力。

惊鸿一瞥

第一眼看到悉尼是一周以前了。那时飞机从阿得莱德起飞，我从舷窗最后看了一眼这座美丽的城市，然后闭上双眼。但还真是睡不着，因为悉尼。我们的下一站是昆士兰，往悉尼转机。

澳大利亚东部的土地不像中西部那样是大面积人迹罕至的荒漠，东部气候湿润，被开发得早，舷窗外是阡陌交通的农田，正值秋季，大面积的农田呈现出整片的金黄。这些日子熟悉了荒原上野性的澳大利亚，对农田有点失望。

第五章
悉尼：明星的
幕后故事

飞行一个多小时后，天色渐渐暗了，耳朵忽然觉得很有压力，是飞行高度开始下降了，悉尼快到了。再往窗外看，下面竟然是茂密的森林，一片苍翠，不见一点农田的踪影，又是一种失望。在澳大利亚，我忽然明白人为什么要建立城市，为什么居住在城市，这里太多的荒原，太多人烟稀少、寂寥的土地；我忽然明白人是群居动物，需要朋友、同类，需要繁荣带来的欢乐；至少对于中国人是这样的。

丛林之间，忽然看到枝丫形的河叉，枝丫一样地汇集到远方海岸线的方向，那里有房屋。夕阳下，城市的灯光已经亮起来，形成晶莹的，淡淡的光点。灯光顺着枝丫的汇集越来越密集，连到海边变成大片红色的屋顶，那就是悉尼。

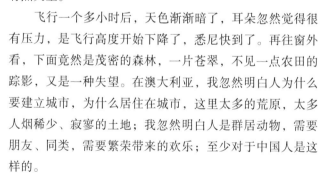

和阿得莱德那种平铺的广阔的灯火不一样，悉尼是从河叉和峡湾间的丛林中冒出来的，从丛林中小片稀疏的红屋顶，逐渐过渡到接连成片的城市，城市又包围着河叉，无数桥梁连接在错综复杂的半岛之间。这就是空中看到的悉尼，不是大桥，不是歌剧院，是任何图片都不能反映出来的城市的生长着的性格。

飞机开始在低空盘旋，掠过一个又一个暗红色的屋顶，城市继续生长，偶尔有整片高大建筑分布在小岛和半岛的中心，分不出哪里是市中心。我急于找到海港大桥，找到歌剧院，但是太多的桥梁混乱了我的视线。我不忍心错过鸟瞰悉尼的绝佳机会，放弃寻找大桥，欣赏每一座桥，每一个河叉。

那些河叉和半岛自然地蔓延着，形成宽窄不一的各种形象，有些宽的地方形成一个港湾，而有些逐渐散开和大海相连。飞机越来越低，一条整齐笔直的峡湾上静静地泊着几十条游艇。那正是繁荣富庶的宁静与欢乐。

飞机降落了。我们把表调快半个小时，这里的时间比北京快两小时，比南澳和北领地快半小时。在机场的商店里转一转，这里已经不像我们去的前几个地方那样充斥着旅游纪念品，这里的物品精致而时尚，这就是大城市的特点吧。

南半球现在接近冬季了，天黑得很早。飞机再次升空时，悉尼已经是万家灯火。夕阳的最后一抹余晖照在河面上，使建筑物的墙面呈现暗紫色。我用排除法，迅速找到了海港大桥，飞机转过一个角度后，那座神奇的歌剧院揭开面纱，略露金面，然后消失在夜幕中。

悉尼歌剧院

筑梦城市

到达悉尼的时候，天已经黑了，从机场往旅店的路上，发现车辆和行人明显多起来，车速很快，路边灯火通明，又见到立交桥和隧道。狭窄的道路旁边是相对而立的摩天大楼，一座大楼上赫然打着"IBM"，从北京出来已经很久没见过摩天大楼，没见过"IBM"了，好亲切啊！

路边行色匆匆的人们装束和气质也有很多变化，不再那样阳光明朗，着装上开始变得黯淡，款式新潮。宾馆门前几个头发烫成古怪发型的瘦削的青年正在喝酒，真的是到大城市了，不仅有大城市的匆忙还有大城市的颓废。

我的窗外是悉尼港中的一个小海湾：情人港，贴近水面是辉煌的灯火和一座长桥，不像前些日子走过的城市那样整齐，有些凌乱，但凌乱也是城市的时尚。

我有个朋友曾经在世界各地采访，他说他经常一觉醒来，第一件事是想一想自己在哪，哪个城市，哪家宾馆。到澳大利亚这么多天以来，工作一直很忙，我一直很清楚自己在哪儿，在哪个州，哪个城市，哪个乡村。我想可能是因为我一直忙得没时间做梦。但是到悉尼的当天晚上，我做梦了，不记得梦到了什么，但清晨醒来的时候，我真的在想："我现在在哪儿？在什么地方？"

我看着窗外，还没有被阳光照亮的情人港，淡紫色的朝霞沉在天边，水的颜色不像天鹅河那样呈现艳丽的蓝色，而是灰蓝色，很舒展的样子，很清澈。

明星的魅力在于它出类拔萃，并不是长相，而是气质，一些难以言述的东西，它使人们期待，并用眼睛、用心去探索更多的美丽。

悉尼港是世界上最大城市海港。清晨我们乘小型的水上飞机飞越悉尼港上空，悉尼港的出海口很窄，但海港内部却很宽阔，里面甚至有小岛。巨大的货轮可以沿着港口行使到很深的地方。海港外部的形状像一个大肚子的葫芦，著名的海港大桥连接了南北悉尼中最窄的地方，歌剧院就坐落在大桥外侧的水面上，靠里侧，水面通过无数河流和峡湾延伸出去。

由于港口被山锁住，海港内宽阔的水面上永远风平浪静，白天俯瞰港口，碧绿的水面像巨大的海蜇皮一样向四周蔓延，不规则的边缘形成更多的小港湾、小码头，包括我楼下的情人港。飞机从海港大桥和歌剧院上空缓缓飞过，绵延的青山簇拥在海港周围。

第五章
悉尼：明星的
幕后故事

动画片《海底总动员》中，尼姆的父亲就是从大堡礁游到悉尼，动画的制作者谈制片中处理海水颜色的问题时还说，他们把大堡礁的海水处理成透明的蓝色，而悉尼港，因为港口有污染的缘故，处理得发绿，但是我看悉尼港已经够清澈了，比我所去过的很多海滩都要干净，可见老外对环境的要求有多高。导游告诉我们，现在向南迁徙的鲸鱼正游过港口外的海面，有时巨大的鲸鱼甚至游到港口里面，在飞机上就可以看到。

飞机着陆的水面水比较浅，大约只有两到三米，高度下降后，从天空就可以看到阳光照耀的水波晃动在海床上。这片水域面积很大，大概因为浅，没有大型船码头，只有供快艇停泊和飞机起降的码头。飞机降落以后就像船一样划到码头边，再用缆绳系在码头上。

新南威尔士州负责接待我们的玛瑞娜小姐，是个很有亲和力的金发女郎。第一天认识她，她就开着汽车带我们去她的"秘密小景点"。车子在山丘上上下盘旋，到了港口岸边，可以远眺大桥和歌剧院，它们正好在接近地平线的地方形成一条直线，港口明丽而开阔，水面近的地方是清澈的透亮的浅翡翠色，远一点儿的地方水天一色。小景点四周都是海景别墅，房屋都是依山而上，精致又大气，面向港口，不在乎朝向，与其他城市规划矩矩的建筑格局相比，同样有一点儿时尚的凌乱。回来的路上，她又带我们走过著名的邦迪海滩，将她每天步行两小时的地方指给我们看。那是一条修在海滩后面大石壁上的行人步道，可以站在高处遥望海滩，也有许多台阶连接低处的海滩，又美丽、又自然、又适合健身的地方。怪不得，她长得那样结实，性情又那么阳光。

澳大利亚人喜欢阳光运动，在悉尼这样的大城市也不例外。悉尼最著名的阳光运动是爬桥，著名的海港大桥建于72年前，巨大的拱形铁架原本是为工人维修使用的台阶，现在可供游人攀爬。

在澳大利亚，任何旅游项目都有一大堆严谨甚至让人觉得繁琐的安全措施。我们先把所有的摄影器材绑好，穿上连体的服装，腰里扎上安全带，安全带的搭扣挂在桥边的钢缆上。所有有可能掉下去的小零碎——眼镜、帽子都要用绳子和衣服连接起来。还要先接受一下器材使用的培训。

因为我们是媒体团，所以被特许可以带摄影器材，可是又因为带了摄影器材，我们被禁止走比较陡峭的楼梯，大部分路程靠电梯上下，少了很多爬桥的乐趣。

从铁桥上看悉尼歌剧院，样子非常经典，不过也有些平淡，这是太多的图片上的悉尼了。真正有意思的是从铁桥上看悉尼港，港口中无数三角帆船正在扬帆行使，老式的轮渡缓缓驶过水面，游艇、快艇还有划艇，穿梭来往在海港内。还有一种外面漆成明亮的黑黄亮色的带棚子的小快艇，那是水上出租车，因为整个城市围绕着海港生长，再多的桥梁也会使市内的某些区域间来往不便，于是人们启用了这种小快艇。

这座大桥虽然建于七十年前，但是已经是八车道设计，还有火车在桥上跑。桥面高高地架在两边的桥墩上，巨型油轮通过时都不用把桥面升起来。

我们在桥顶上时，一艘数十万吨级的红色油轮，从港口深处的山后面缓缓驶出。在两个小引导船的帮助下，从大桥下穿过，从桥顶看，身着橙黄色工作服的海员就像孩子们桌子上的玩具兵。

海港大桥的拱顶到桥面的高度又有一个桥面到水面的高度了，之所以绑好我们所有的东西，就是因为任何一个小物件掉到下面都有可能砸坏下面飞驰而过的汽车，或者掉在轮船上砸伤人、砸坏东西。

等我们下桥的时候，巨轮已经驶出悉尼港，一艘来自传说中的度假天堂——塔斯马尼亚的豪华客轮正缓缓从桥下驶过，进入悉尼港。

第五章
悉尼：明星的
幕后故事

海鲜大餐

泰文码头的鱼市场在悉尼，乃至中国台湾、香港都享有盛誉。我本以为那里会像我们的水产批发市场一样营业面积很大，有许多简易的水族箱，里面养着很多鱼。但是进去以后发现不是的。营业厅的面积大约只有七八十平方米，两排冷柜摆成"回"字形。一条走廊通向卖蔬菜的大厅，走廊两边就是餐厅，有日式的海鲜寿丝、意大利式的海鲜杂拌、中国式的烹炒。

这里没有水族箱，鱼、虾、蟹、蚌都洒脱但紧密地码放在雪白的冰块上，灯光照着，到处都亮堂堂的。虽然是冻住的，但是当天海产的新鲜劲儿还是从它们的颜色和光泽上自豪地反映出来。

我们家祖上曾经捕过鱼，曾经听老人说，最新鲜的鱼应该在捕捞上来还活蹦乱跳的时候用冰拔上，或者撒上很多盐腌上，而不是一直活养着，养到翻肚子。很惊讶，悉尼的鲜鱼就是这样卖的。在很多国家，或者一些宗教的教众里有这样一种理念，认为当着食客的面对动物现杀现吃实际上是对生命不尊重。我记得因为写下《我的野生动物朋友》而风靡世界的法国小姑娘说过一句话：我只吃我不认识的鸡，而且吃的时候最好不要想起动物活着时候的样子。

我们喜欢活的水产，主要是为了保证新鲜，但是在泰文码头的市场里，人们不需要通过鱼在水族箱里游动来证明它新鲜，良好的商业信誉，快速的货物流通和清洁的环境是水产新鲜的最好保障。

因为没有占地方的水族箱，营业面积的需求就不大，不大的营业面积上水产的品种却非常丰富，鱼是如此，虾、蟹和蚌都有很多种，我们还见到前几天吃过的泥蟹，仅仅类似基围虾的虾就有不同颜色、不同大小的好几种。贝类就更多，当然最惹眼的还是牡蛎。牡蛎也分得很清楚，有悉尼港内的岩石牡蛎和南太平洋牡蛎两个大种，虽然表面上看起来没有什么区别，但是南太平洋牡蛎更贵一些，因为那里的海水比悉尼港的海水干净。

有意思的是，很多柜台上，同一品种的鱼个头大小都差不多。因为这里捕鱼需要用卡尺，有很多品种的鱼虾都有两把卡尺，不仅比小号卡尺的尺寸小要放生，比大号卡尺大的也要放生，为的是留下有优秀基因的鱼繁育后代。

我们在悉尼的餐桌上，遇到一个移民到这里的华人小伙子，他给我们讲了一个他亲身经历的故事：三年前，他和他的父亲到野外去玩，在一条没人管理的野河里发现了许多大螃蟹，他们大餐一顿后，把这个消息告诉了几个朋友。被一些组织国内旅游团的人知道了，于是来了许多华人旅游团，专门安排一天去那条河捞螃蟹。现在三年过去了，那条河里已经没有什么螃蟹可捞了。他说他和父亲真后悔把那个消息说出去。

可见，澳大利亚虽然资源丰富，但是如果不保护，生态也同样脆弱。澳大利亚人对环保的重视在鱼市场里得到了回报，那些在渔业资源枯竭地区难得一见的海产，在这里都有足够的数量供应市场，而且价格不贵。

我们每人挑上几样自己喜欢的海鲜，坐在鱼市场外的"大排档"里，一边是悉尼港，一边是草坪，许多海鸥在我们身边飞来飞去，两只大鹈鹕站在鱼市场的房檐上。我们蘸上沙拉酱、挤上柠檬汁，享受一个阳光灿烂的午后。

第五章
悉尼：明星的
幕后故事

扬帆启航

虽然一直在学习英文，但是很少有哪个英文词汇我对它的喜欢程度可以超过中文，"sailing"就是其中之一。因为我总是觉得这个词读起来有一种运动的感觉，就像帆和水面间形成的夹角，而船正在水上踏浪而行。

我们乘帆船游览悉尼港，接待我们的Sydney by Sail船公司的老板马特（Matt Hayes）据说是一位帆船冠军，听起来很令人神往。简单的交往之后我发现，体育比赛对他来说并不是一生的事业，帆船才是。他只是因为热爱帆船，又有很好的技术，就驾着船去参加比赛，赢得比赛对他来说是对他热爱的帆船的肯定，而不是追求的目标。现在开旅游公司，向游客提供帆船服务是他的工作。靠自己热爱的事业工作，他每天的生活都会充实饱满。

趁着等开船的工夫，我从船尾一个很小的洞口钻进船底舱，里面竟然别有洞天，紫红色的转角沙发，紫红色的地毯，像个五星级宾馆的小房间。我上来时，马特看着我，问我下面怎么样？我说："很舒适。"他睁大眼睛看着我，"仅仅是舒适吗？"他问，"是真正的美！"我立刻同意他，我也是这种感觉，只是一下子没有找到合适的英文单词。真正的美，从这个考究的船底舱就可以看出马特爱他的事业，他爱这条船。

船出情人港，转过一个弯之后驶进宽阔的水面，前面是海港大桥和歌剧院。碧绿的海水漾漾地荡在周围，洁白

帆船出航

的三角帆把船拉得有些倾斜，在这种不稳定中，风和浪都变得更有魅力。歌剧院紧贴着水面，海港大桥高高地悬在头顶。到悉尼之前，有一点儿担心，担心它看过来是个歌剧院，看过去还是歌剧院，会不会没什么意思？来到悉尼之后，发现还真是这样。坐飞机从它头顶飞过，爬桥从它旁边俯瞰，沿着海岸驾车，从远处眺望，现在又划着帆船向它靠近。但是从各种角度看过歌剧院之后，我觉得从帆船上看是最美的。

因为前些天晕船，我拉着钢索迎着海风站在船侧面，假装自己是一个老练的水手。艳艳的朝阳照在水面上，照在歌剧院、铁桥、港口中来往的渡轮上。几十只其他的帆船在悉尼港中竖起白帆，虽然我们在自己的船上乘风破浪，但是，远看别人的帆船，却好像静静地悬在一张迷人的风景画中。

我从前晕船，在珀斯和大堡礁那两次出海都晕得一塌糊涂。但这一次站在倾斜晃动的帆船上，风吹了脸，却怎么也没有晕船的感觉。

从我不晕船起，我开始晕陆了。从下船之后，站在地上，觉得什么在晃，两脚的用力不太一样，在找什么平衡点。来澳洲这二十多天来，我太多的时间在飞机上、汽车上、船上，习惯了用双脚寻找平衡的感觉，对脚踏实地反而生疏起来。从我晕陆开始，海风和海浪都成了一种享受。

拱廊商店

悉尼的时尚用品商店，并不像我们的商厦一样，是闪闪发光的现代化大楼，而是怀旧的古典式建筑。对悉尼的时尚界来说，怀旧是时尚的一部分。

清晨时分，我们到达维多利亚女王大厦，这是一座古朴的只有三四层楼高的商厦。门口立着巨大的钟，雕刻精美的敲钟人守在身旁。大部分店面都没有开门，只有走廊把头的一家糖果店的姑娘们开始工作了。她们生产《功夫》一片中周星驰挥舞的那种大棒棒糖。生产的过程是透明的，糖坯像做拉面一样地在铁板上摔，然后拉成长条，然后再摔。等糖坯和空气充分混合足够细腻以后，再拉成细长的条，染上不同颜色的长条被贴在一起卷起来继续拉，色彩就很自然的混合成螺旋状，最后拉到小拇指那样粗细，卷在木棒上，变成很多很多的大棒棒糖。星爷是个很夸张的人，但他耍的那种棒棒糖是不夸张的，它就在维多利亚女王大厦第一层生产出卖。

第五章
悉尼：明星的
幕后故事

我们的导游特地强调，制作棒棒糖的姑娘们都是美术学校毕业的，调色和造型都有她们的艺术思想。在悉尼很多小商品的设计者，甚至在周末市场的摊位上卖货的都受过高等教育，不知道他们的高等教育本身就是一门实用的技术呢，还是通用的理论基础，可以为日后从事的工作提供良好的专业背景和思维方式？有一点是肯定的，他们的高等教育一定符合学以致用的原则，而不是什么象牙塔。

221

我们接下来去走廊另一头的一家店里，喝浓香的热巧克力，每一杯巧克力表面都有一个奶油挤成的花纹，有意思的是，挤花纹的人也有美术专业背景。所以即使这巧克力上的花纹也是"原创"的，而不是家家店都一样。

另一座这类的时尚店是左治街的拱廊商店，这个商店看上去像一座古老的车站，这里出售悉尼最新的时尚。进门以后，中间是长长的天井，上面盖着拱形的天棚，形成一道拱廊，一间间独立的店铺开在走廊两侧，二层以上的门口的过道外是金属编花的栏杆，站在一层向上看是许多很讲究的花边。

一个木制酱红色油漆大门后面坐着一个头发雪白、行动颤巍巍的老爷爷，这里就是电梯，门边上的黄铜的面板上有楼层的刻度，一个扳手来回扳两下放在要去的楼层刻度上，电梯就升上去。抬起头可以看到铁网一直通向楼上。这部老电梯可能和开电梯的老爷爷一样老，也许更老。我们走进去，老爷爷站起来把门关上，"嘎啦嘎啦"扳动扳手，电梯顺着铁网向上，感觉就像在时间隧道里。

Alannah Hill时装店，就在二楼，出售最前卫，最淑女的时装。有些面料轻柔的，有些厚重大方的，还有看似随兴编织的帽子围巾，都是不多见的东西。时装师会拉住漂亮的女孩，为她单独做一整套搭配。时尚和流行不同，它不是大众化的东西，而是属于未来的东西，总有一种跳跃感，一种勇气，让每件东西显得光彩照人。

沿着二楼的走廊向前，一间男式服装店里，老板优雅地站在一张长桌的后面。店面的氛围与女式店大不相同，感觉整齐而简练，大概是少了很多女式的零碎装饰物的缘故。我们和老板攀谈，他听说我们是中国来的就非常兴奋地说："我知道中国，那里有很多很好的工厂。"我过去以为老外知道中国是因为瓷器、丝绸、茶叶，后来又因为清凉油，这是我听到的对中国的理解最与众不同的一句。老板接着说"我们也有东西在那里生产。"他似乎有点对不起我们似的，还补充说："现在还不太多，我们会扩大的。"

"中国制造"在澳大利亚无处不在，各种纺织品的大路货，甚至旅游纪念品都是"中国制造"的。但我没想到也渗透到高级时装业中，因为这些时装无论如何也不可能出现在中国市场上，即使在澳大利亚，这家的服装少说也卖三四百澳元一件核两千多元人民币，它们甚至很少出现在中国游客的视线里。相对来说，那些大商场里卖三十几澳元一件的廉价品有更明显的在中国批量生产的特征，造成这种价格差异的原因是设计费用，从生产者的角度讲就是知识产权附加值，这也是今天的"中国制造"最令人遗憾的地方。

在大大小小的店面中，最神奇的是"恐龙"家居用品店。恐龙是个品牌，商品性情也像品牌一样有个性。商品的品种涉及很多方面：花瓶、室内装饰品、杯盘碟碗、项链、耳坠、等等，但材料是统一的，都是树脂——那种令人迷惑不解的半透明，看上去似乎是柔软可塑的，甚至是会流动的，有些色彩艳丽如火，有些却清冷得像圣徒。想象一个有着超自然的色彩、看上去会流动的杯子捏在手中却是坚硬的，感觉说不上有多神奇。

澳大利亚的设计在款式追求上体现着这个民族的一种个性——大气，那些看似朴素的造型，其实费尽心机，看似不合理的搭配，其实相当和谐。这个国家的人同样有不拘泥原有条条框框的个性，同时也能让生活精致而有条不紊。

223

周末市场

　　悉尼市中心的伯宁顿区和岩石区都是老城区。到了周末，这两个街道就变作步行街，成为小商品市场，当地人称之为周末市场。

　　周末的下午，从悉尼港大桥转个弯下来，前方狭窄的路上有几个交路障，都市的喧嚣就在这里停下来，里面的人群熙熙攘攘，但并不吵闹，没有汽车的声音和匆忙的脚步。巨大的花伞立在街道当中，下面是货摊。周末市场的魅力在于这里充满了想象力。那些零碎的小商品：耳环、首饰、杯盘碟碗都是很普通的东西，但是却惊人地漂亮，添加了很多奇思妙想。虽然是露天的，但是购物环境仍然非常考究，让商品增色不少。

　　据说西方人像我们热爱瓷器一样热爱玻璃，无论设计、质量，玻璃制品都令人惊叹，高度夸张的花瓶，外沿弃放的展开的大盘了，色泽晶莹剔透，造型独具一格，花纹厚重，可以看出设计者猛烈涌动着的情绪——既是匠心独具的劳动成果又十分洒脱，而且每一件都不相同。

　　这里也出售薰衣草制品，蓝紫色的货摊就是卖薰衣草的，在澳大利亚各地，几乎所有卖薰衣草商品的地方都装饰着这种神秘的颜色，所有的和薰衣草有关的商品也是这样的色彩。连那些添加了薰衣草香料球的小熊和靠枕都是这样的颜色。

　　一个韩国商人在兜售他的耳环，是一种有神奇色彩的玻璃制品，其中有一副我很喜欢，但是有一边工艺不够精致，有点儿出边了，我刚一提出来，他竟然拿起那个耳环就在地上把边磨掉了。我问他能不能给我另找一个相同的，他说没有了，所有的商品都是艺术品，只有一件，这是他的解释，他对讨价还价非常反感。按照这里人的理念，讨价还价是看不起他们的作品。

很多在周末市场摆摊的人平时都有正当的职业，也有当地的家庭妇女，还有一些落魄的艺术家。他们把自己的创意做成小工艺品出售，不在乎赚多少钱，在于它成了一个释放点。如果它不是周末市场，变成天天开放的市场，对于很多摊主来说就会变成一种负担。又要租铺面，又要有出货量，又必须每天盯着，不能另做一份工作补充生活所需。而如果周末不开一个这样的市场，大家就不得不耗在刻板的生活中，磨灭掉个人的才华。

第五章
悉尼：明星的
幕后故事

时尚其实是一种有文化积淀的个性，那些八十多岁的时装大师，信手拈来的东西就是全球的时尚。街上那些拼命追流行的女孩子，总是显得离时尚差了一步。而周末市场为许多人提供了创造属于自己的时尚的机会。摊主们当中有些人过些年真的可能成为设计师，而不能成为设计师的人也可以画一件小围裙就挂在周末市场出售。而买不起时装大师作品的普通市民也可以买一件别致的小围裙回家。

我们在岩石区市场的露天餐厅吃饭，一个爵士乐乐队在旁演出。在国内我听过爵士乐，在音乐厅里，正儿八经的，听不出什么好。但是现在喝着可乐，聊着天，有鸽子在旁边聚聚散散，这支稀松平常的爵士乐队听起来也非常有味道，这大概就是文化氛围的力量。

悉尼是一座古老的城市

　　澳大利亚是一个历史很短的国家，如果我说悉尼是一座古城，你肯定觉得可笑，但是它真的很古老。

　　周末市场所在的岩石区和勃朗宁区，街道两旁是许多两层的有门廊的小楼，都是一百年以上的建筑了。19世纪的典雅风格里带着一点时间的愁绪。

　　和澳大利亚的许多城市一样，悉尼也禁止拆除一百年以上的建筑。作为英联邦成员国，澳大利亚人同样为"日不落帝国"的维多利亚时代骄傲。他们很喜欢说："什么什么建筑是维多利亚时代的"。虽然所有那个时代的建筑都受保护，却并没有画地为牢，大部分也没有改建为展览馆或旅游设施，而是依然保持着日常功能，有人居住，被人使用着。所有一百年以上的老房子都受到法律保护，不能私自拆除或改建外观。粉刷外墙要从政府规定的色表上选取颜色，这些色彩一般都很淡雅，浅浅的豆绿色、发白的粉色、朴素的乳黄色。这样的规定使整栋建筑乃至整个街区都保持着古典的风貌。

　　悉尼保护这些古建筑，并不是从中选择出几栋有代表性的留下来，把其他的拆掉，建起拔地而起的高楼，让文物生活在高楼大厦的夹缝里。悉尼是将整个街区完整保存下来。无论是游人还是市民，进入这个街区，就会感觉到宁静和亲切。建筑物的外墙不似新楼房那样光华、明亮，砖石上被风雨和植物磨出的浅浅的坑坑洼洼却是新建筑无

226

论如何也仿造不出来的。有意思的是，这些被时间打磨过的房子、石板的街道，看上去非常美观，完全没有新建筑那样的突兀；也很舒适，没有新建筑带给人的压迫感。

这些街区都在老市中心，地价很高，生活费用也就很高，再加上维修的压力，这里已经渐渐成为悉尼的富人区。玛瑞娜的公司也在一所这类房子中。我们进入到里面以后发现，里面的家具和装修都是全新的，大概是因为租得起这样房子的公司都有相当的实力的缘故，这里比一般的地方更加讲究，丝毫没有老房子的破败感。

在海港大桥的北侧，与歌剧院对角的地方，有一座游乐场，叫作"月亮公园"。我起初对这个有点老土的游乐场并不是特别感兴趣，因为从外面看游乐场的大部分游戏也就是那些飞啊飞啊，转啊转啊的东西，北京都有，而且有更刺激的。但是我们的导游玛瑞娜特别喜欢那个地方，一定要带我们去，因为她一去那里就会觉得回到了自己的童年。

悉尼：明星的
幕后故事

我们进了游乐场，第一个项目是安排我们和小朋友们一起坐旋转木马。对我来说，简直是又不刺激，又不好意思，因为周围全是哇哇叫的小朋友。木马一升一降地转起来，古老的风琴音乐响起来，彩灯闪耀，我们路过木马中心的老式火车头、老式管风琴、老式警察，我抬头望着伞状的篷顶，有一点儿眩晕，忽然间好像我也回到了我的童年，回到整天念叨着王子和公主的童话时代。

我听到下面有个小孩子高喊："Mum! Can I do that?"那也是我的童年，我也曾用力搂着妈妈的手指着旋转木马的方向。无论在世界任何一个地方，童年的感觉如此相似，每个孩子都有等着妈妈掏出两块钱的童年。虽然现在

227

有很多新游戏了，有那样时尚的潜水、跳伞、蹦极，但是全世界的小朋友仍然都喜欢旋转木马。旋转木马原来已经是个很古老的游戏了。可我童年的旋转木马都已经不知去向了。

玛瑞娜带我们去里面的一座房子，她说，是世界上仅有的两个游乐场的保护文物之一。游乐场在北京算是新生事物了，从第一个游乐场建立到现在也就二十来年的时间。中国是个有太多文物的国家，我们听到"保护文物"这个词，总是联想到古老的宫殿和陵墓，但是对于和百姓生活有关的，古老的民居、街道甚至学校、机关大楼，我们的保护意识都很淡漠，不要说游乐场这么新鲜的东西。

进了老房子，就觉得不同，先遇到把人照得极丑的哈哈镜，然后看见好可爱的小朋友坐着毯子，从两三层楼高的皮滑梯上滑下来。那些滑梯的颜色已经发黄，棕黑色的皮子显得很旧，但是每个小孩都玩得兴高采烈。滑梯下面，有两个反方向旋转的巨大圆筒，很多小朋友也有很多成年人排队从里面走过去。旁边的电影机正在墙壁上放映当年这个圆筒初建时拍摄的黑白电影资料。影片里那些走过去的人有意做一些夸张搞笑的动作，就像卓别林。

我尝试了穿过一座剧烈晃动的桥，那桥的栏杆是敦厚的老木料，上面的红漆有点掉了，传动装置还是典型的大机械时代的皮带。那样传统的游戏项目玩起来却非常过瘾，不是因为怀旧才过瘾，而是惊险、刺激一点也不输给新项目。

玛瑞娜说因为这个游乐场很老了，很多父母带自己的孩子来玩，同时重温自己的童年。

我们小时候也有很多游戏，推铁环、沙包、跳房子、耍拐，现在的小孩已经不玩了。可那些游戏并不是不好玩了，如果教给孩子们他们一定喜欢，如果他们也玩，并且和父母切磋技艺，说不定父母和孩子间的代沟都会少一点。

在悉尼，一二百年的房子、街道甚至游乐场，都是值得珍惜的。中国是个有很长历史的国家，我们的思想里真的不屑于保护只有一百年历史的东西，甚至连明清时代的古城也很舍得用推土机推平，偶尔留一两个院子算是文物保护。也许对于5 000年的中国来说，明清太近了，但是中国又哪里去找明清以前的建筑呢？我们还有任何秦、汉、唐、宋的宫殿和民居留存吗？如果不保护明清时代留下来的各种文化遗产，又拿什么来和我们的古老相连呢？

我从小长大的城市北京，那里现在一点都不像我的家乡。没有我以前走过的街道，没有我曾经迷路的小胡同。我们跳房子的大方砖地早已被翻新过，童年的儿童游戏场没有了，奶奶家的红漆大门也没有了，姥姥家种满鲜花的小院没有了——该拆的、不该拆的都拆过一遍了。

第五章
悉尼：明星的
幕后故事

和悉尼相比北京太年轻了。一切都是新的，新鲜的建筑材料中反着明艳的光芒，而悉尼，有30年历史的歌剧院已经染上岁月的牙黄，但是除了清洗，悉尼人并没给它刷上一层雪白的新涂料，朴素的白色屋顶上考究的对缝依稀可见。它静静地矗立着，感受岁月带来的细微又深沉的变化。

大教堂和滑板少年

在悉尼旅行期间我们意外地注意到这里的教堂。本来一座欧洲风格的城市，有一些哥特式的教堂看上去很自然，自然到很可能被旅游者忽视。只是我们每次走过一座教堂，导游都会很自然地说："这是圣玛丽教堂，本地最大的教堂。"于是我们终于有一次很自然地说："那我们进去看看吧！"

教堂的内部比从外部看还要宏伟，尖形的拱顶高耸入天际，祷告的大厅因为太宽阔，远处显得光线黑暗，有些幽深。圣坛的背后有个小的祷告厅，大概在举行领圣餐之类的仪式，教堂里很安静，身着白袍的神父轻微的祷告声显得非常洪亮。参加仪式的大都是些老年人，态度虔敬，步履蹒跚。到此为止，我以为宗教向西方人的文化一样正在老去，在一些老年人中间静静地沿袭，并将随着他们衰老并走向死亡。

我因为不是教徒，担心自己过于接近宗教活动，既是对宗教活动的不尊敬，也是对自己信仰的不尊敬，就退回到大厅里。事实上，那些善良的老人还真的邀请我过去领圣餐，我连忙谢绝了。

在大厅里，一个神异的画面出现了，一个年轻的教士披着黑色的考究的长袍穿过大厅，到侧面的一个小房间去。他举止端庄，神态平静，平和地向一个熟人点头微笑。他竟然是个青年人！我想，他看上去不过只有二十多岁，却有几分少年老成的味道。

不一会儿，一个青年走进大厅，他的样子就是一个青年的上班族，他走到耶稣的圣像前，单膝跪下行礼，似乎是朝忏悔室走去了。一会儿，另一个青年，同样走到大厅中间的甬道上，单膝跪下行礼，然后走过去，这个青年看上去有点儿嬉皮味道，但是在耶稣的圣像面前动作却恭敬而严谨。

大厅的侧面靠后的地方，我们看到一个雕塑，一个衣衫褴褛的士兵，怀里搂着一支枪，静静地躺卧着，好像暂时离开战火纷飞，获得了片刻的宁静，酣然入梦了，又好像已经牺牲了，长眠在圣像的脚下。此时我才理解，教堂并不是老年人的世界，那些在外面生龙活虎的青年，也需要一个地方，让他们心灵安宁，态度神圣起来。

走出教堂，天色已经暗了，一个滑板少年"唰"的从我身边飞过。我一愣，忽然发现许多滑板少年在教堂前的广场上玩滑板，我忽然笑了。刚才那几分钟，我差点忘记了澳大利亚的青少年是那样纵情欢乐的人。虽然就在教堂的一墙之外，却没有人认为玩滑板会亵渎圣灵，而这些滑板少年，如果踏进教堂也会立即虔诚和恭敬起来，不是装出来的，是内心的恭敬流露出来。这就是宗教这个连接人与神的世界的力量在悉尼这个繁华的现代城市存在的方式。

第五章
悉尼：明星的
幕后故事

晨雾中的猎人谷

虽然刚刚到悉尼时有点儿兴奋，但是在城市里停留了几天又开始想念乡村，刚好就到了去猎人谷的时间。猎人谷是悉尼郊外一个很著名的旅游地，和澳大利亚很多地方的郊外山谷一样出产美酒和迷人的风光。

外出旅行虽然很辛苦，但是我依然喜欢早起，尤其在自然风光绮丽的地方，这件事情非常重要。清晨六点钟，我已经睡不着了，拉开窗帘站在阳台上。已是悉尼的深秋，太阳还没有出来，桉树撑起巨大的枝桠立在阳台外面。天还黑着，头顶有云，天边一条黄色的光亮带透过桉树的剪影。

我昨天打听过，这里六点半天亮，日出还早，远处灰色的山谷里有淡淡的薄雾。我下楼去烧一壶开水。沏好一杯红茶，我回到阳台上。依然是桉树巨大的剪影，只不过稍微清楚了一点儿，灰的远山开始有了淡淡绿色，早晨的风景一般，我开始嘲笑自己自作多情。

但就在这个时候，云的底边忽然开始变红，越来越红，一层一层卷在云下面翻起的边上。我的阳台正好对着日出的方向，浓郁的火红色就这样扑面而来。桉树巨大的枝丫成为前景，后面是云层，下面是一望无际的风景，正好是一幅枫丹白露时代的油画。松鸡发出一连串敲击木鱼一样的声音。

我拉开房门，走到外面。度假村狭窄的小路边，是金

猎人谷花园

红色的桉树。深秋，桉树虽然没有落叶，茂盛而苍老。红色的阳光照在上面，原本灰绿色的树叶被染红了，阳光越来越高的温度又给它越来越多的金色。我好像走在金红色的世界里，树是红的，路面是红的，湖水也是红的。

大约半个小时，金红色退去后，光线变得简单，天气也稍微暖和了一点，我往宾馆的高尔夫球场走。一个刚睡醒的同事站在阳台上叫住我，问我这么早起来干什么？我说随便看看。他说，还没日出呢，没意思。我知道他已经错过了，但是怎么向他形容那种金红呢？除非他亲眼见过。

走过球场的两个小山包，山下的树林边忽然发现许多袋鼠，都静静地站着，竖着耳朵看着我。他们一定是紧张了，我站了一会儿，没再往前走，袋鼠们放松下来，又低头吃草。到澳大利亚这么长时间也见过许多袋鼠了，但是这样大群的野生袋鼠我还是第一见到。袋鼠是夜行性动物，不可能成群结队地出现在白天。只有天黑以后和现在这样早的清晨，袋鼠们站在有露水的青草里，成群的从容地吃草。山丘的颜色已经鲜明，鲜嫩的绿色、衰草的金黄，黑色、白色的树干还有灰色成群的袋鼠。

清晨的一个小时以内能够看到比一整天都多的美景。

一百年以后的花园

　　我不喜欢人工花园，更不喜欢人工的展示花园，一个花园这里弄个意大利园、那里弄个日本园、一会又弄个中国园、又做一个法国园，最后哪里都不像。这就是我初到猎人谷花园的感觉。

　　我说我喜欢一种风格的园林就把它做透。有个摄影师说，他们做不透，他们就是澳大利亚，他们的文化都是从别人那里拿来的，要东拿一点、西拿一点，很多年之后才能形成自己的文化。

　　我们跟着队伍一起往前走。导游告诉我们，这里的主人曾经拥有一个澳大利亚知名的化妆品公司，退休以后，买下这块土地经营了这个花园。我一路走着，觉得这个花园太新了，树木不高大，站在风中，显得弱，树与树之间很干净，没有任何联络：没有蜘蛛网或寄生植物，甚至树下的红土都裸露着。我喜欢园林，中国传统园林那样清幽肃静，陈年的雨水浸湿着墙壁。我喜欢欧洲古典园林，植物茂盛，形成浓密的绿色，寄生植物在园林深处层层覆盖，相互沾粘，在微风中摇曳生姿。虽然是园林却好像有仙女居住。

　　带我们参观的管理人员是一位精神抖擞的老太太，在一处露台上，她指着下方的一个树丛告诉我们，这些树能长得很高，一百年以后，这些树能长得那么那么高，她用手高高地指着天空。摄影师忽然把老太太拉到露台的一角，让她和那些树合影，并且说："一百年以后，我还来这里旅游，你来给我做向导，我们看着一百年后这些树什么样了。"

我开始以为他在嘲笑这个老太太，老太太那么老了，怎么会一百年后还站在那里呢？但是他很认真地说，这个花园很值得拍摄，一百年以后，这个花园已经大树参天，绿色层层叠叠了。你现在觉得这个花园不太好玩，但是一百年后，这个花园肯定还在，山坡上这个有露台的房子肯定还在。到时候人们再看到我们今天的照片，今天的人穿着今天的服装会觉得很有意思。

在一处儿童园，我们停下脚步，被它吸引，那些精彩的，正在跑、正在跳、正在游戏、正在劳动和正在睡觉的孩子们都来自西方古老的童话。每个孩子都比真人还大一点儿，生动可爱。主人一定是个很爱孩子的人，也是一个热爱童话的人。

我忽然明白，这就是猎人谷花园的价值，它的主人很老了才开始经营这个花园，这个花园会随着时间的推移越来越美丽，而当它成为世界著名的园林的时候，主人一定已经不在了。但是他们的女儿现在就住在山坡上的房子里，将来他们的孙女住进来时，那房子已经是一座包围在童话里的小屋。这是一个从开始经营时起就想着子孙后代的花园。等那些树木长得像他们形容的那样高时，澳大利亚一定已经有自己独特的文化了。

又想到我们自己，我们的文明很久了，但是如果我们今天只是拆掉古老的建筑，又没有人经营一个留给一百年后的花园，一百年后，我们还有独特的文化吗？

猎人谷花园里有一座教堂，是专门为来这里举办婚礼的新婚夫妇预备的，教堂的造型非常简练，长条椅的线条也比我们前面去过的那些古老教堂柔和很多，一改昏暗的蜡烛微明的神秘色调，内部色彩洁白明朗。教堂正面的巨大彩色玻璃窗采用传统的造型，但是非常大，花纹很简练，只用彩色勾勒一个边，耶稣受难的十字架用金黄色玻璃镶在当中，其他部分都是透明的，阳光和风景从透明的部分进入教堂。两大束洁白的百合花陈列在两侧，整个教堂的气氛浪漫清新。我想当新婚夫妇对着神坛宣誓的时候，看着窗外的风景，就会对未来充满美好的向往。婚礼后，新人和父母亲朋一起走过有许多孩子的童话园林，走向那个很经典的童话结尾：公主和王子从此过上了幸福的生活。

这就是猎人谷花园，经营未来的花园。

第五章
悉尼：明星的
幕后故事

迷路5分钟

　　出门旅行，迷路是最重要的经历之一，要是你一路都听从导游的话，跟在他后面东走西走，去哪里都有司机把车开着，你从来不需要认识路，那么你的旅游至少打了一多半的折扣。

　　我第一次迷路是在南澳阿得莱德北部的一个山谷里。那天我们散开队，到镇上走一会儿。因为留恋路边的美景，我离开了主公路，从草地中的小路穿过。草地绿茸茸的，一条小河藏在草地低处的树丛里，我沿着山坡下去，惊起一只苍鹭。那种灰色的鸟在水边站立时，就伸直细长的脖子，加上细长的腿，整个造型纤细苗条，拍打着翅膀起飞以后，就把头扬到后背上，完全看到不到脖子，翅膀展开，舒展又矫健。

　　穿过一个路口，看到一个小小的牧场，所有的羊都警惕地看着我，显然不欢迎我这个陌生人。我却举起相机给它们拍照。人养的动物到底不是野生的，这些羊比袋鼠紧张得多，一直盯着我。我笑了笑，不理他们了，转身穿过公路的一条岔路，看见两个穿花格呢裙子的中学生在浓绿的风景里，走过前面的小石桥。

　　过了桥，我坐在高坡上的一处秋千上等着我的车，这时，已经离开我们散队的小镇很远了。等了很久不见车子，也不见人。我只好返回路边，路边有许多工人，一位当地人正在收拾自己的花园。我有点儿紧张了，向

太阳公园

他问路，我告诉他我们吃午饭的地方有一座很小的石桥。他热情得有点儿兴奋，给我东指西指，可是他的英语乡音太重了，加上我自己紧张，怎么也听不明白，这时候，我们的车来了。

在猎人谷风景如画的地方，我再一次迷路。我沿着小路离开葡萄酒庄园中心的房屋和酒窖，去往葡萄园。六月份，已经是澳大利亚的初冬了，葡萄已经收获完毕，葡萄藤的叶子也落了，一些工人正拿着大剪子给葡萄藤剪枝。他们站在半人多高的葡萄藤中间，双手分别握住大剪子的两个柄，"咔嚓""咔嚓"地打掉多余的枝丫。看上去在这样风景如画的地方，做这样轻松的工作真惬意。我向一个人请求，要试试他的大剪子，他微笑着把剪子交给我，然后指给我要剪的枝，我也学着他们的样子"咔嚓"一下，居然没有剪断，狠狠地用了一下力才剪断，我又照着他的指引剪了几下，虽然都剪断了，但是无论如何也不能像其他人那样发出有节奏的"咔嚓"声。递给我剪刀的人

239

笑了，说："看上去很容易是吧？"我点点头把剪子还给他。我想，当我们看到别人很熟练地工作时，很自然地会觉得他们的工作很容易，但实际并不是那样，他们只是因为熟练才让别人看上去轻松的。

小路蜿蜒，我沿着桉树丛走下山坡，走过另一片房子，忽然看见庄园的大门，外面有一个湖，很多鸟儿在水面上飞翔。周围很静，没有采访小组里各部门的喧闹，没有接待人员苦口婆心的讲解，猎人谷就这样静静地站在阳光之下。

不远的地方，两个中国游客站在一个汽车站旁，大包小包的酒和纪念品放在他们脚边。我们那些出门很少、骨子里还崇洋媚外的同胞，他们的眼睛里乃至整个形体里都缺少一点儿自信和享受生活的精神。我看到他们东张西望的样子，就知道他们是中国人。

我现在迷路了，穿过一个山谷里的小镇的社区中心，当地人买了东西刚从超市出来，带着孩子在儿童乐园玩耍，几个家庭在草地上野餐，美丽的风景、清新的空气、浪漫的葡萄园，对他们来说就是生活的一部分。和其他地方一样，澳大利亚乡村的人看上去更阳光更健康。一只小狗对我很有意见，朝着我汪汪叫，他的主人连忙一边喝它一边说："它不会咬的，它不会咬。"我朝远方的桉树林走，我只记得我下车的地方有桉树林和葡萄园，但这里到处都有。

终于回到车边时有点儿晚了，但我迷路这一会儿看到不只是更多的风景，还有更多人，不一样的人，当你直接面对他们的时候，那种感觉是职业化的接待人员不会给你的。

出门在外，你需要迷一两次路，但不要走得太远，不要真的找不到伙伴找不到回家的路。只要5分钟就够了。

第六章
堪培拉：首都的精神

澳大利亚的首都堪培拉是个很小的小城市，初到堪培拉，觉得这里有点惨淡，宁静地街道上秋风萧瑟、落叶金黄，偶尔有行人匆匆走过，豪华轿车缓缓地从停车区开出来，缓缓地沿街而行。

堪培拉现在有32万人口，比我们去过的爱丽斯泉已经大很多了。但是这个城市中仍然很少有商业、几乎没有工业，城市的补给主要依靠运输。这里最多的就是纪念馆、展览馆。它们负责向人们展示澳大利亚成为一个国家的过程，并且推广澳大利亚理念。

望不见
北斗的日子

悉尼和墨尔本的会面

　　澳大利亚在1901年正式脱离英国独立时首都定在墨尔本。但是，澳大利亚另一个重要的城市悉尼也很想成为首都，经过激烈的争论人们选择了一个新的首都——堪培拉。堪培拉是当地的土语，意思是会面的地方。堪培拉的位置恰好在墨尔本和悉尼之间，城市中最早的建筑物是两栋相对的小楼，一栋楼代表墨尔本，另一栋代表悉尼，都是维多利亚时代的建筑形式。乳白色的建筑，一层是简朴的拱廊，二层是拱形的门窗。现在这两栋小楼都是商店了，但依然保持着刚建时的外观，可以想象当荒原上只有这两座小楼和一条小街的时候，这里既像一个牛仔小镇，又肃穆而宁静。

第六章
堪培拉：首都
的精神

　　从黑山上的电信发射塔俯瞰堪培拉，这座城市真的非常小，静静地坐落在群山中，沿着电信塔外中间的观光厅转一圈就相当于看了整个城市的地图。

　　堪培拉建于1913年，和很多西方国家的新城市一样，从建立的那天起已经做好了规划，是以首都山为顶端的大三角形。国会位于首都山上，三角形的顶端；三角形的扇面中包括国家的各种办公机构，博物馆、图书馆、展览馆；居民区和商业区都在外围。

　　百年规划并不是刻板的，从陈列馆的图片上看，今天的建筑物风格和当年草图上那些英国古典式建筑已经大相径庭。但是建筑物的位置，功能并没有被随意改变。新建的楼房风格和颜色都需要经过市政批准。不过堪培拉经典的老式建筑很少，大部分建筑都很朴实地采用建造时流行的风格。

望不见
北斗的日子

奥林匹克，现代世界的全球文化

　　堪培拉有一个大型的国家体育中心，一个正在这里进行游泳训练的小伙子带我们参观。我很快发现这个体育中心是和国内最相似的地方。一样的现代化构架结构、一样的田径场、游泳馆、一样规格的各类球场，一样的体操训练馆和一样的器材。那些正在翻跟头的小姑娘也和国内一样——每天大部分时间训练，少部分时间上课。练习排球的人都身材高大，但练习篮球的才是巨人。

　　我们旅行这段时间以来，已经习惯每到一地都有惊喜，看到这里独特的文化和风景，但是走到这忽然感觉很怪异，这么独特的国家居然有一个没有任何新奇的地方。旋即，我明白这就是奥林匹克，奥林匹克标准的竞技体育、设施和训练方法已经被世界各国普遍接受和追求，成为现代世界的通行文化。

第六章
堪培拉：首都
的精神

　　陪我们参观的小伙子现在靠奖学金在美国一所大学读书，现在是假期，他回到这里接受训练，并且充当导游赚一点儿钱。和我们不同的是，他们的运动员更加自由一点，依然可以选择上学和训练的时间。参观游泳馆时，他的队友向他挥手打招呼。他说他正在努力，希望有机会参加2008年在北京举行的奥运会。澳大利亚人在奥运泳池中的表现是非常出色的，我们都明白，他能说出这句话就很有前途。但是他的态度并不是那种拼命死磕的感觉，可以相信他很努力，但是他说还要看到时的情况。这是西方人对体育的态度，除了体育，他们的生活中还有别的事，如果努力了能够成功那是最好的，但毕竟每个项目的奥林匹克冠军只有一个。

我们在参观的那天晚上，正好有一个国内来的青年篮球队来这里比赛，我们知道了消息却没有去看比赛。后来，我们在机场遇到他们，他们正准备回国，输了球，看上去没精打采的。当时，我们仅仅觉得工作很辛苦，晚上就没有去看比赛，想到堪培拉不像悉尼、墨尔本，没有那么多本地华人可以给他们加油，一直觉得心中有愧。

望不见
北斗的日子

国会大厦，民主不是代表大多数的

第一次接触到澳大利亚的民主制度是在爱丽斯泉，那里正在选举镇长。在一条幽静的小街上，忽然出现了许多人，他们将很多桌子摆成长条，人们穿着色彩鲜艳的衣服，举着和衣服同样鲜艳的旗子，散发同样颜色的传单。色彩一共几种，绿色、橙黄色、粉红色、深蓝色……每种颜色代表一位候选人。

我们出于好奇走过去看看，他们立即问我们支持谁，我们都说不上来。有一个人和我们说让我们不要支持他们的一个反对派，因为那个人的主张是开发这个小镇，那样他们宁静的生活就要被打破，他们不愿意这样。

第六章
堪培拉：首都
的精神

第二次撞见"民主"是在阿得莱德的最后一天。在前一天晚上，我们宾馆楼下的广场上，搭了很多棚子，有人告诉我们，明天这里有个慈善活动，可能要实行一些交通管制。我并没意识到，有人要游行。

第二天回宾馆的路上，我遇到一支游行队伍。走在前面的人都穿着棕色的布长裙或长裤，举着边缘撕破了的绿色手绢，乐手们敲击着皮鼓，和唱土著音乐，有些女孩子在旁边跳吉卜赛风格的舞，每个人看上去都兴高采烈。只有一位警察神情严肃，骑着一辆摩托车挡在路中间，保护游行队伍不被车撞到。他们在为塔斯马尼亚岛的森林游行。

我知道塔斯马尼亚是从一本杂志上，那个岛的位置比

国会大厦

袋鼠岛还要靠南，面积是袋鼠岛的几十倍。那里被旅游者描绘成一处天堂。我没有想到塔斯马尼亚的森林也能受到威胁。

在广场上，一个为这次活动工作的小伙子给我看了一些资料。原来那里的伐木场一直在出口小木片。我看得浑身的汗毛都竖起来了，澳大利亚竟也有这么不环保的行为。那些巨大的几个人才能合抱的硬木被伐倒粉碎成小木片，出口去造纸或做其他用途。如果他们是出口原木，说不定我还平衡一点儿，把这么好的森林粉碎成小木片，对于自然资源匮乏的中国人来说，这简直就是开国际玩笑，再丰富的森林资源也不能这么糟蹋。看起来世界各地的商人也都是一样的，唯利是图。

那个嬉皮士打扮的小伙子一直在指着自己的头说这让他发疯。虽然是让他发疯的事情，整个宣传活动看着并不严肃也不沉重更不是剑拔弩张，完全没有，但是大家很认真，载歌载舞之中，更多的人知道了塔斯马尼亚美丽的森林，也有更多人看到小木片堆积如山的图片。这些环保主义者要做的并不是让工厂明天就关闭，甚至没有要求工厂做出什么答复，他们只是用这种方法让更多的人知道这件事，他们已经去过许多城市进行类似的宣传，并且相信这世界总有一天会变。

澳大利亚是个民主国家，但是我们在澳大利亚旅行却一直觉得这里规矩很多。因为旅游风景区多为土著文化和自然环境的保育地区，所以遇到的保护土著文化、保护自然环境的规矩尤其多，多到令人感觉繁琐。但澳大利亚人很守规矩，对于各种禁止条例都看得很重。

我们在国会大厦参观，这里也有很多规矩，和进入人民大会堂一样要经过复杂的安检，三脚架要开包检查，连小小的瑞士军刀都不能带。

讲解员是一位年龄很大的妇女，说话很和蔼，又有板有眼。我们跟着讲解员一路走，她向我们介绍国会的建筑理念，带我们参观参众两院的会议厅。

进入会议厅之前，她指着一段向上的楼梯说，议会开会的时候，每个人都可以进来旁听，但必须保持安静。这段楼梯是特地为了孩子们准备的，全国各地的小学生都可以参观，但是因为孩子们不懂保持安静，所以他们必须到顶层的玻璃后面，而不是大厅里的观众席。

我来到观众席，从上面可以看到议员们的座位，每个座位都是固定的。我们过去总以为民主是代表大多数的，但其实并不完全是这样，议会里除了主要的党派之外，还有一些小党派的议席，他们取得议席的价值在于：对每个议案表决前可以发表简短的演讲，将自己所代表的立场、观点讲出来，以此对表决产生影响。民主真正保护的是每个人的、每个团体的权益，而不是少数人对多数人的服从。

我们参观的位置是不能拍照的。记者席在议长席背后，面对议员的位置上。他们那里可以拍照，但是也有相应的限制。

讲解员讲给我们一个故事：有一次要表决通过一个有关原住民的法案，一些原住民前来表示抗议，他们也坐在观众席上，正对着议长的位置，和记者们面对面。议会的工作人员已经告诫过记者，在原住民抗议的时候，不准拍照。讲解员笑着说："你们知道摄影师是什么？"所以当原住民站起来，背对议长站成一排的时候，记者们拍了照，并且发表在报纸上。议会的工作人员只好请违规的记者们一段时间之内不要再到议会来。

另一个故事是：胡锦涛主席访问澳大利亚的时候，在议会演讲。一位绿党的议员受抗议者委托，在他讲话时大声喊叫。这位议员立刻被轰出去，被带到楼上的玻璃墙后面小学生待的地方。

国内很多人向往民主，对民主有一种阿Q式的热情，"要什么有什么，想谁是谁。"事实上，民主社会有很多规矩。国内许多激烈地向往民主的人和简单地反对民主的人，对这些规矩其实都还知之甚少。

老太太带我们参观期间一直态度严肃又娓娓道来，脸上挂着女教师式的微笑，不断提醒违规拍照的摄影师："年轻人，请等一等。"参观结束，她送我们到门口，脖子下面突然多了一条花格围巾，几个围着同样围巾的同事兴高采烈地和她打招呼，她的笑容也热情起来，轻松地挥着手臂。她向我们解释说，现在她下班了，一会儿就要去看球赛，今晚有她支持的队比赛。原来她的围巾是某个队球迷的标志，她一会儿要大喊大叫，给自己的球队加油呢！

展示敌国武器的战争纪念馆

　　澳大利亚的历史很短，他们参加过的战争很少，但是一路走过来，每个城市都有战争纪念物，纪念碑或纪念馆。和南澳的阿得莱德市一样，堪培拉也有澳纽军团大道。澳纽军团就是澳大利亚和新西兰共同组建的军团，他们作为一支军事力量参加过世界大战。

　　我起初以为澳大利亚人很自恋，才打过几次仗？有几个英雄啊？哪里都在纪念。走过这么多地方我渐渐了解到，澳大利亚一直以来都觉得自己的军事压力很大。它地广人稀，居民以欧洲移民为主体，而它的北方邻近的地方就是人口稠密的东南亚、南亚地区，一旦发生敌对情况，澳大利亚的军事实力可能难以应付。

　　在堪培拉，澳纽军团大道正对着湖对岸的国会山，另一端是战争纪念馆。

　　纪念馆的一楼是烈士们的纪念地。墙壁上密密麻麻地刻满了阵亡将士的名字。讲解员特地指给我们看，阵亡名单是按照战争名称、军团番号、名字的字母顺序排列的，而不分军阶。因为他们认为，人死了，亡灵是平等的，每个人的生命价值都是一样的。同行的一位同事得知名单中军阶最高的是一位将军，一定要找那个人的名字。我个人感觉实在没必要。讲解员找了好久，在一个角落里找到了他的名字，那确实只是一个名字。

　　在所有的战争中，对士兵而言最重要的是为谁而战的问题，一个国家如此隆重地纪念战死的人，无论他当时是将军还是士兵，是英雄还是胆小鬼，他牺牲了，失去了生命。下一次有战争发生时，士兵在战场上冲锋时至少知道，这个国家值得他拼命。无论多么和平的国家，都不能保证将来不会有战争发生。

我看到有一场在中国发生的战争，1900年，有六个名字。我还没听说过八国联军里还有澳大利亚，不过确实，澳大利亚是1901年独立的。我问了一下讲解员，他连忙解释说，他们是去帮忙的，死于事故和疾病，那是澳大利亚第一次派兵参加战争。英雄在世各为其主，作为一个国家，澳大利亚纪念他们是应该的。

纪念馆里还有后来朝鲜战争、越南战争、海湾战争，还有最近的伊拉克战争的纪念展览。伊拉克战争部分前言里明确写着：尽管人们对为什么参加这次战争有争议，但是我们仍要纪念参加了这次战争并为之付出生命的士兵们。战争的正义与否是国家的事情，可以讨论，可以交给历史评价，但是参加战斗的人都是值得纪念的，这就是澳大利亚，这个缺少士兵的国家对士兵的态度。

战争纪念馆的楼下是武器展览馆，展示各国的各种武器，飞机、潜艇、坦克。和我们的军事博物馆很像，但是有很大不同。他们不仅展览同盟国的武器，也展览日本和德国的飞机和坦克。我们都知道"二战"初期德国和日本明显在武器上优于同盟国，虽然同盟国最终获得了战争的胜利，但是那些先进武器给同盟国造成的严重损害已经是无法改变的事实。

我站在一架巨大的英国轰炸机面前，这架飞机曾在二战期间轰炸过德国和意大利。我虽然看过很多图片资料，但是当我面对这架深沉的，宏伟而精密的飞机，我还是被深深地震撼了。我忽然明白展示敌对国家武器的价值。如果你知道那些对自己有敌意的国家，或者今天很友好，很难说哪一天成为敌人的国家，在那样早之前就有如此先进的武器，每个人都会对国家的军事安全提高警惕。相比之下，我们的军事展览馆，展示太多的军事成果，参观者看过之后难免会有点沾沾自喜的感觉，对提高国防警惕性意思就不大了。

战争纪念馆

森林大火，生命的轮回

这两天我们的摄影师有点儿郁闷，堪培拉很小，很冷清，连日的阴雨让整个城市惨淡无光，城市的周围本来应该是绿油油的山林，但现在却黑乎乎的，有些地方干脆秃了。一月份堪培拉曾着过一场大火，大面积的山林烧成炭黑色。火灾威胁了堪培拉市的安全，建市以来，这个城市头一次进入了紧急状态。幸好大火靠近时风向转了，火被吹向已经烧过的方向，由于过火的森林已经化为灰烬没有了燃料，大火才渐渐熄灭。

也许因为看了太多澳大利亚美丽的山林，也许因为看到过火后的秃山，心里急，摄影师突然对我国二十年前"植树造林"运动大加赞赏。我打击了他，因为我在国内听到过一句很经典的话：我们搞了二十年绿化，终于把草原绿化成了沙漠。

我过去看过一段反映国家公园如何对待本地植物和外来植物的资料片，讲的是新西兰的一个国家公园。那里和堪培拉有些相像，也是国家公园外围是一个松树林场。由于松树的种子会被鸟、风带到山的高处，并且落地生根，国家公园的工作人员坐着直升飞机在天空中巡视，发现有小树苗，立刻下飞机拔掉，甚至不惜冒着生命危险攀爬陡峭的山崖。那片山地原来只生长苔藓、地衣类植物和本地矮小的野草。他们说如果不这样做，几年后，这里将变成茂密的松树林，他们认为当矮草和苔藓变成茂密的松林时本地的生态环境也将被彻底摧毁。所以我相信和新西兰有类似环境理念的澳大利亚，不可能认同"植树造林"的想法。

打碎一个人青年时代的革命理想，多少有点儿残酷，但是当我告诉他许多地方人为的飞播种树种草养育了过多的松鼠、田鼠、金花鼠导致严重的鼠害，进一步破坏了现有的草原；提水浇灌人工种植的森林和草场，导致河流改道、湿地干涸，原本由湿地和河流养育的土地严重盐碱化、沙漠化，他准备回国之后扩大一下自己的信息量再和我叫板。这事我不反对，希望他能在更多了解自然生态知识后，不再倔强地抱着改造自然，人定胜天的想法。

我们参观首都附近的一处国家公园。车出市区，两边全是过火的松树林，很明显是人工林。有些地方被烧毁的树木已经被清理出去了，留下光秃的山头，也有些地方黑黢黢的树干还整排、整片地戳在那，而有些清理过的山头上已经种上了半米高的嫩绿的树苗。摄影师很自然地认为这些松树是为了补救火灾造成的荒山而种植的，我想很多中国人看了都会这么想，但是曹先生证实林场在火灾之前早已存在了。这里曾经是天然的桉树林，后来伐倒了，改成林场，是当地人的一种投资，每个人投资一小片土地，种植松树，成材后伐倒，谁的树木谁获得收益，遇到火灾，谁家的烧毁了也只好各安天命。

松树林渐渐退却之后，两边变成了桉树林，地域即由林场转为国家公园。袋鼠成群结队地出现在路边。凄风冷雨中，巨大的黑色树干凌乱地横卧在山坡上。尚未烧死的树木被六个月内新生的树叶包裹着，在风中发抖。国家公园里一片萧条。

我们在Tidbinbilla自然保护区办公室附近下了车。保

第六章
堪培拉：首都
的精神

255

护区工作人员热情的阳光的笑脸驱走了一些寒意，他递给了我们一份宣传资料，竟然不是宣传防火的，而是宣传火的。封面上用英文印着：火，一种自然现象，生命的循环。

我已经在北领地学到了一些关于森林大火的常识，那里的国家公园接受了当地原住民的传统，每年烧掉十分之一的草木，每十年一个轮回。据说在他们接受原住民的传统之前，一次连年干旱以后，北领地曾经发生了一次严重的火灾，一半以上的植物被火烧毁了。那里的工作人员还告诉我们，北领地有一种植物，要受到火烤和烟熏之后才能开花结子，长出新的植物。

在Tidbinbilla自然保护区，我们听到类似的讲解："森林大火是一种自然现象，本地的动植物都已经习惯了这种自然现象，虽然有些会死去，但是有些会禁受住烈火的考验活下来。草木的灰烬肥沃了土地，新的植物在此生长。对它不习惯的是我们人类，是我们新建的首都堪培拉。"没有任何资料把森林大火当作自然灾害来介绍，也没有任何关于财产损失、救灾力量投入方面的报道。

唯一出现在宣传资料上的人为救助行动是为了本地区最后一只幸存的野生考拉。小家伙虽然又可爱又可怜，身上的烧伤还需做手术，但是在救助行动中，工作人员仍然把它当成野生动物对待，没有对它进行驯化。不仅禁止抚摩，只要考拉自己能嚼桉树叶，他们就尽量不人工喂食。这就是澳大利亚人对待自然的态度——顺其自然。

在参观的路上，国家公园的管理员很热情地给我们讲解植物再生的情况。对于被火烧过的地方，他们的主要工作是清理那些烧倒了正在腐败的树木，以防止病害在树木间传播，已经烧秃的地方，他们是不补种树苗的。他指着那些树干漆黑外层却被新叶包着的树木说：这些树看上去似乎已经烧死了，但是不用太久，树干缝隙里已经长出大丛的树叶，而现在离火灾只有六个月。

我特地问了松树林场的问题，工作人员摇着头说：松树不是野生植物，而是外来植物。对他们来说松树林只是生产木材的工厂，是环境对经济做出的妥协。

"植树造林"可能确实曾经是很多人的梦想，但是就这个"造"字而言，它并不符合环保的要求。我们应该更多地理解是沙漠就不是种草的地方，是草原就不是种树的地方，是森林就不需要人工浇水，生态系统是自我更新的。当然沙尘暴并不都是植树闹的，也不是所有的植树造林都做得不对。但是优秀的自然环境需要的是自然的养护，而不是人为的改造，这是我们在澳大利亚这个高度重视环保，并且有丰富的科学实践的国家里看到的。

第六章
堪培拉：首都
的精神

天体浴场，这是一种信仰

　　我们去往自然保护区的路上，路过一条河，曹先生告诉我们，这条河往下走有几个天体浴场，当然现在是冬天，所以没有人。车上的人立刻很兴奋地议论了一阵。在西澳阳光灿烂的海滩上，我们就听说这里有天体浴场，那时就有很多人嚷嚷着要去，西澳当时的气温虽然有点儿冷，但是海水浴还勉强可以。不过直到现在，同行的一干人等，新来的和已经走了的还是没有一个去过。但每次提到都会很热烈地议论一番。

　　我们从中国来，像天体浴场这样的事情总是可以激发起很强烈的好奇心和破戒式的兴奋。有意思的是，我在这边发现老外提到天体浴场，也会大叫，但不是想去，也不是好奇。实际上，每次有人开玩笑说要去天体浴场时，外籍司机和导游都是立刻表示不包括他，一路走下来，居然没有碰到一个热情地想带我们去的。可见老外对这些事情也不是人人都接受的。

　　在西澳，有一天，我忽然对为什么会有天体浴场有一点儿理解。那一天，我们去尖峰石阵的路上路过一片海滩。那天的阳光特别好，天空和海水都是那种纯净得艳丽的蓝色。阳光下湛蓝的海水透出翡翠一样的绿色，两只海豚在接近岸边的地方慢悠悠地一起一伏。海鸥静静地站在白沙滩上，偶尔展开翅膀，盘旋一圈，或落在水上随着海浪任意起伏。忽然海鸥们有点儿兴奋，大群地飞起来，其中一只，向上拍打着翅膀，把身体直直地拉起来，扎扎着两只鲜红的脚，像垂直起降的飞机，然后一头扎进水里，继而再次拉起，几次之后，它的嘴里叼着一条闪闪发亮的小鱼。

那天事先没有说到去海滩，所以谁也没带游泳衣，真的觉得挺遗憾的。一个男孩突然大喊："咱们大家天体吧，这里的海滩多好啊！"看到不少人脸上露出的龌龊偷笑的表情，他说："你们怎么都这样啊？这个地方多好啊！这么干净！这是多自然的事呀！"有一个瞬间，我真的很同意他的话，这里沙滩雪白，海风迎面吹过来，蓝得晃眼的海面上，点缀着几道雪白的浪痕，海浪一浪一浪打在脚下，退后几步，就是足以作高尔夫球场用的碧绿的草坪。海鸥在靠近岸边的海面上打着旋捕鱼，两头海豚就在离海岸不足二十米的地方，不慌不忙地游弋。两个夹着滑浪板的青年沿着海滩寻找适合滑浪的地方。在如此纯净的自然环境里，人如果回归本色融入自然环境之中，那是再正常不过的事情。

第六章
堪培拉：首都
的精神

但是周围的人都不怀好意地笑了，除了刚才喊着要天体的那个男孩子眼睛里有一点儿神往之外，另有两个小伙子明显满脑子工作，想着拍摄和节目构思，态度比较中立，其他几个人的目光有害羞的，有色眯眯的。导游也连忙解释说这里不是天体浴场，按规定不允许在天体浴场以外的地方那样做，而且摄影器材被严格禁止。这个小插曲就此作罢。

后来我们在昆士兰小城凯恩斯，看到路边的沙滩上，露天的游泳池边，纯净的海水和清洁的游泳池水漫过岸边，在游泳池边小憩的人们自然地解掉衣服，袒露着身体，无拘无束地趴在或躺在阳光下。没有任何人有暴露的快感或者偷窥的兴奋。我发现，天体其实是一种信仰，是对自然本性的信仰，需要能够以处子之心面对纯洁的大自然的人在一起才能够做这件事。

现在车上又在讨论天体浴场，我一句话也不想说。对那些在海滩上和山林中享受阳光，和大自然尽情地融合的人来说，跟满怀偷窥欲望的人一起去天体浴场就像与一个满怀好奇心毫无敬意的异教徒一起进教堂一样不舒服。可能这也是那些老外司机都不肯带着我们这些人去天体浴场的另一个原因。

望不见
北斗的日子

260

永恒的人类情感

　　澳大利亚有很多小型展览馆。在西澳，我们去过航海博物馆。里面展览从海盗时代、拓荒时代起人们使用过的各种帆船。从很小的帆船到退役的潜水艇，应有尽有，那些静立或者悬空的大小船舶，叙述着早期的移民史，也讲述捕鱼业和体育运动，它告诉人们西澳和大海的关系是多么密切。

　　在南澳，国家葡萄酒中心展览各种葡萄、各种酒具、各种各样装酒的瓶子，开启酒瓶用的启子，不同葡萄产区的不同泥土，甚至各种各样的软木塞。它使我们了解葡萄酒业是个多么复杂和考究的行业。

　　在北领地，因为地广人稀，有一种独特的医疗方式，叫作"飞行医生"，也有一个小博物馆专门展示他们的发展史、飞机和通信工具。北领地有个飞行医生的展馆，展出开发早期，开着飞机在辽阔的土地上接诊的医生的生活，有小飞机，还有各种无线电设备，急救药箱。很有意思的是，为了方便病人叙述病情，医生按"井"字在肚皮上分出若干区域，患者通过说明是哪一区域疼痛，医生根据可能的病情准备药物。

　　还有展示野生动物的、展示原住民文化和生活的。甚至我们在陶德河骑骆驼时，骆驼庄园，也有展览骆驼的展馆。里面展出人类驯化驱使骆驼的发展史、骆驼的品种分布以及它们在北领地辉煌时期的状况，展出世界各地的鞍具和各种骆驼的照片，里面还有阿拉善双峰驼的照片，看上去很亲切。

这些大大小小的展馆说不上很有趣，但是总能让人念念不忘。

堪培拉因为是首都，比其他地方有更多的展馆。有展示城市发展史的，也有展示军事和国家史的。澳大利亚的国家博物馆也在这个地方。

国家博物馆也在首都的大三角形规划当中。博物馆的造型洗练，内部很敞亮，但展厅面积并不算很大，也许这个年轻的国家并没有太多的历史存留需要展览，也许这个博物馆的建设理念就不是展览很多文物。

在博物馆中，澳大利亚的历史从数万年前的原住民时代开始展览，从尽人皆知的飞去来器开始展示，另有一些藤制的标枪和打袋鼠用的一头粗的木棒。和我走过的那些更贴近土著人的地方相比，这里的展览显得有点索然。国家博物馆里，关于土著人的历史最重要的一章叫作："被偷窃的一代"。这一章展览欧洲移民中期，为了彻底改变土著文化，强行办学校的历史。很多原住民的孩子在知情或不知情的状况下被强行带离父母身边，接受西方教育，结果很多孩子在没有割断了自己的文化血脉的同时，也没有受到良好的西方教育，有的孩子甚至在年纪很小的时候，就沦为佣人或童工。原住民认为，他们这一代孩子被偷走了，偷去按照别人的方式长大，结果长成了"四不像"。我的一位同行采访过一位这样的原住民女士，她有自己的工作，有四分之一英亩地上建的房子，开着汽车，标准的澳洲中产阶级，但是她对当年被带到学校，后来又被迫在很小的年纪和姐姐一起给别人家干活的经历耿耿于怀。

袋鼠

这个博物馆同样展示殖民史和移民史。不仅展览早期犯人们到达澳大利亚时的生活状况，还大篇幅地展览英国女王访问澳大利亚的图片，十八岁的女王在那些图片上风采迷人。我不知道这是澳大利亚人面对历史时的矛盾心理呢，还是一种对既成事实的坦然？居然被偷窃的一代和英国女王就在这样近的距离下共同展出，但不管是什么心理，这就是真实的澳大利亚发展史。对原住民生存条件恶化的抗议，和对英国女王的夹道欢迎共同构成澳大利亚的历史。

展示移民史的地方就少不了华人，早期的中国商人、成功的海上贸易还有矿工。澳洲的中国人似乎漠视着这个国家的政治风云，埋头苦干、默默发财。

我们的导游也是一位华人女士，她的汉语说得已经相当生涩，但是很努力地向我们介绍。她的言谈中似乎既没有身为华人的自豪感，也没有自卑感，她更在乎今天她成为一个澳大利亚人，对这片土地已经非常了解同时保持着

第六章
堪培拉：首都
的精神

263

尊重的态度，是那种非常典型的华侨气质。

我们参观的最后一个展馆是"永恒馆"，在这里，她告诉我们什么是永恒。她指给我们看馆内墙壁上的十张照片，那是十种人类的表情：痛苦、欢乐、愤怒、忧伤……她说，澳大利亚曾经努力地改变原住民的文化，认为那是落后了，后来发现我们错了，先进和落后、发达和不发达都是相对的，是各有不同标准的，什么是永恒？只有人类的感情，人真正喜爱什么，热爱什么，对什么的感觉好，对什么的感觉不好，并不因为我们看到的相对的发达和落后而改变。

博物馆外面，为我们讲解的女士只给我们几棵在风中瑟瑟发抖的细小的树，她说那叫"可怜树"，表示从欧洲移栽来的树，在澳大利亚仍然按照欧洲的长法生长，也只有这么可怜巴巴地长不成材。

几天前，我参观Tidbinbilla国家公园的时候，公园管理人员带我参观了一处土著人遗迹：一块巨大的石头的背风的缝隙就是他们冬天越冬的地方。这附近有一种蛾子，到了冬天数以万计的蛾子会聚集在岩石下密密麻麻挤在一起，原住民捕食这种蛾子作为食品。据说蛾子肥大的腹部有花生的味道。有些原住民竟然从遥远的昆士兰跑到这里，来抓蛾子吃。但是现在原住民已经离开这个地区了，一个也找不到了。当时天气很冷有点雨，我觉得很不舒服，我还在想，也许原住民文化在这里消失是有道理的，至少我不愿意这样生活在这里。但是，现在想到那位我的同行采访过的女士，再想想那些为了蛾子的美味不惜从昆士兰靠双脚千里迢迢跋涉到这里的原住民，哪一种生活是他们热爱的呢？从他们的感情上，他们更喜欢哪种生活呢？

264

第七章

墨尔本：宁静与奢华

墨尔本不明亮，也不鲜艳，这里有教堂，很多座，有的很漂亮，有的很别致，但没有见到气势恢宏的。墨尔本也有很多高楼大厦，但是高楼大厦哪里都有。这里有河不像珀斯的天鹅河那么蓝，这里有海，货轮远远地停在海面上，不像悉尼港那么迷人。墨尔本有很多街心花园和广场，但不像珀斯的英皇公园那样漂亮，那样大。这里也有老街区，但既不像阿得莱德的那样自然而然的存在，也不像悉尼的那样整片的保存着，散发动人的魅力。但是我仍然很喜欢墨尔本，因为这个城市让人感觉很舒适。

望不见
北斗的日子

华人男高音的故事

认识周皓有点儿意外，他的经历就像一本小说，但是竟然活生生地杵在我们面前。

墨尔本有个国家艺术中心，它的走廊用奢华的红色作为主色调，红色的地毯和墙面，镶嵌着大幅的夹着黑颜色和绛红色图案的壁画。在这条弧形走廊的尽头，我意识到，我们的队伍中多了几个华人。其中一个披着长发的就是周皓。

第七章
墨尔本：宁静
与奢华

我们在一个咖啡厅坐下，周皓开始给我讲他的故事。他从前是唱花鼓戏的，后来学习西洋声乐，一个很偶然的机会他听说帕瓦罗蒂的老师生活在澳大利亚，就决定抛弃一切，来这里投奔名师。他不认识那位老女士，也不知道到澳大利亚怎样找她，但是他就来了，甚至除了路费没有带多余的钱。到了澳大利亚，才听说，那位女士已经移居别的国家了，周皓就开始了打工生涯。他辗转来到国家艺术中心，剧场里的工作是做不上的，他的工作是在餐厅刷盘子。一天，他在刷盘子的时候，心血来潮，就唱起来，同事们都觉得他唱得很好，不过这时的同事还都是厨子。但事情很快传到剧院经理的耳朵里，于是周皓被"发现"了。

周皓说，他就是从餐厅唱出来的成功。我问他，当初选择在剧院的餐厅打工，是不是也有点想法？他说也有，也没有，但是当时是觉得这个地方离他的唱歌理想迈一

267

些，起码是在剧院里。

后来周皓真的遇到他来澳洲追寻的那位老师的丈夫。老先生也是一个著名的乐团指挥，很欣赏周皓，并且努力栽培他。周皓小有名气之后，收入也不错，在墨尔本买了两层楼的小别墅和漂亮的敞篷跑车，他的澳洲梦居然就这样实现了。

在我们在澳洲遇到的所有华人里，周皓是最热情的一个，跟我们一起吃饭，到宾馆里来喝酒，给我们看他们在达尔文的演出实况。酒过三巡后，他和另外一个男高音歌手激烈地讨论起公司的问题。有意思的是，由于周皓讲普通话，香港来的同事讲粤语，互相听不懂，他们大声地用英语交流。现在周皓有了自己的演出公司，他是老板，他与两个从香港移民来澳大利亚的男高音歌手合作，成为一个组合。他经营许多演出，也和国内音乐界合作，带国内优秀的男高音来澳大利亚演出。在他们的演出实况上，我看到几个在国内很熟悉的男高音的面孔，他们在澳大利亚演出，除了认真发挥水平以外还多了几分诙谐。不过最爆场的还是那个跟他争论的香港同事。他居然一改男高音体型偏胖的惯例，去健身房练出一身肌肉，上台时穿着讲究的裤子，打着领结，但光着膀子，引起台下一片骚动，一阵叫好。据说这些改变都是周皓的主意。他认为男高音不一定都要长得像帕瓦罗蒂似的，也可以有健美的身材。不过苦了他这位同事——足足在健身房泡了两个月。

几天以后，周皓请我去他的家，他养了两只小猫，一只起了个中国皇帝的名字叫"李世民"，另一只起了个外国皇帝的名字叫"恺撒"。他说他也和这两只猫一样一半土，一半洋，所以澳洲的观众才喜欢。

赌场见闻记

　　皇冠假日娱乐中心是墨尔本最大的赌场，也是在各国游客中间负有盛名的地方。我们走进这个赌场的时候有个小小的插曲。我和几个同事一起到赌场门口，因为我穿了一件呢子大衣，很顺利就进去了，我的两个同事被拦住了，因为她们穿着国内常见的表面有线褶的网格的色彩黯淡的羽绒服。我愣了一会儿，立刻明白，跟保安说我们是一起的，是个采访小组，费了几句话他才让我们进去。我的两个同事大惑不解，按照国内流行的标准，她们穿的衣服才比较"酷"，长呢子大衣太正经了，正经得有过时的嫌疑，赌场怎么会不让她们进呢？

第七章
墨尔本：宁静
与奢华

　　我到西澳住的第一家饭店就有赌场，我们一住进宾馆，服务台就送来宣传单，告诉我们他们酒店的赌场多么出名，同时告诫我们要穿正式的衣装，最好是晚礼服，不准穿便装，不准穿睡衣、拖鞋和牛仔裤。我当时也很不理解。

　　因为赌博业在国内是被禁止的，很多中国游客都对赌场有种特别的好奇，使它成了海外旅游的一部分。我们也决定去看一看，而我第一次面对赌场，就被好好地上了一课。

　　我换好衣服，下了楼，刚走到赌场门口，发觉里面很乱，一转眼的工夫，一个浅黄色头发很年轻的男子哭喊着，十几个大小伙儿，把他死拖硬拽地往外抬。那个人雪白面颊的中心像桃子一样红，他发了疯一样，哭嚎着，全力跟保安对抗，保安们合力将他朝外顶，他好像被拉上弦

269

的弹弓，稍一松劲就会弹回到赌场里面。但终于，被大群保安七手八脚地塞进了旁边的一间小屋。而赌场里的人对这一切似乎并没有看到，各自玩各自的。

西澳那一家赌场并没有太大，游戏主要是老虎机、轮盘赌和纸牌。和传闻中的不一样，赌场里的华人并不多，但是想不到的是西澳的大街上白天根本不见人影，晚上的赌场里却"济济一堂"。赌场里的老年人很多，大都是玩老虎机的。白发苍苍的老人颤颤巍巍坐在老虎机前面，把硬币一个一个投进去，看着屏幕上转动的牌能不能对上。

我看着老虎机，发现它就是一个电子游戏，而且是最无聊的一种，如果没有钱的刺激，那一定是无聊得出奇的，但是，硬币投进去之后立刻变得值得期待。我总是觉得老人们玩这种东西的心态就像我们玩计算机上穷极无聊的纸牌、连连看、俄罗斯方块之类的游戏。我们总是希望下一把能打更高的分，其实没什么意义，不同的是这个很花钱，人们不断地把硬币扔进去，希望下一把可以掉出点儿钱。

老虎机即使哗啦哗啦地赢钱也不过三五十个dollar，谁也不会指着它，而且它最终算下来怎么都是输的比赢的多。也和我们玩无聊游戏一样，只不过我们输掉的是时间，他们时间和钱一起输。穷极无聊时这点刺激也是人的一种需要。

我们一路访问的赌场很多，一个原因是，这里接待游客的地方都有赌场，另一个原因是似乎当地的旅游部门在有意推广这个旅游项目。

在袋鼠岛偏远的小旅店里，也有一个小赌场，称为"Game Room"，就是电子游戏厅。由于汇率的问题，钱在澳大利亚很不禁花，所以大家平常都把钱看得挺紧。那天大家好奇，就拿了几个硬币去玩老虎机，第一次还真的赢了6澳元，继续玩一小会儿就输掉了，后来赢钱的男孩子坚持玩了一会儿，一共输了20澳元，大家笑话了他好几天。20澳元对我们来说，并不是小数目，因为平时，大家花3澳元买一瓶碳酸饮料的时候都很少。不过也确实挺气愤的，旁边那几个久经沙场的老头老太太都赢钱了，只要哗哗哗地掉钱下来，他们就用苍老的手把钱收起来，艰难地迈着步子走掉了。

墨尔本有一个著名的赌场，皇冠假日娱乐中心。这个赌场的规模比西澳的那个大很多，同样是老虎机、轮盘赌、纸牌，还有人玩黑颜色的麻将牌。同样是很多老年人长时间地坐在老虎机前面，这里黄皮肤的人也有一些，但是墨尔本四百多万人口，四分之一是华人，所以按比例说，赌场里华人并不多，而且那些人还有很多是日本、韩国的游客或者越南人。看起来流传到国内的传闻也实在太夸张了。

第七章
墨尔本：宁静
与奢华

华人比较喜欢聚在一桌玩，小心翼翼地攥着那点钱，却一会儿就输掉了。赢钱的人能看出来，那种沾沾自喜劲儿和输钱的就是不一样。

赌场的中心有一个比较大的轮盘赌，四周是吧台，吧台的外面是电子屏幕，玩的人就拿着一杯酒一边喝，一边按屏幕下注。

赌场实际上就是一个挥霍钱财的高消费场所，输钱实际上是一种消费。有些到皇冠赌钱的人甚至住在墨尔本郊区的别墅式度假村里，每天乘直升飞机来玩。皇冠不仅有赌场还有很多豪华消费场所，高档的餐厅、水疗，还有专门给孩子们玩的大型游艺厅，里面有各种不具有赌博性质的惊险刺激的游戏，管理游戏厅的人造型夸张得像个卡通人物，但有种阳光气息，不像赌场里那些体面的侍者那样，显出与世隔绝的冷漠。

　　进入赌场的人都要求穿得体面、正式，想来可能主要是防止没有钱的小混混进去混。不过，除了第一天，我再也没见过输钱输得那么失态的人。但不管怎么说，赌场不让拍照，恐怕是因为拍到人们赌博放纵时的嘴脸会有损于赌场的生意。

　　有一天在路上，我们遇到一位在墨尔本工作了二十几年的华人，我们说来采访这里的旅游资源，他说你们来这里玩一玩，还是不错的。言下之意，在这里谋生还是相当艰难。有人问他对不远处的赌场怎么看，他摇摇头说，很多人都给那家赌场害了。

　　如果这些来赌场的人都知道自己要输钱，只把它作为一种消磨时光的消费方式，和挥霍闲钱的放纵方式，以排解生活和工作中的压力，赢了高兴，输了应该，那也就这样了，玩一玩寻求一下刺激还是挺过瘾的。不过谁要是想指着赌博发财，这事情没什么戏，数学家已经算过了。

滑浪，精彩是玩出来的

坐车去往大海洋路，天气阴霾，看风景的日子这种感觉不太好。天空开始下雨，我们到了一家冲浪博物馆。馆长带我们看了各种冲浪板，从五米长的又厚又重的木板，到很轻巧的玻璃纤维板，竟然有几十种之多。馆长给我们大概讲解了冲浪的原理和方法。我听得云山雾罩。总之他告诉我们滑浪是个很难的运动，先趴在滑浪板上，靠两只手滑水，滑到有浪的地方，那时候，很多人已经累得不行了。还要在颠簸的海浪上站起来，站在板子上滑行。把这一连串动作做好很不容易。一个大型的背投正在放滑浪的录像，运动员踩着滑浪板沿巨浪的脚底滑行，一架直升飞机低飞着，后面是比它更高的巨浪，那景象太震撼了。

离开博物馆，车子沿着大海洋路行驶。一边是蜿蜒的山脉，一边是大海，海风很大，海浪隆隆地响着，雨水不时打在车窗上。这样的天气里，没想到会碰到人滑浪。我们连忙停下车去看。风很冷，还下着雨，我穿着两件毛衣被吹得冰凉，在沙滩上找了个避风一点儿的地方坐下。滑浪的人都穿着潜水服抱着滑浪板漂在水面上。

这群人里菜鸟很多，海浪不高，一漂一荡的，不见有几个人站起来。终于发现两个高手，其中一个人有一个漂亮的明黄色冲浪板。海水平静的时候，他就趴在冲浪板上等待，海水起浪的时候，他调整方向，猛滑几下，最后当浪峰处于他的滑浪板下方时，他双手撑板，一跃而起，跳上去，顺着海浪滑行。海浪在高处，砸下白色的浪花。他朝浪花相反的方向和浪花赛跑。明黄的滑板，黑衣服的健美身材，后面的绿色的海浪，真是漂亮。

不过，他不是每一次都成功，有时候，追了几下浪峰，没有追上只好放弃，等下一个。有时候好不容易站起来，海浪砸得太快没多远就倒在了水里。有时候，前面几个动作都做好了，可是海浪离岸太近了，滑不了太远只好放弃了。

我看着他，眼看一个大浪打过来，却没看见他在浪尖上站起来，正失望着，看见他正在后面一道浪上滑行。他也会错过好几道浪，眼看那么漂亮的海浪上没人滑浪真可惜。忽然我发现，另外一边的浪迹上，另有一个人正滑得很漂亮。偶尔他们两也会从两个方向越滑越近。我想他们俩当中肯定有一个是左撇子。

我发现看滑浪很上瘾，滑浪是一个偶然性非常大的运动，所以你总是盼着看到一个好浪，然后看到滑浪的人站起在浪上，看着他很帅气地踩在浪上滑得越远越好。可是，总是有点儿原因让你觉得不够完美，要是浪再大一点就更好了，要是滑得再长一点就更好了，要是站起得再早一点就更好了……总是有可能更好，可是又常常觉得没有刚才好。

我想到我们的摄影师，他拍冲浪的镜头肯定也很上瘾，总是希望下次抓到更好的瞬间，很好的海浪，更好的构图。看上去，那些玩的人也一样，总想玩得再精彩一点儿，但是总是不够满意。

我们在博物馆里，看到一个滑浪冠军的人的照片。我问讲解员，他为什么得第一，讲解员也说不上来，因为滑浪比赛很难，天气、风、海浪都不是人能够控制的，而且每次的情况都不一样。

冲浪

　　这可能就是滑浪的魅力，滑浪不是奥运会上那些比赛，可以那么公平地比出一、二、三，可以站在领奖台上无限荣耀。滑浪其实就是一种游戏，它真的很好玩儿，而且玩起来上瘾，瘾越大，难度越大，水平也越高，可能连玩的人也不知道第一名是怎么来的，但是每个人都希望能玩得更精彩一点。

小旅店，看得见风景的房间

　　在澳大利亚旅行，有一道风景是不能错过的，就是小旅店——远离尘嚣，在僻静的山野、田间，环绕在入画的风景中，或者只是在城市里人迹寥落的街道上，掩映在参天的巨树背后，满地的落花不断把台阶铺成红色。在这样的店里无论店主还是客人都有足够好的心情享受诗情画意。

　　我们一路拜访了很多小旅店，Cape Lodge、Silky Oak、消防车旅店、葡萄园中的旅店……但是我们却一直住在大饭店里，因为有些小旅店甚至没有足够的房间让我们住下。

　　在大海路附近我们终于有幸住在这样一家旅店之内。那天到店里的时候，天色已经很昏暗了，我们的房间在山坡上，后窗离地面很近，茂盛的植物摇曳着，掩住窗户，红色的花朵夹在浓绿的树叶之中。从一串狭窄的台阶下去，钻进一个低矮的门，里面豁然开朗，是一个复式的双人套间，半截楼梯向上通向卧室，半截楼梯向下通向客厅。客厅外面是半圆形的阳台，走过去发现阳台的下面是悬崖，对面是黑黢黢的大海。这些名不见经传的小旅店内部的设施都至少是三星级标准，而Cape Lodge那样名声远扬的小旅店，就是五星级甚至更高的标准了。

　　主人邀请我们共进晚餐，餐厅在山坡的另一边，亮闪闪的玻璃墙壁外面被高大的树木似乎还有叶展巨大的蕨类

墨尔本郊外的乡间小旅店

植物包围着。进门处是个长条的吧台，精致的酒器在里面闪着光。没有客人，主人请我们坐在一张小桌子旁边。

一边吃饭，一边聊天。主人告诉我们，他以前生活在墨尔本，每天忙忙碌碌，吃垃圾食品，体重是现在的一倍，很胖很胖的一个大胖子，他用手比画着——现在他是个很精干的男子。有一天他决定彻底抛弃这种不健康的生活，辞掉了城里的工作来到乡村，开了这家旅店，坚持锻炼减肥，呼吸新鲜空气，招待那些从城里来休假的客人，他热爱现在的生活。

我们聊得高兴，主人就问起我们中国的情况，问我们是否也喜爱他热衷的"乡村生活"。我们回答"是的"，其实我们很难向他解释我们同意不等于我们很容易实践这种生活。多余的话不解释了，反正他很高兴。我们邀请他有机会到中国玩，他非常热烈地同意了。他还说他想去这世界上许多国家，并用英语说了一长串国家的名字，考验我们的联想力。这是一个典型的关心自己和关心生活的澳大利亚人，虽然只是很短的相处，但他的性格和人生追求都非常可爱。

　　我们回到房间，屋里静悄悄的，窗外万物的声音，树木被风吹动的涛声和海浪声融为一体，似乎只是为了让房间更静。这氛围很适合睡眠，比起五星级酒店，离地甚高的半空中，这个贴近泥土的地方非常舒服。

　　清晨醒来的时候，发现阳台裹在山壁上绿油油的植物当中，对面是海，淡雅的绿色泛着一点儿灰，远远地从天际涌向岸边，红蓝两色为主的绚丽的鹦鹉在周围飞旋，有点儿吵闹，但似乎既不重要，又不可缺少。

低温雨林，世界需要想象力

　　墨尔本附近有雨林，这事我完全没想到。我们的课本里只教给我们热带雨林，要是中学考试的一道判断题，说雨林可以生长在低温地区，问对不对，肯定不能选对。但是澳大利亚南端，高纬度的墨尔本真的有雨林。

　　我们的车子停在一片林地的中间，茂密的树林丛间有一条不起眼的小路。我顺着小路往下跑，林子很深，到处是清新的植物的气味。跑了一个多月的路，我的鞋底有点裂，地面很潮，脚踩在水上啪啪直响，很快，脚下有点凉，是鞋底裂缝里浸水了。想着我劳苦功高的鞋就要被抛弃了，心里真是舍不得。

第七章
墨尔本：宁静
与奢华

　　我忽然发现，林子已经很深了，巨大的老树挺立在一些小植物的背后，树干很粗，靠近树根的地方伸出扁形的板，凹进去的地方足以藏进一个人。我觉得老树可能会成精就朝它拜了拜，忽然觉得，澳大利亚的树妖精可能不是这个拜法，又朝它挥了挥手。

　　两边没有人，也没有鸟叫。狂风吹着树顶，发出海浪一样的响声，我抬起头，看着窄叶桉树在头顶疯狂地摇晃，但是我的身边一点儿风都没有。再往前走，地面上有木桥。我走的路是专为游人开辟的，不然，雨林是我这种水平的菜鸟进不来的。木桥的下面是溪水，或只是泥潭。有一点儿恐惧，但也不必太在意。忽然发现身边的树都变成巨大的蕨类植物，叶子从一米多高的树干处散发出来，在我的头顶晃悠，真是想不到。原以为所谓低温雨林只是因为有森林又爱下雨，才起了这么个名字，没想到还真有雨林特有的蕨类植物。

路边的一个牌子在介绍一棵死去的树，意思大约是这棵树又成了新的植物的养料，这是生命的轮回。倒下的大树横躺的树干已有一人高，上面蒙着绿茸茸的植物很难看出来。一棵小一点儿的枯树枝上长满了金色的云彩一样的蘑菇。

走出这片雨林，我们去往另一处开辟好的雨林参观点———一处空中走廊。高架的金属桥架在树中央，又直又长的桉树从三十米深的脚下一直通向三十米以上的高空。树顶同样刮着风，树干虽然粗，却还是在风中轻轻晃动，站在远离地面的钢架桥上，看着有点眩晕。低头向下看，蕨类植物的大伞，像一朵一朵巨大的花。和在昆士兰一样，天下着雨，四周湿乎乎的。

在澳大利亚，我常常觉得这个世界太有想象力了，沙漠可以是鲜红的，一马平川上可以长出世界上最大的石头。海港可以延伸到内陆很深的地方制造出岛屿和丛林，养育城市。数以百计的袋鼠成群结队地趴在堪培拉路边的高尔夫球场上吃草。考拉那么小的动物一天可以吃光一整棵桉树。现在又在墨尔本这样冷的地方看到雨林。

我记得有一次和一位老师聊天，谈起中国的教育，那位老师问我认为高考最大的危害是什么，我说了一大堆，但是他说，他认为最大的危害是追求唯一正确答案。这个世界上很多事情都不是只有一个样子，用我们局限的目光判断对错，抑制了整个民族的想象力和创新精神，其实世界有好多的样子，有些所谓错误的答案只是我们没见过罢了。

牧场上的澳大利亚

　　澳大利亚是个畜牧业很发达的国家，这一点没去过澳洲的人也能知道。媒体上经常宣传澳大利亚的牧场一亩的产值是多少多少钱，而我们中国的牧场一亩地的产值是多少钱。但从数字上看，亩产真是数十倍于中国，这么比起来，我们国家的畜牧业似乎很落后，还得"发展"。而中国的牧场已经严重超载了，却还是追不上那个传说中的亩产。

　　初到西澳的时候，我发现这个美丽的国家里唯一没有国内漂亮的地方是牧场。那时候，我很想家，车出城市，走在树木丛生的荒原上，我有一种走在承德北面的机械林场的感觉，好像不久就能见到草原了，果然，不一会儿，森林退去，但是干黄的草原上稀稀落落站着几只羊，显得很没灵性。

　　到了南澳的袋鼠岛我们又见到牧场，森林背后开阔的土地上，山丘连绵起伏，羊群静静地站在金色的夕阳下，等着挤奶。同行的一个新疆籍的男孩子说："哎，这地方没拍头，跟新疆差不多。"新疆伊犁附近的牧场非常漂亮，这个同事能这样说确实因为那里的牧场好看很多。那时我就想写一些关于牧场的东西，但是在南澳牧场并不是主题，国家公园才是。

　　澳大利亚的牧场是不游牧的，确实采用的是我们国家近几年推行的轮牧。用围栏封上几块草场，一块草场吃完了就把羊赶到另一块草场上。尽管国内的不少生态学家们指出放弃传统的游牧方式会导致草场退化和土地沙化，并且列举和中国接壤的俄罗斯远东地区和哈萨克斯坦的例子，但是，还是有许多人拿着澳大利亚和新西兰的牧场经营方式说事。好像这两个国家属于西方发达国家，他们的经验比俄罗斯和哈萨克斯坦有价值多了似的。

但是澳大利亚有太多东西不一样了，袋鼠岛的草场是把密不透风的丛林砍伐以后开辟的。袋鼠岛上有仍然保留着的三分之一面积的国家公园，那里可以看到人类开发以前的原始风貌。从山的高处看森林绿茸茸的，就像一条绿色的绒毯，车子开进国家公园的公路，绒毯就在我们眼前立起来，越变越厚，最后变成道路两旁的大树参天。那些依然保留着的茂密的丛林告诉我们袋鼠岛的土地和气候原本能够养育多少植物。

在中国，内蒙古也好、新疆也好、青海也好，草原都是天然的，和林地、农耕地相比要么干旱一些，要么高海拔或者高寒，甚至戈壁滩上长着两根毛的地方也是牧场。

高海拔这条澳大利亚是没戏了，这块地质宁静的古老大陆很难见到高山。我们这一路见过的最高的山在墨尔本附近，近靠大海，而不是我们国家的三大阶梯，所以它就高不到哪里去，而从山势上看，远不及怀柔的山险峻，别说和那些高原上隆起或开裂形成的山脉比了。

气温这一条就更不一样了，在澳大利亚纬度最高的墨尔本，去往低温雨林的路上，我们又一次见到牧场。车子离开大海洋路，山坡上露出大面积的草，可以看到羊群和牛群。同车的时尚的同事来自锡林郭勒，我们都很喜欢这里的风景，她大喊说："天哪，这里就像内蒙古草原最好的季节！"可是现在是墨尔本的冬季，墨尔本没有零度以

望不见
北斗的日子

下的冬季，而内蒙古草原大部分地方的无霜期还不到两个月。也就是说这里一年十二个月长草，内蒙古一年两个月长草，如果比亩产值，单凭这一条就应该六亩比一亩。

低温雨林附近的牧场，一块围栏的面积明显比南澳和悉尼附近还小。是啊，如果草总是下个月就能长起来，谁会愿意把牧群赶到很远的地方去呢？这里的降雨量应该很大，在雨林的低洼地区，别说沙子，脚下只有泥，连土都没有，成片的巨大的蕨类植物在此生长，每一棵的树冠都比北京的公园里栽种的铁树还要大。在中国只有在海南、广西一带阴湿的密林里才会生长蕨类植物，北方干旱的草原上做梦都不会想到。牧场的中心有一公里长的灌水系统，用巨大的金属支架支起水管，下面有轮子。开启后可以灌溉直径两公里的草地。在这里人工灌溉既不会影响地下水储量，也不会影响地表径流，因为这片牧场和雨林交错着，到处是水，人工灌水的作用只是让特定的草皮长得快一点。

第七章
墨尔本：宁静
与奢华

说起产值还有一个问题必须要面对的，就是汇率。作为制造业大国，中国一定非常需要低汇率，澳大利亚大大小小的商店里都有中国制造的廉价商品。从国内到澳大利亚，不同的货币兑换地点，人民币和澳币间的汇率在1比5.2到1比6.6之间，但是在消费方面，在国内3元或3.5元一听的可乐在澳大利亚也卖3澳币或3.5澳币。我在国内特别喜欢买围巾，但是在澳大利亚，我一条也没买过。随便一条羊毛围巾就90到110澳元之间，折合人民币600多块，在国内纯羊绒的围巾都有富余了，普通的羊毛围巾五条十条也可以买下了，还不是便宜的。

如果产值按购买价值计算不是汇率，我们的产值真的比澳大利亚低么？我还得好好算算。

我相信关于牧场亩产值的那些说法并不是编的，想出定居和建围栏草场的人可能也真的考察过澳大利亚的畜牧业。拿着短期的专项考察成果回国大声疾呼，自己也有信心，别人听了也信。

但是今天中国草原沙化的几个主要原因都可能和向澳大利亚学习很有关系：提高牧场产值造成牧场压力太大；建围栏草场破坏脆弱的生态循环导致草原成片退化；人工灌溉破坏了天然水源和湿地；定居点附近的草场因为得不到休整成为沙源地。

这次来澳大利亚，我有一种体会，我们在国内看到的很多关于国外的信息都是在国外短期考察过的人带回来的，牧场只是一个例子。也许他们觉得时间已经不短了，他们可能比我强很多，可能和一个牧场主在一起住了几天，天天和他攀谈，或者更长的时间：一个月、两个月、甚至三个月，也许都没有，只是看了一眼。反正他们不能说他们了解澳大利亚的畜牧业，连澳大利亚的牧场主也不能这样说。西澳的和南澳的不一样，南澳的和维多利亚的不一样。即使一个地方，牧场和国家公园、原住民保留地和大海、山脉、大气循环的关系你是否知道？澳大利亚有大面积保持着原始状态的国家公园和原住民保留地，这些是人为牧场的生态屏障。在澳大利亚，一亩地的牧场和多少亩地的国家公园同时存在呢？

我也一样不能说我了解什么，这一次虽然走了澳大利亚这么多地方，但是是应旅游局邀请，走的都是好地方。一位同事在车上感叹说，澳大利亚怎么没有沙漠化问题？但实际上，澳大利亚有沙化问题。不用说北领地，新南威尔士州西部和南澳北部的牧业区都面临沙化压力，那里气候干旱，有时几年都不下雨。当地的生态学家给农场主和牧场主很多的劝告，牛仔也骑着马把羊群赶到很远的地方，很多天不回家。但是那里我们没有去。

夕阳透过巨大的灌水架照在我的脸上，浓郁的绿色上被染上一道道金黄。一头牛正对着我站着，脸隐在阴影里，紧张地面对我这个外来客。我不小心被通电的围栏电了一下，烫烫的，有点麻。牧场上的澳大利亚真的很美，但我不能带回家，我家有我家的美丽，和澳大利亚不一样。

第七章
墨尔本：宁静
与奢华

十二门徒崖，阳刚的震撼

大海洋路是一条为纪念第一次世界大战而修建的公路。全长三百多公里。公路的一面是山，一面是大海。大海洋路最出名的地段是十二门徒崖。

负有盛名的景点常常是令人怀疑的，天空有些阴霾，我去往十二门徒崖之前做好了看不到什么了不起东西的心理准备。车子停在断崖边，向前走不多远，忽然看到巨大的金黄色的石头。一面是波涛汹涌的南大洋，一面是几十米高的金黄色的断崖海岸，与海岸一样高的孤立的金色巨石傲立在悬崖之外白色的海浪之中。风很大，阳光透过云层射下来，四周一片迷茫，风景有时是有性格的。我坐上观光直升机，从天空往下看，海岸伸向大海，宁静而傲慢，这是男人的性格。

十二门徒崖，是石灰岩结构，海浪先淘空海岸边的石灰岩层，形成"象鼻山"一样的结构，然后继续腐蚀，到了一定时候，顶部连接地岩层越来越薄，加上风蚀作用使岩层破碎，岩层支持不住最终垮塌下来，傲立的巨石就和海岸彻底分开。

这些海蚀、风蚀作用现在仍然在继续，十二门徒崖附近，有一块巨大的平定的岩石和海岸分开，那块岩石原来是和海岸相连的，相连的部分叫做"伦敦桥"。有一年，一对新婚夫妇来此度蜜月，过了伦敦桥到岩石顶上玩，伦敦桥突然垮塌了，两人被困在岛上。救援人员动用直升飞

十二门徒崖

机才把他们救回来。这个惊心动魄的蜜月真够难忘的。

虽然风很大，我还是买了直升飞机的票，观光直升机的玻璃窗几乎延伸到脚边，从空中看大全景巨石像从海面隆起的巨兽，从空中数，与海岸等高的石头不足十二块，算上没有海岸高的，就十五六块了。这些石头没有一个像人形的，事实上把它们比喻成十二门徒很抽象，它们有圣徒那样坚毅、冷傲的品质，面对大海表现得不屈不挠、不卑不亢。

我们离开十二门徒崖，沿大洋路前行，在一个不出名的观看点，发现远方巨石耸立，海浪滔天，正是夕阳西下，照得海水变成神秘的深绿。

我看不太出来大海洋路的交通作用，路上车辆不多，山路蜿蜒让人容易头晕，而本地也有其他道路连接墨尔本。这条公路似乎原本就是一座纪念碑，让人们沿着起伏的山峦，和刚性的岩石海岸比肩而行，澳纽军团年轻的士兵正配得上这里阳刚的风景。

鲸鱼的传说

在阿得莱德的时候，我们就听说鲸鱼，在那里我们参加了一个开鱼节，是当地人为了欢迎鲸鱼的到来而举行的节日。那一天，我跑步穿过鲸鱼岬附近长长的栈桥，看着信天翁在低空翱翔，看着大鹈鹕站在离岸不远的石头上，看着海鸥飞进餐厅，猛烈地撞在透明的塑料墙壁上，我一点儿都不怀疑这个地方可以见到鲸鱼。在澳大利亚观看野生动物，从来都只有惊喜，没有失望。

开鱼节在鲸鱼岬附近的一个小房子举行，许多附近社区的居民聚集在那里。走廊里有关于鲸鱼的展览。南澳大利亚人过去也捕杀鲸鱼，鲸鱼中心的展览馆里，展示着当年的捕鲸工具，我头一次知道鲸鱼嘴里巨大的鲸须，可以用来做贵妇人的裙撑。

第七章
墨尔本：宁静
与奢华

这里的鲸鱼曾经有十万头之多，但现在只有两千头了。鲸鱼中心的人起初以为我们是日本人，很不高兴，日本和挪威是目前世界上最后两个允许商业捕鲸的国家，而且是远洋捕捞南极鲸。我发誓我这辈子都没见过鲸油和鲸鱼肉，他们的态度好起来。

在小房子的二楼，有许多关于鲸鱼的玩具，我们的导游，胖胖的小伙子把一条玩具尾巴系在腰上，拖着它到处走，我们也像小孩子一样，拿着那些鲸鱼玩具互相追打。这些玩具也就是给孩子们相互追打的，培养他们在童年时代就对鲸鱼产生好感。

开鱼节的主办者告诉我们，这个节日意味着鲸鱼季节的来临，以后鲸鱼会陆陆续续迁徙到这里，但现在附近还没有什么鲸鱼，他们只发现了一条，并且不清楚它会在哪里出现。我们乘着车子，按照他们的指引，沿着海岸一路寻找，但是一无所获，后来，我们爬上附近的一座小山，山上有几个散步的当地人，我们问他们是否见过一条鲸鱼，他们都笑了，不知道是鲸鱼的季节还没到，还是这里也很少能见到鲸鱼。

在悉尼，我们有一次听说鲸鱼。有人告诉我们，鲸鱼正在迁徙，路过海港外的海域，据说可以听到它们的叫声了，但是我们几天都泡在海港里，除了看过一次邦迪海滩没有再去看过外海滩。又有人说，鲸鱼也会游进海港，因为海港很深，鲸鱼可以游到很靠里的地方。但我们也没有看到。

到了大海洋路，我们最后一次碰碰运气，去往一个鲸鱼望点。两位有几分像珍妮·古道尔的女士等在那里，见到我们很热情但很抱歉地说："对不起，今天看不到鲸鱼了，今天风太大。"她们背着风站着，风吹乱她们的头发，吹着绿色的工作服向前鼓起，笑得真诚又歉意。

我迎着风眺望大海，海浪滚滚而来，海水的颜色依然是透明的翡翠色。鲸鱼是我们唯一没有在澳大利亚如约见到的野生动物，也许因为它们的生存状况真的比其他动物更充满危机，两千头鲸鱼，在茫茫的大海中，终难得一见，对于热爱鲸鱼的人来说，只要它们安好也就可以了。

西餐和"东餐"

这些日子，我们一直吃西餐，已经把它的繁文缛节弄明白了一些。西餐里，粮食并不是主菜，面包是吃饭前用来垫底的，落座以后，左手的一个小盘子和一把刀，就是用来对付面包的，不是切面包，刀子的作用是把黄油抹在面包上。主餐具放在正面，叉子在左，刀子、勺子在右，根据菜的道数，每道菜用一副刀叉，从外往里。这个从外往里我基本上每天都要背一遍，在英语里"一副刀叉吃到底"是一句骂人话，和少调失教的意思差不多。一般是四道菜，三副刀叉，一把勺。第一道汤也可能没有，喝汤用的是一把圆形的勺，在右侧最外边，西餐的汤，基本上就是玉米糊糊一类的东西，里面加点儿肉啊，奶油什么的。第二道是前餐，就是一些肉菜，也可以是蔬菜沙拉。中国人一般上桌的时候就饿了，吃了面包，喝了汤，再吃点前餐就饱了。别急主菜还没上呢，主菜一般是牛排、羊排，离海近就还有海鲜，要是吃意大利饭就是面条和比萨，因为一般的西餐都太难吃了，它们在西餐里算上等的美味一点儿也不稀奇。反正自己点什么是什么，每天晚上只能吃一样，不能互相掺和着吃，左手拿叉右手拿刀。这之后，是甜食，奶油蛋糕或者奶油点心那种东西。吃完一顿正式的西餐，一定能明白老外为什么都长那么胖。因为我们常常没有耐心吃完全部西餐，也就常常被老外误解为没礼貌。最后是茶或咖啡。我发现大家在国内无论装得多么小资，跑去喝什么星巴克咖啡，到了国外，全都要喝茶，还不放牛奶。西餐的茶也比较烦，西餐的服务员都不记得给你添水，喝完一杯就完了。不过出于恶作剧的目的，我在好几家餐馆训练服务员，记得以后给中国人往茶里续水。

中餐好吃，似乎地球人都知道。澳大利亚虽然有许多中国移民，但是以广东、香港人居多，因此绝大部分中餐其实是粤菜。这里粤菜的煲粥和早茶都做得很地道，当然还有高档的海鲜。不过北方菜就不常见了。但地道的粤菜也足以大饱口福，而且由于生活条件的缘故，这里的粤菜馆甚至比广州的馆子还要讲究。

除此之外，在澳大利亚，如果你留心就会发现另一件事，那就是"东餐"。澳大利亚是个移民国，除了中国移民还有很多来自亚洲的移民。韩国人、日本人、泰国人、越南人，有了这些移民，有了地道的韩国烧烤，可以在海鲜超市附近吃到地道的日本寿司，在露天市场的大排档吃泰国面条，挤着半个柠檬，在唐人街附近的越南汤粉店里吃酸汤粉。这也是澳大利亚，移民组成的多元文化体系，让人们可以在一条街上享用品种丰富的"东餐"。

墨尔本，我依然不熟悉的城市

　　来墨尔本好几天了，虽然我一见面就莫名的喜欢墨尔本，但是却没办法一下子说出它的好处。墨尔本不像悉尼有歌剧院有海港大桥，墨尔本似乎没有什么驰名海外的地理标志。而几天来在墨尔本我们去逛的也都是时尚的小店。

　　在墨尔本，最出名的旅游标志之一是电车。刚到墨尔本时看到满街的电线，尤其在路口电线纵横交织成网状，长长的电车从窄窄的路口穿过，好像到了北京的西四、阜成门内那样繁华而狭窄的地方，有一种强烈的亲切感。

第七章
墨尔本：宁静
与奢华

　　墨尔本不明亮，也不鲜艳，这里有教堂，很多座，有的很漂亮，有的很别致，但没有见到气势恢宏的。墨尔本也有很多高楼大厦，但是高楼大厦哪里都有。这里有河不像珀斯的天鹅河那么蓝，这里有海，货轮远远地停在海面上，不像悉尼港那么迷人。墨尔本有很多街心花园和广场，但不像珀斯的英皇公园那样那样漂亮，那样大。这里也有老街区，但既不像阿得莱德的那样自然而然的存在，也不像悉尼的那样整片的保存着，散发动人的魅力。但是我仍然很喜欢墨尔本，因为这个城市让人感觉很舒适。

　　晚饭后，我和几个同事走在大街上，一起聊一聊对墨尔本的感觉，我觉得这个城市正因为没有什么东西一眼看过去就惊人得好，所以才特别和谐，也因此让人舒适。大家竟然都很同意我的看法。和我们今天的眼球经济不一

墨尔本的豪华马车

样，舒适的城市不是那种吸引眼球的地方，舒适是貌不惊人的自然。

墨尔本有一种古老的大玻璃的观光马车，驾驶员坐在高高的驾驶台上，游客坐在有宽大玻璃的老式车厢里，缓缓走过街道。征得驾驶员同意以后，我爬上驾驶台。两边是半旧的楼房。好看的建筑并不一定是新的，那些经历了时间的建筑很自然地吸收了环境的营养，有雨水浸湿的屋檐，有青苔繁衍的墙脚，它们和周围的树木、飞鸟、气候甚至天空的云自然地融合着，那种美丽不是闪闪发亮的新建筑材料能制造的。

两辆漂亮的加长型轿车，停在廊柱式的州议会大厦的高台阶下面，台阶上两对新人正拾级而下。喜欢浪漫和时尚的西方人，婚礼也追求古老的传统，传统的环境、传统的形式，洁白的婚纱永远都不变，只有婚纱的样式和手捧花束的样式在变化中轮回。

第七章
墨尔本：宁静
与奢华

楼房在我两边推移，电车和汽车从脚下走过，我依然搞不清那些高楼大厦和著名街道的名字。墨尔本有华人社区、越南社区、意大利社区，但是除了吃饭，我们没有更多的机会接触。墨尔本依然是个我不熟悉的城市。

皇冠逍遥之都烟火

归心似箭

从到达墨尔本那天开始，我就开始数我的手指头，从大拇指数到小拇指是五个，从小拇指数到大拇指是五个，那一天，不包括当天和上飞机那天就剩下五天了。终于可以用手指头数清归期，那种感觉想起来，激动得心都在颤抖。然后可以包括当天，可以包括上飞机那天，可以包括飞机上那天，每过一天就少一天，每天早上第一件事就是想一想今天的日期，想着又少了一天，就想笑。

澳大利亚是个好美丽的国家，风景壮丽空气清新，到处都有奇特的动物、植物，当地人大都热情友善，但是我还想家了，想得要命。

有一次在汽车上，司机和我搭话，他问我澳大利亚好不好，我说好，然后他问我想不想留下不走，我说不，我当时想都没想就回答他说："这里没有我的亲人和我的朋友。"我自己都不知道自己怎么冒出这么伟大的一句话来。北京确实有我的亲人和朋友，有一见面就和我闹意见的老妈，有我半年也见不到面的表哥、表弟，有我三个月都懒得去探望一次的外公外婆。要是在国内和亲戚也好、朋友也好，几个月不见面根本没什么，也可能回了国，我却根本懒得去看他们，但是现在真的想得发疯。

我要回国了，这意味着我不用再早上起来想着今天用不用收拾行李；不用再连买一瓶饮料也不自觉地算一算汇率；尤其不用在每天一大堆工作等着的情况下，还要花

297

四五个小时享受老外的"beautiful meal"——不用在餐桌旁搜肠刮肚地用那点可怜的英语和他们聊天，在已经忍无可忍的时候还要等他们吃完最后一道甜点。写到这儿的时候，我的心里已经在骂人了。真的，我不是说澳大利亚不好，这个国家真的非常非常好，有很多我们没有的东西，我们没有的风景，我们没有的好玩的事情，但是它没有很多我们已经熟悉的东西。

收音机里没有我熟悉的音乐，餐厅里没有我熟悉的气味，电话叫不来我的朋友，一天到晚跟着老外大惊小怪，这也不是我们熟悉的交往方式。许多似乎天经地义应该在那里的东西，如今却找不到，甚至天上的北斗星。可是在国内的时候，我们又多久抬头看一次北斗呢？

从西澳到现在，我们同行者几乎全部换过了，不同的电视台，不同的杂志，大家各自看到不同的风景、风情，讨论不同的话题，只有一个话题是不变的就是咸菜和水煮鱼。我想这就是家乡的魅力。

走在墨尔本的大街上，天气有点儿凉，这里的冬天很像我们的深秋，巨大的梧桐已经变得金黄，满街落叶，空气很好，如果在北京这样的天气正是一年中最可爱的日子。想来现在北京一定很热，像个巨大的蒸笼，空气黏糊糊的，尘土和水汽悬浮在空中，听电视台报道："首要污染物：可悬浮固体颗粒物"。

我这么写着，就在想，也许很多人会和我抬杠，说我回了北京会想念澳大利亚。可是，这么好的地方我干什么不想，可是现在，我就是想回家！

结账 check out

异国他乡，虽然工作辛苦一点，但一切条件都很好，本来没什么可抱怨的，也因为那些很好的条件，常常有人半开玩笑地讨论移民的问题，但是每到吃西餐的时候，我最知道我是中国人。西餐其实并不像传说中那么难吃，真正让人难受的是它的繁文缛节——刀叉使用的方法，吃饭时优雅的姿态，轻声慢语加上漫长的等待。老外很在乎餐桌上的礼仪，而我们却常常在吃饭的时候变得忍无可忍，不知道老外们的心里，"我们"给他们留下什么样的印象。

第七章
墨尔本：宁静
与奢华

中国是个很大的国家，有很多人口，因此我们很少把自己和自己的国家联系起来。甚至当我们走在国外的时候，也很少想这些事。

我记得在国内的时候，有一年在首体看一场中美之间不太重要的排球对抗赛，观众席上人不多。赛前，奏国歌的时候，我身边的几个美国人很郑重地站着，把手放在胸口，他们在美国不是重要人物，这里也没有别人给他们提这种要求，他们的对待国旗和国歌的态度让我们这些东道主相形见绌。后来在比赛的时候，远处看台上，二十几个老外喊"USA"的声音一直贯穿全场，百倍于他们的中国观众竟然不能把他们压下去，原因很简单，我们大都认为我们都是些不重要的人，没必要那么做。

原来我们都多少有点儿奴性思想，连热爱祖国也要有人看着。不然确有些人宁愿讨老外的好，或者是另一个人种，表面上民族主义情绪膨胀不拿老外当回事，做出来的事情是存心不招人待见。

在西澳，有一天，用餐的时候，发现餐厅外面的草坪上一面尺寸不够标准的五星红旗迎风飘扬。我的第一个想法是今天有什么重要的人来吗？而后发现国旗是为我们准备的。有点儿意外，也忽然明白什么叫责任重大。

参观Cape Lodge小旅店那天，下雨了，外面的地面很湿，进房间前，我们在门口的垫子上，跺了跺脚上的泥。店员惊喜地看着我们，用英语感谢我们尊重他的劳动，不过他那种特别夸张的眼神好像看着一群野人做了一件很文明的事情。不知道是成见还是他接待过不文明的中国游客。

在北领地的牛排餐馆，主人很热情地在餐桌上摆了排五面国旗，其中有一面粘倒了，我和悉尼来的中文导游立即提出来让餐厅换一面。同行的人，有人没注意，有人怕惹出不高兴的事情，有人觉得和自己没什么关系。其实，没什么可不高兴的，老外不知道中国国旗规格，我们看到别国的国旗，也可能不知道哪边是上哪边是下，或者觉得哪边上下都不重要，老外既不是故意的，提出来，就能理解。至于有没有关系，我们在国内做惯了小人物，一切都是有人打理、有更高的人负责的。但现在不是了，无论想不想负这个责，在那个遥远的北领地的小镇里，我们这几个人就是代表中国的。

这个负担不轻，但也并不重，作为移民国家澳大利亚的文化还是比较宽容的，何况在很多小镇居民的眼里，我们都是从大地方来的。只要做到该做的就可以了。

不管我们表现好不好，无论对洋人来说，还是对华人来说，我们都很明显地是中国人，和随便遇到的一个华人是同类，和洋人是不同的。

国内的媒体上经常宣传中国公民出国要注意文明行为的问题。可是宣传得再多，也还免不了在国外生活过的人提起来就顿足捶胸，国内从没出过国的不解其意。

其实这些所谓不文明行为至少有三个大种，第一种是我们不注意的生活小节。

有一次，我们和周皓聊天，说到国内的情况，周皓跟我说，他觉得中国是现在世界上最自由的国家。我觉得很诧异。他讲起他带着他的两个香港搭档去中国旅游的事情，那两个人从没去过中国大陆。他们觉得那里好玩极了。周皓讲了两个例子，不是有意的，只是很自然地感受最深的，我当时几乎反应不过来：第一个，随地吐痰，他的两个朋友看到有人在大街上随地吐痰，很惊讶，问周皓："真的可以这样吗？"周皓回答："真的。"那个人就试着在大街上吐了一口，真的没关系，他突然变得像小孩子一样高兴。还有一次是挤地铁，他的朋友看到人们可以在地铁里挤来挤去，也是很惊讶，后来自己也去挤，一挤地铁就特别高兴。这两个生活中我们都不注意的小节，在老外的眼里是天经地义被禁止的，连嬉皮士都不能那样。

第二种是由于文化和环境不同造成的不同，造成我们对同一件事情理解的不同。简单地说就是"误会"。

在南澳，有一次我们结账离开酒店，车子已经在外面等了，房卡还没有退，我们等在大堂退房卡。我们前面还有一位先生，不知要求什么服务，一直在跟营业员说来说去。营业员是一位中年的妇女，一会儿帮他拨一个电话，一会儿又一个。我的一个同事很着急，趁着他拨电话的工夫，把房卡交给营业员，但她就是不收。她用英语解释说，请我们耐心一点，她要为一位先生服务完才能给我们服务。我的同事不懂英语，他见服务员不理他，态度变得非常焦躁，那位女士又解释说："如果她不为前一位服务完，就为我们服务是对前一位的不尊重。"话说到这分儿，已经很重了，但我的同事不懂，也不愿意听旁边人给的解释，暴怒着在大堂里转圈。其实如果在国内，他这样生气是可以理解的，如果国内的收银员不是在一个人刷卡的时候就收下一个人的钱，排队的人一定会喊起来，因为国内任何一个窗口，如果不快速服务的话，很快等候的人就会排成长龙。澳大利亚全国只有1 800万人口，比一个北京市的人还要少，他们当然不会担心排长龙。但如果我的同事敲着柜台朝营业员大吼，他很可能被拒绝服务。这也是很多人出国遭遇拒绝服务的原因。

第三种情况，是人们对诚信的不同理解。

老外看诚信是看得很重的。澳大利亚的宾馆房间里都有"微型吧"，里面放一些饮料、酒类和小食品，每个上面都有价钱。我们从一进入澳大利亚，陪团的人就提醒我们，一定不要随便吃里面的东西，吃这些东西是要自己交钱的。我接受这些忠告，就一直没吃，直到在北领地时我吃掉了一盒花生。吃过之后，我一直在想谁会找我要钱，给房间做清洁的人？没有人要。大堂的服务人员？也没人要。直到我结了账，还是没人要。于是我就走了，欠了这盒怪味豆的钱。直到墨尔本，我又一次吃了微型吧里的东西。我的同屋在结账时提醒我，应该自己申报，我才恍然大悟。老外对诚信是很看重的，这样的小事情应该自己申报。想起来，我不知道给北领地宾馆留下什么样的印象。他们会不会因为经常遇到中国人的这种行为而对中国人产生什么偏见呢？我已经离开那家酒店很远了，已经无法补救了。

第七章
墨尔本：宁静
与奢华

第八章

图记

糖果大叔把糖稀像做牛肉拉面那样拉得很长。今天的美国人已经是另一个样子了，但这位声称来自美国的大叔却把两个世纪前的美国凝固在西澳明亮的天空下。

两只彩虹吸蜜鹦鹉在树上放肆地争吵，毫不在意周围的人群，一副"这是我家我怕谁"的样子。

同行的女孩在酒吧喝东西。这个建在玛格丽特山谷中的酒吧具备一切现代化的安逸和贵族式的奢华。

英皇公园这棵高大的树让我抬起头把目光转向天空，澳大利亚是英联邦成员国，虽然建立共和国的声音时常出现，但是英国女王仍然是国家元首，并深受崇敬。

老式的豪华车经常出现在珀斯街头，在这里，这只是风景，不足为怪。

西澳的一家小餐厅，壁炉旁边摆着一尊菩萨像。它显然不是被供奉在这里，在高鼻梁的西方人眼里这只是一种有特色的装饰。澳大利亚有基督教各个教派的教堂，菩萨在这里只好低调一点。

308

这个大脚怪非常了得，是冲沙玩的汽车。同行的摄制组把摄影机放在两个轮子中间让它开过去。其实那里就是站个人也可以，当然那种冒险是不允许的。

　　英皇公园和天鹅河，珀斯很开阔，高层建筑不多，而且集中，远望时形成一个景观。

　　现代澳大利亚是个只有两百多年历史的国家，但是他们非常注重传统，古迹随处可见，在天鹅河畔，还停着这艘老式的帆船。

　　澳大利亚是发达国家，但在这里，大海还是它本来的样子。在澳大利亚，我第一次见到"正常"的大海，海鸥在距离海岸五六米远的地方捕食，海豚在浅海游泳，明亮的小鱼随着潮汐在海边晃动，海风里没有腥臭味。

311

　　这个冲沙场在西澳的著名景点"尖峰石阵"附近，它对我们的吸引力远远超过了尖峰石阵，不在于冲沙场本身多么独特，在于这里游戏的人们真会玩。

天鹅河里，鹈鹕和黑天鹅经常游弋，都是自然迁飞的野生鸟类，它们不惧怕人类，这里的人们也不惊扰它们，人们以这里独有的炭黑色红嘴的天鹅为骄傲。

啤酒瓶子一样的大树下
站着一个小姑娘，阳光灿烂
是西澳的主题。

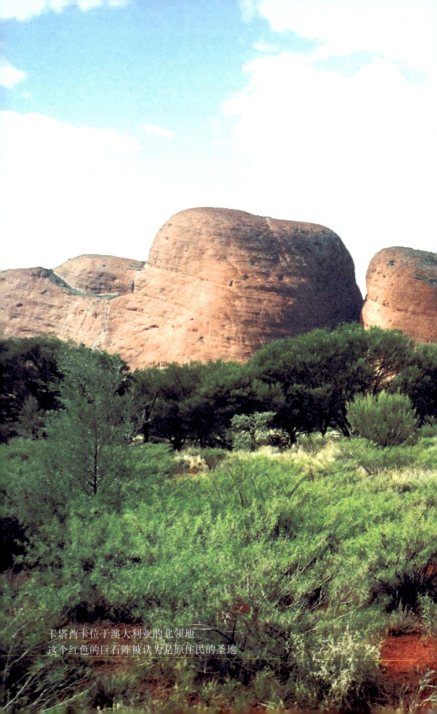

卡塔酋卡位于澳大利亚的北领地。
这个红色的巨石阵被认为是原住民的圣地

　　荒野上的公路在澳大利亚也是一道风景，这里的公路没有护栏，少见高架桥，只有上下两车道，但也称为"高速公路"。高速公路上有几节长的大货车，称为"公路火车"。公路火车运行速度稳定，超公路火车时，要前方的司机观察道路给后方发超车信号，得到信号方可超车。两车司机相互为对方着想，避免发生事故。

在北领地，最经典的景观就是巨大的岩石"乌卢鲁"，无论你在什么地方，抬头总能看见它，好像上帝一样注视着众人。难怪原住民会崇拜它。

乌卢鲁是澳大利亚北领地的标志，在外面被介绍为"艾尔斯岩"，但这个名字在当地并不被接受，国家公园坚持要大家使用它承传上万年的名字"乌卢鲁"。

乌卢鲁的名声之一就是在太阳下会变颜色，在灿烂的阳光下是金黄色的，在拂晓和黄昏时是红的。比较神奇的是，我们去乌卢鲁那几天赶上了它十年一场的大雨，在乌云和雨水下它是紫色的，这是乌卢鲁的奇观。

　　"静静的声音"是乌卢鲁附近的一个旅
游项目，在梦幻般原始的荒野上，最精致的
西餐服务，好像到了外太空一样。

323

红色的大地，发白的树木，断断续续的焦土。偶尔闪现在天边的富于想象力的后现代建筑，北领地的每一个酒店都像与世隔绝的太空基地。

　　在北领地的时候，总有看动画片的
感觉，怪异的植物，怪异的风景，像一
次星际旅行。

北领地经常有过火的土地，这是原住民对
土地进行管理的一个古老方法——烧荒，每年
烧掉土地的十分之一，十年一个循环。这里有
自然荒火，有一种植物经过长期进化，要在烈
烟中打籽。烧荒可以促使植物更新，也可以防
止荒火造成大火灾。

卡塔酋卡远看就是一堆大石头，进去才知道有多大，石头是高山，人是小蚂蚁。

在卡塔酋卡的山谷边眺望壮阔的北领地。

鸸鹋，澳大利亚的鸵鸟。

袋鼠，澳大利亚的象征。

北领地的公园中，工作人员在训练一只巨大的鹰。

我们一行在壁炉边烤火。由于在北领地遭遇大雨，一向炎热的北领地在我们到达的那几天着实冷得不行。

　　爱丽斯泉的一个公园里，一只袋鼠困倦无事。在澳大利亚见到野生袋鼠很容易，它们的大尾巴经常袭击汽车，能击碎风挡。所以很多乡间司机都有两辆车，一辆好的白天开，一辆烂的晚上不怕被袋鼠打。

　　澳大利亚的土著居民分两大种，昆士兰州的原住民比较接近太平洋海岛居民。而北领地的原住民是世界上最古老的人种之一，在史前时期从非洲经印度南部，迁徙到澳大利亚，他们既不是黑种人，也不是白种人或黄种人，他们单独是一种。

在爱丽斯泉陶德河边的一处农场里，男主人在做早餐，烤面包、烤土豆、烤香肠、炸鸡蛋。我被他温顺的大狗吸引了。

农场的一处仓库，里面有各式的骆驼鞍子，简直就是一个博物馆。而这个农场还真的办了个骆驼博物馆，展示各地骆驼的图片、资料、用具。

澳大利亚北领地的中心城市是
爱丽斯泉。这里其实比我们一个县
城还小。壁画显示着爱丽斯泉刚刚
开发时的样子。

小镇正在举行一场竞选，在狭窄的街心花
园里，各党派纷纷拉选票。穿粉红衣服的人是
他们胸前印的这位女士的支持者。

335

海豹海岬，在巨浪中就算是弱小的海豹也是
强者。这个地方有世界上最神奇的石洞，乍看到
时觉得仿佛不在人间。原谅我的摄影技术，实在
没能拍张好照片。

南澳大利亚洲简称南澳，是我最喜欢的地方。不过回国后，碰到一个来自悉尼的澳大利亚人，他却说南澳好无聊，看来萝卜白菜各有所爱。

考拉是澳大利亚的国宝，野生的考拉不像野生袋鼠那么容易见到，不过我们幸运地在袋鼠岛见到一只。

袋鼠岛是个考拉"泛滥"的地方，考拉的密度超过了生态承受力，对桉树林造成破坏。

　　游览有海狮的海滩最重要的是尊重海狮的习性，不惊扰、不单独行动，保持安全距离，成为海狮附近的另一种动物。

海狮宝宝很萌,但是千万别想摸它,它和它妈妈都会攻击你的!海狮看上去笨笨的,在陆地上能以60公里时速奔跑,一旦怀疑你攻击,咬掉人一只胳臂一条腿很轻松。

　　海狮海滩上栖息的所有海狮都是野生的，它们要出海捕鱼三天回到海滩睡觉。如果受到游客惊扰，它们就可能在出海时体力不足，不能捕到足够的食物，或被鲨鱼捕食，如果那样，这里的海狮宝宝就惨了。

神奇石是南澳的地标，巨石之下海浪澎湃，美丽的同时宣告着自然的力量。

神奇石靠海的一侧是一块三角铁，上写着"边界"。有个冲浪运动员，相信自己的实力，走过了边界，被海浪卷走，拍回到岩石上，血肉模糊，无法救援。

但海狮海豹可以出没于巨浪中，爬上岩石。这就是人与自然。

南澳乡间漂亮的葡萄酒庄园

公路沿山坡往下，竟然有座小石桥。

乡村公路

酒庄外的草地上，一丛小蘑菇正悄悄露出笑脸。

346

　　澳大利亚是重要的葡萄酒产区，
从西澳到南澳葡萄酒庄园随处可见。

葡萄酒庄园里，树叶正黄，沿路的喷头喷洒着清水，四处潮乎乎的。这是通向酒窖的小路，清新和美丽是美酒的源泉。

保存百年陈酿的地方

庄园里有很多没有经济价值的景观植物，或许环境本身就是
经济价值吧！

我们到南澳的季节是这里的深秋，绵延山坡的葡萄园一片金黄。

请注意我身后橡木桶上的年份。

这个灰色的顶棚下面就是存放百年陈酿和陈列家族史的地方。

这辆大汽车是装白葡萄酒的。相对干红，干白不能做陈酿，通常两三年就要出售，而且可以运走再装瓶。

阿得莱德的海岸，暮色中的酒吧和咖啡座都静下来。

长桥上的澳大利亚小美女

阿得莱德是南澳的首府，舒适又休闲。暮色中，一架飞机正在降落。

澳大利亚葡萄酒中心外的大草坪

一辆有轨电车一直从中心广场开到海岸边，海鸥停靠的地方。

354

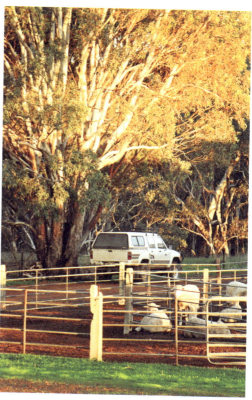

澳大利亚的牧场是不游牧的，确实采用的是轮牧。用围栏封上几块草场，一块草场吃完了就把羊赶到另一块草场上。

但是在澳大利亚很多草场是把密不透风的丛林砍伐以后开辟的。无霜期近十二个月。有些临近大海，有些地面能踩出水来。既不像青藏高原那样高寒，也没有新疆的干旱，没有内蒙古的寒冷。

媒体上经常宣传澳大利亚的牧场一亩的产值是多少多少钱，而我们中国的牧场一亩地的产值是多少钱。但这并不是"发达"和"落后"造成的。但那么多人却视而不见，把澳大利亚的牧业经营模式强行引入中国牧区，并且把沙漠化的责任和后果推给牧民。

　　阿得莱德市没有太多高楼大厦，有大面积的英国式的大草坪，远山近海，山脚下蔓延开的低矮楼房只能在高耸入云的酒店窗户中眺望。

356

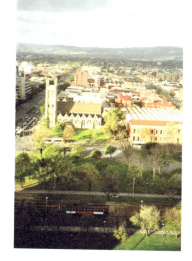

凯恩斯，不同肤色的少男少女相拥着，不同年龄的男男女女牵手着。

　　我每次给国内的人看昆士兰"土著人"的照片，大家都会露出惊讶，甚至恐惧的表情。其实他们就是澳大利亚的民族歌舞团，表演完歌舞就洗去身上的彩绘，背着书包下班了。

　　昆士兰的意思是：女王的领地。绵延在昆士兰州的狭长的羔羊山脉是一片美丽而脆弱的热带雨林。不过在澳大利亚，它得到人们精心的保护。

　　凯恩斯是昆士兰的一个小海港，从这里出
海可以去往著名的珊瑚礁群——大堡礁。

　　白鹭、大雁、鹬、天鹅都经常光顾凯恩斯防波堤外的滩涂。防波堤上面就是车水马龙的公路，滩涂外的水域有来来往往的游船。澳大利亚人和野生世界就是这样相处，城市和人群不是挤占了动物的栖息地，而是共享空间。

其实我不是抱着这只考拉，工作人员让我站好，摆一个姿势，放好手的位置。然后把考拉抓过来，让它像钩住一棵树干一样钩住我，不准抚摸。在拍照这样严重干扰动物习性的营业场所，工作人员都严格保护动物的感受，避免它们因接触太多陌生人而紧张。

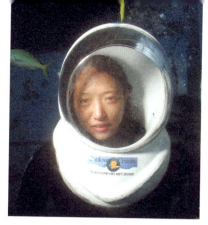

在大堡礁"潜水"。

这只海龟是野生的，我在大堡礁的一处防鲨
网内游泳，下面的珊瑚礁上有一个潜水员拿着摄影
机，他鼓励我向下潜和海龟同游，但禁止我碰触海
龟。很遗憾，因为有点儿贵我只买了这一张照片。

367